嫁反派
下卷
布丁琉璃——著
夏青——繪

目錄
CONTENTS

第二十六章　鴻門

天色陰沉，風颳得人臉頰疼。

迎親、送親的隊伍緩緩行過街道，一片鑼鼓喧天。

虞煥臣打馬在前引路，虞辛夷和唐不離則作為女儐護在花轎兩側。一行人不顧媒人的催促，刻意放慢了行程。

可儘管如此，薛府的大門依然越來越近，絲竹吹奏，賓客簇擁著一襲婚袍端正的薛岑出來。

花轎中，虞靈犀手握著龍紋玉佩，龍鳳呈祥的卻扇卻冷落一旁，上面壓著薛岑的庚帖。

她閉目深呼吸，祈願父親那邊一切順遂。

如果宮裡再無消息，他們只能採取下下之策。

一陣熱鬧的炮竹聲中，花轎落地，虞靈犀的心也跟著咯噔一沉。

隔著轎頭朦朧的繡花紅簾，可見薛府門前錦衣如雲，長身玉立的薛岑邁著端正的步伐向前，玉面微紅，朝著花轎攏袖一禮。

虞靈犀握緊了玉佩，沒有下轎。

凜凜的朔風中，薛岑身量頎長筆直，又認真一禮，再次朗聲恭請新婦。

馬背上，虞煥臣與虞辛夷對視一眼，各自在對方眼中看到了決然。

第三次請新婦不下，便該澈底撕破臉皮了。

風拂過京城墨染的天空，捲下一片碎雪。

先是細碎的幾點白，而後越來越多，連成飄飄洋洋的一片白。

「新娘子，快落轎囉！」

「二郎別慫，把你的新婦抱下來呀！」

周圍賓客熱鬧地催促起鬨，薛父的笑也帶著幾分勉強，不住以眼神示意薛岑。

薛岑只當沒領會父親的暗示，新郎官帽上沾著幾片碎白，禮貌地請諸位賓客莫要嚇到轎中新婦，這才紅著臉，堅持按禮節，第三次朝著花轎中的紅妝美人攏袖躬身，舉過眉上。

侍婢胡桃一身淺紅的襖衣立侍一旁，偷偷瞥了轎中巋然不動的主子一眼，手中的帕子早已絞得起了皺。

時間彷若被無限拉長。

一陣急促的馬蹄聲自北街而來，吆喝聲刺破下轎禮的喧鬧。

「聖旨到！薛府一眾接旨！」

一名錦衣內侍手拿明黃聖旨，匆匆勒馬停下，打斷了薛岑還未出口的話語。

他只好直身退至一旁，與面色凝重的薛父和薛嵩一同朝向聖旨的方向，撩袍跪拜。

畢竟是天子賜婚，大婚當日下聖旨表示慰問亦是正常，眾人沒有過多起疑，甚至隱隱有些豔羨之意，畢竟全京城能得這般殊榮的新人，再也找不出第二個。

錦衣內侍翻身下馬，清了清嗓子，方展開聖旨高聲道：「奉天承運，皇帝詔曰：薛右相兩朝元老，兢兢為國，朕感念其年邁多病，特准其解官請老，頤養天年。戶部左侍郎薛嵩，遷光祿寺少卿，即日上任，不得有誤……」

聞言，賓客皆是從豔羨轉為驚訝。

薛家兩位身居高位的朝官，一個解官請老，一個遷去核心權利之外的光祿寺——這明顯並非榮耀，而是降罪啊！

眾人正摸不著頭腦間，又聽內侍繼續道：「……薛府二郎重孝重禮，虞府二姑娘溫婉賢淑，然天命不合，相沖相克，允其各還本道、侍奉雙親。待時機成熟，朕再為兩家重擇佳偶，另配良婿，欽此！」

聖旨念完，滿座譁然。

這是始料未及的，薛岑倏地抬起頭，眼中旖旎溫潤的笑意褪去，漸漸化作茫然。

是聖旨上寫錯了嗎，怎麼會突然天命不合？

薛岑不願相信，不敢相信。

眼前碎雪迷離，花轎就落在離他一丈遠的地方，觸手可及。

定親時禮部明明已經合過八字、測過吉時了，不是嗎？

「薛二郎，接旨吧！」內侍高聲提醒。

薛岑毫無反應，彷彿身處噩夢之中，怔怔然不知如何自處。

是一旁的薛嵩代為跪伏伸手，嘶啞道：「臣，領旨。」

聖旨落在掌心，沉甸甸宛若泰山壓下，薛父哽咽閉目，便知一切都完了。

他們的計畫毀在離成功最近的那步，功虧一簣，淪作笑柄。

虞煥臣和虞辛夷同時長舒了一口氣，轎子中，虞靈犀緊繃的身形鬆懈下來，靠在軟墊上長長呼出一口白氣。

直到這一刻，她才像重新活了過來。

「好在尚未禮成，薛二郎，虞二姑娘。」內侍朝兩家各自行了個禮，堆著假笑道：「還請兩家互相退還庚帖，這樁婚事便算作罷，小臣也好回宮向陛下交差。」

虞煥臣點點頭，轉身撩開轎簾，遞出手掌低聲道：「歲歲，沒事了。」

虞靈犀拿起一旁早就備好的薛岑庚帖，指尖緊了緊，而後抬眸道：「兄長，我要親自與他說。」

虞煥臣驚訝，遲疑片刻，終是改為握著妹妹的手，引她下轎。

媒人已經戰戰兢兢地取來了虞靈犀的庚帖，遞到薛岑手中。

薛岑惘然接過，依舊怔怔站在原地，不知該如何辦。

一場突如其來的噩夢，沒人告訴他該如何醒來。

花轎有了動靜，虞靈犀搭著虞煥臣的手掌提裙下來。

她沒有拿卻扇，精緻無雙的面容露於眾人面前，紅衣映襯這潔白灑落的碎雪，嬌豔得近乎耀眼。

薛岑沒有焦點的眼睛總算燃起了些許亮色，遲鈍地向前一步，喚道：「二妹妹……」

虞靈犀卻是站著不動了，與他保持著半丈遠的距離。

嫣紅的裙裾獵獵燃燒，她並未穿薛岑親自挑選監製的那套華麗嫁衣，腰間卻掛著一枚尊貴陌生的龍紋玉佩。

薛岑明白了什麼，步履緩緩頓住。

兩人隔著咫尺的距離對視，一個通透冷靜，一個茫然無措，宛若天塹鴻溝。

虞靈犀定了定神，雙手將庚帖退還，柔聲堅定道：「君有高山之姿，成人之美。願君此生佳人在側，前路似錦。」

一句「成人之美」，薛岑眼中最後一點希冀破滅，化作微紅的淚意。

虞靈犀親自下轎歸還庚帖，是在保全他最後一點顏面，亦是表明了她的態度。

她心有所屬，溫柔而清醒。活在夢中自作多情的，一直都只有他自己。

這麼近的距離，他卻連碰一碰她都是奢望。

薛岑望著她手中的庚帖，半晌，以袖拂去虞靈犀庚帖上的雪花，這才雙手奉還。

他躬身垂首，喉結幾番聳動，方極其艱澀暗啞道：「願二姑娘事事順遂，餘生無憂，再覓……良人。」

「多謝。」

虞靈犀接過自己的庚帖，雙方兩清，方略一頷首作別。

薛岑仍保留著躬身的姿勢，平時紙筆書畫四平八穩的人，此時拿著薄薄的庚帖，卻顫抖得不像話。

兩滴滾燙的水珠墜下，濺在地磚的薄雪之上，燙出兩個暗色的窟窿。

內侍完成任務，滿意地回宮覆命去了。

周圍的人議論紛紛，或驚駭或猜測，一時間看著薛岑的眼神裡都充滿了可憐。

「哎，好端端一樁盛大空前的喜事，怎麼就弄成這樣了？」

「可不是麼！臨拜堂時黃了婚事，擱誰誰受得住啊？」

「依我看，虞家二姑娘以後再想嫁個門當戶對的世家子弟，可就難囉！」

「誰說不是呢？先是各種流言，好不容易有個情深義重的薛二郎，卻又無疾而終，姻緣坎坷，許是命中孤煞。」

「可惜了這般正直妙齡的絕色美人，經此一事，再難覓得正經良人。」人群中，有人嘖嘖嘆惋，「將來不知會便宜哪家落魄子弟，或是續弦的鰥夫呢。」

唐不離聽不下去了，氣得柳眉倒豎，下意識摸向腰間的長鞭。

而後才反應過來，今日原以為是虞靈犀的大喜，她身為女儐，自然不能帶武器。

虞辛夷亦是面有憤色，顧及到妹妹的面子，才強忍著沒有當眾揍人。畢竟走到這一步，虞府不可能堵住天下人的嘴。

「不管如何，么妹皆是我虞府掌上明珠，虞家上下寧可她長留府中承歡膝下，也絕不會委屈她一分一毫。」虞煥臣劍眉星目，環顧四周清朗道：「誰再出言輕慢，便是與我虞家為敵。」

周圍的議論聲這才稍稍平息，可眾人看虞靈犀的眼神，依舊充斥著肆無忌憚的消遣和探究。

「兄長，別在閒人身上浪費時間。」虞靈犀拉住虞煥臣的袖子，平靜道：「我們回家。」

這已經算得上最圓滿的解決方式了，和所嫁非人相比，這點流言蜚語根本算不得什麼。

她迎著眾人各異打量的目光轉身，風雪沉重，她卻只覺出前所未有的輕鬆。

而後，虞靈犀停住腳步，目光落在長街盡頭。

不只是她，滿街躁動圍觀的人都安靜下來，自動分開一條道，讓那烏泱泱的隊伍通過。

三千碎雪如柳絮紛飛，為首的那人紫袍玉帶，身披玄色狐裘端馭馬而來，俊美的面容幾乎與飛雪融為一體，宛若神祇降世。

在他身後，百餘名侍從宮人挑著綾羅箱篋等物，懷抱如意珍寶，垂首井然而來。

「謔！誰家王孫貴胄，這般排面？」

「是靜王！」

人群中有人認出這支隊伍的主人。

「他……他來作甚？」

「帶著那麼多的東西，是又抄了哪位大臣的府邸嗎？」

這幾日靜王肅清朝堂的狠辣手段歷歷在目，朝中人人自危，一時間赴宴的朝臣駭得連聲音都變了調。

虞靈犀也愣住了。她原以為寧殷最多在幕後操縱，卻未料他此時竟堂而皇之地露面，還帶著那麼多侍從和箱篋珍寶。

當寧殷馭馬越過薛府門前，走到虞家人面前時，所有的大臣皆是戰戰兢兢伏地跪拜，高呼道：「叩見靜王殿下！」

唯恐慢了一步，自己就會被以「廢太子同黨」論處，革職入獄。

寧殷無視跪了一地的人，越過面色蒼白的薛岑，慢悠悠打馬停在虞靈犀面前，居高臨下地看著她。

眾人隨著寧殷的移動調轉身形，始終頭朝著寧殷的方向跪伏。

他們皆是捏了一把汗，才看了薛家的熱鬧，看樣子又要輪到虞家了。

靜王這氣勢，明顯是衝著虞家來者不善啊。

虞靈犀仰著頭與馬背上的寧殷對視，眼底有眸光跳躍。

風雪迷離，她眼睫沾著碎雪，壓低聲音問：「寧……殿下，你來作甚？」

寧殷以馬鞭輕抵下頜，漆眸如墨，唇線上揚。

他竟是直接當著薛家上下的面，朝剛退婚的少女伸出冷白修長的手掌，俯身邀約道：

「聞虞二姑娘退婚大喜，本王甚悅，特備上厚禮前來……送清白。」

「送清白」三字，他咬得格外清晰。

虞靈犀心尖一顫，能將「下禮」說得如此委婉清奇的，也只有寧殷其人。

地上戰戰兢兢跪伏的人一頓，宛若見了鬼。

這……這事情的走向，怎麼不太對？

虞靈犀剛退婚，自然不能再坐花轎歸府。

所有人都知道，此時寧殷朝剛退婚的虞靈犀遞出手掌，意味著什麼。

方才還在惋惜嚼舌的人，都閉了嘴。

風雪漫漫，虞靈摘下頭頂的鳳冠提在手中，任由青絲如瀑傾瀉。

她望著駿馬上俊美無儔的寧殷，下意識抬了抬指尖。

「歲歲。」虞煥臣清了清嗓子，平靜道：「妳坐清平鄉君的馬車歸府。」

虞靈犀明白，兄長是在保護她。

她尚在退婚的風尖浪口，若當眾與寧殷執手同乘一馬，太過招搖並非好事。

「本王向來不做無利可圖之事。」寧殷難得有幾分耐心，伸出的指節幾乎與霜雪融為一體，「以厚禮相贈，是要堂堂正正向將軍府要一個人。」

太張揚了。

虞煥臣看了妹妹一眼，皺眉道：「若靜王殿下所求為舍妹，恕臣不能領命。」

寧殷挑眉。

虞煥臣還未說話，一旁的虞辛夷按捺不住道：「歲歲是虞家掌上明珠，無價之寶，非利益能衡量，給多少銀兩也不換。」

寧殷輕輕頷首：「若是不肯換，也可。」

虞靈犀狐疑，寧殷絕非這般好說話的人。

果然，寧殷面不改色，悠然道：「只是真動手搶起人來，恐怕會鬧得不太好看。」

他垂眸，看向虞靈犀道：「虞二姑娘是自己上來，還是本王抱妳上來？」

雖說是詢問，但虞靈犀儼然沒有選擇的機會。

她還未來得及說服兄姊，寧殷已抬手揚鞭，一抽馬臀。

黑色的駿馬長嘶著噴出一口白氣，朝著她身側疾馳而來。

下一刻，虞靈犀只覺腰間一緊，身子騰空而起，落於寧殷的馬背上，禁錮在他清冷的懷抱中。

寧殷低喝一聲「駕」，竟是載著她衝破人群，朝靜王府的方向狂奔而去！

「歲歲！」

短暫的怔忪過後，虞煥臣翻身上馬，第一個追了上去。

「寧……寧殷！」

耳畔的風呼呼作響，劇烈的顛簸中，虞靈犀險些咬破舌頭。

風吹起她嫣紅的袖袍，宛若一隻掙脫束縛的蝶。

寧殷嘴角微動，手臂將她的纖腰箍得更緊了些，玄色的狐裘與嫣紅的衣裳在風中交映，所至之處，眾人俯首躬身相送，不敢稍出一言。

四周死靜，薛家人的神情頓時十分精彩。

先是被降罪革職，又被退了婚事，如今靜王竟當著他們的面、堂而皇之搶未過門的新婦……薛家的顏面，幾乎是被按在地上摩擦。

「府中有要事，不送各位了。」

虞辛夷朝著薛家人和唐不離一抱拳，亦翻身上馬，領著送親的自家人歸府，趕去處理另一個難題。

薛岑一直目送著虞靈犀的身影離去，直至婚服的肩頭積了厚厚一層白。

賓客惶惶然起身，也不敢多留，陸陸續續告別離去。

不到一刻鐘，門庭若市的薛府便變得冷冷清清，只餘雪水中的炮竹紙屑凌亂鋪灑，如同旖夢破碎，一地狼藉。

「恥辱！」薛父氣得鬍鬚微顫，重重道：「奇恥大辱啊！」

薛岑怔然望著墨色天空下洋洋灑落的雪花，喃喃道：「雪覆青絲，卻終是……不能與子偕老。」

「夢該醒了，二郎。」一旁的薛嵩道：「你若還有一腔血氣，就該想想如何報這奪妻之恨，讓他們血債血償！」

「別說了，阿兄……別說了。」

薛岑閉上眼，抬手摘下新郎官帽，眼角沁出一行清淚。

馬蹄踏碎一地霜雪，寧殷勒韁停馬，早有靜王府的親衛駕著馬車等候在街口。

寧殷率先下馬，順手掐著虞靈犀的腰，將她一同提溜了下來，塞入錦繡如春的馬車內。

「歸府。」

寧殷整了整袖袍坐下，而後隨意往車壁上一靠，拍了拍身側的空位。

虞靈犀低頭走過去，坐在他身邊。

案几上獸爐焚香，暖馨四溢，驅散滿身大雪冬寒。

虞靈犀坐在寧殷身邊，看了他冷峻的側顏一眼，又看了一眼，嘴角化開輕淺的笑容。

寧殷乜眼過來，半晌，抬手捏了捏她的後頸：「被搶還這麼開心，膽子挺肥。」

「你是怕我被人詬病，所以才尋了個搶人的名號，將惡名攬在自己身上。」虞靈犀貼近了些，彎著眼眸揣摩道：「而且當眾如此，既能讓那些欲撿漏攀親的人死心，又可堵住天下悠悠眾口，殿下可謂為我煞費苦心。」

寧殷看了她許久，笑得輕慢：「不僅膽子肥，臉皮也厚。」

嘴上雖然嫌棄，可到底稍稍抬起手臂，放任虞靈犀拱入他懷中。

虞靈犀以臉頰貼著他的胸膛，聆聽那沉穩有力的心跳，輕聲吁道：「我都知道的，寧殷。」

外面的雪那麼大，可此刻他們之間，只剩下無盡的安寧。

馬車顛簸，寧殷鬆鬆環著虞靈犀細腰的手隨之下移，落在她嫣紅的裙裾上。

男人的指骨分明，擱在腿上頗有分量。

虞靈犀眼睫一顫，正遲疑著要不要與他五指相扣，那隻冷白修長的手卻是往下，一寸寸捲起她嬌豔如火的裙邊。

纖細的腳踝隱現，繼而是瑩白如玉的小腿，虞靈犀回過神來，忙坐直按住裙子道：「你作甚？」

寧殷反捉住她的腕子，極慢地眨了下眼睫：「檢查印章。」

在……在馬車裡？

虞靈犀甚至能清晰地聽到車後侍衛踏過積雪的窸窣聲，不由臉一熱，下意識後退。

可馬車一共才這麼點大，她退無可退，很快就被抵在墊著柔軟褥子的坐榻上。

「噓，別動。」

寧殷按住她的唇瓣，漆眸如墨，挺直的鼻尖近在眼前。

身下一涼，虞靈犀咬唇屏住呼吸，頓時不敢動了。

寧殷目光下移，溫涼的手指撫過印章殘留的紅色印記，仔仔細細觀察許久，方惋惜道：

「淡了。」

印泥又非染料，印在皮膚上過了半日，且又是坐轎子又是騎馬的，怎麼可能不淡？

「我再給靈犀補一個章，可好？」

還來？

虞靈犀忙不迭搖頭，想要拒絕，可嘴唇被他以指按住，只能發出含糊的「嗚嗚」聲。

寧殷置若罔聞，俯身往下。

溫熱的氣息拂過，虞靈犀繃緊了身子，隨即落章的地方傳來羽毛般溫柔的觸感，輕輕觸碰，如同在吻一件易碎的珍品。

虞府。

虞淵剛從宮中出來，便聽聞了落轎禮前發生的事。

虞將軍猜到薛家沒落之事必定有靜王在背後推波助瀾，卻不曾料到，靜王竟會堂而皇之帶著侍從厚禮，去薛府門前「搶」人。

他暗中扶植過衛七，不代表他贊同靜王的手段，更不代表他放心將剛退婚的女兒交到他的手中。

天家皇族，沒有幾個是良善乾淨的。

虞將軍心事重重，看著滿院子堆積的厚禮，臉上憂慮更添幾分。

馬車依舊不疾不徐地走著，刺繡的垂簾微微晃動，漏進幾片雪花的清寒。

虞靈犀雪腮緋紅，默不作聲地整理裙裾和羅襪，濕潤的眼睛憤憤瞪著寧殷。

哪有人用嘴蓋章的？

而始作俑者衣著齊整華貴，神色淡然，正執著一盞冷茶慢悠悠品著。

他橫過眼來，虞靈犀一見他唇上沾染的水漬便心燙得慌，忙不迭移開視線。

不知是否錯覺，虞靈犀總覺得寧殷在笑她。

不成！好歹比小瘋子多活一輩子，怎麼能敗在這兒？

虞靈犀心有不甘，起身往寧殷那邊挨去。

馬車轉了個彎，虞靈犀也跟著一晃，跌坐在寧殷腿上。

寧殷一怔，手中四平八穩的茶盞一晃，濺出幾滴。

虞靈犀下意識抓住寧殷的狐裘，幾乎同時，屬於男人的炙熱體溫隔著厚厚的衣料傳來，順著印章處蔓延，熨燙心尖。

果然……

再抬眸時，她眼裡有了得意的笑意。

那笑也是明媚輕鬆的，撒著細碎的光。

她換了個姿勢，取走寧殷手中那礙事的茶盞，扶著他的肩與他面對面。

虞靈犀唇上紅妝未褪，眨了眨眼睫湊近些。

「禮尚往來，我能給殿下一個回禮嗎？」她氣息輕快地問。

寧殷眸中暗色流淌，卻見滿身女兒香縈繞，虞靈犀側首，將自己的芳澤貼在他淡薄的唇線。

先是碰了碰，而後輕輕壓緊。

寧殷平穩的呼吸，停滯一瞬。

少女柔軟的氣息顫顫拂過，他愉悅地半瞇起眼眸，抬手托住虞靈犀的後腦輕撫，直到她憋得臉頰緋紅，方垂首啟唇，反客為主。

虞靈犀開始推他，然而紋絲不動。

直到馬車猝然停下，他們的唇齒撞在一塊，舌尖嘗到的淡淡的血腥味。

小瘋子嗅到鮮血味，總是會格外快樂些。

虞靈犀驚魂甫定，寧殷卻是笑得溫柔，欺身暗啞道：「怎麼不繼續了，嗯？」

「靜王殿下。」馬車外傳來虞煥臣清朗的聲音，馭馬高聲道：「你要將舍妹帶去哪兒？」

是兄長！

虞靈犀忙不迭坐起，卻被寧殷一隻手按住。

「一次兩次也就罷了，靈犀還想跑第三次？」寧殷懲罰地捏了捏她腰間嫩肉，「本王可不是有耐性的人。」

「我哪有要跑……」

虞靈犀剛想反駁，而後反應過來，寧殷所說的「跑」，並非實際意義上的那種跑。

第一次是兄長打進府中，第二次是今晨阿姐來接她，第三次……的確有些不厚道。

「你當眾將我帶走，兄長定然擔心，亦不好回家與爹娘交代。何況，這也不適合繼續……」最後一句，她咬在唇齒間，幾乎低不可聞，哄道：「我去和兄長說兩句，讓他放個心，可好？」

寧殷的眼神涼薄至極，危險至極。

馬車外傳來一陣吵鬧，王府侍衛道：「小將軍，你不能擅闖！」

虞靈犀顧不得許多，捧著寧殷的臉頰親了一口，而後忙不迭整理好衣裙，撩開車簾鑽了下去。

車簾一開一合，寧殷的眸子也跟著一明一暗。

他緩緩直身靠在車壁上，半晌，抬手觸了觸被吻過的地方。

「兄長。」虞靈犀披散的墨髮間沾著碎雪，歉意道：「讓你擔心了。」

虞煥臣一眼就瞧見了妹妹下唇上的破皮處，目光一沉，連衝進去宰了寧殷的心都有了。

「歲歲，跟哥哥走。」虞煥臣肅然道：「只要妳不願，這天下就沒有誰能從哥哥手中搶走妳。」

虞靈犀笑了笑，溫聲回答：「沒有誰搶我，是我自己願意的。」

「歲歲，薛家的事已經解決，世間再無可脅迫妳之人，妳又何必剛出狼窩，又入虎穴？」虞煥臣將利害擺在她面前，字字明白道：「妳生性純良，若和逆正道而行的人在一起，那天下的口誅筆伐或許不能傷他分毫，卻足夠讓妳心力交瘁……到那時，妳該如何自處？」

「我知道的，兄長。」虞靈犀眸光澄澈，字字清晰道：「可是兄長剛才也說了，當初我離開他是迫不得已，現在既然自由了，我為何還要委屈自己？」

「妳……」

虞煥臣看了毫無動靜的馬車一眼，視線再次落在妹妹身上。

也不知道那衛七給妹妹灌了什麼迷魂湯，三番五次的，歲歲一遇見和他有關的事就像是變了個人似的執拗。

今日靜王當街搶人，無非是向世人宣告占有。經此一事，還有誰敢向妹妹議親呢？

衛七這人心機深、手段狠，非常人能及，哪個做哥哥的，會不擔心妹妹受傷？

虞煥臣心情複雜，向前道：「妳決定了嗎，歲歲？」

虞靈犀點點頭。

「我好不容易才恢復自由身，讓我像普通女子那般和心儀之人待會兒，可好？」她放輕了聲音，小聲道：「天黑前，我會回府向爹娘請罪的。」

「傻歲歲，妳何罪之有？」虞煥臣輕嘆一聲，緊繃的嗓子稍稍鬆懈了些，「晚膳前我來接妳。若有人膽敢冒犯欺負妳，哥哥決不輕饒！」

最後一句話，儼然是對著馬車中的寧殷說的。

「謝謝兄長！」虞靈犀福了一禮，帶著輕鬆的笑意，「兄長慢走。」

虞煥臣走向前，輕輕撫去妹妹髮頂的碎雪，這才轉身上馬，回去覆命。

虞靈犀立刻撩開車簾，鑽了進去。

寧殷靠在車壁上倚坐，見她進來，便抬了抬眸子。

虞靈犀有時候會覺得，寧殷真的是個很神奇的人。

或者說，他簡直強悍得不像是人。

譬如方才他還和自己吻得熱火朝天，此時已能冷靜地坐在車中，不見半分情欲沉淪。上輩子也是如此，他享受著虞靈犀的伺候，有時會瘋得厲害，卻極少主動沉淪其中。

虞靈犀有時會覺得，他是個十分冷淡的人。

是的，冷淡。

儘管有那麼多驚心動魄的經歷，虞靈犀依舊感覺不到他對情事的熱衷，更像是遵從身體的本能。

這大概，也是前世他沒有別的女人的原因。

這個奇怪的念頭一閃而過，虞靈犀收斂飄散的思緒，坐在寧殷身側。

她輕輕呵了口氣，搓著微涼的指尖道：「我方才和兄長說的話，你聽見了不曾？」

寧殷看著她，眼底有墨色流淌，漫不經心道：「哪句話？天黑前歸府，還是晚膳前回家？」

虞靈犀一噎，蹙蹙眉頭。

她說了那麼多句剖白之言，怎麼寧殷就只聽見了最沒用的一句？

「那是讓兄長安心的承諾。你想啊，若得不到家人的祝願和認可，我即便和你在一起也難以放心。」虞靈犀解釋道：「再說了，即便是正經談情說愛的璧人，婚前也不能日日夜夜黏在一塊兒的，何況我們還沒……」

「不是妳的姘夫嗎？在乎這些。」寧殷單手攏住她的指尖，拽入自己的狐裘中貼住，忽而道：「皇帝賞賜的那座宅邸布置好了，我命人在書房中，造了一間極大的密室。」

話題轉換得太突然，虞靈犀指尖貼著他硬朗炙熱的胸膛，疑惑地眨了眨眼睛。

「把靈犀藏在那裡面，可好？」寧殷指腹摩挲著她細嫩的手掌，計畫道：「這樣誰也不會來打攪，我們便能日日夜夜在一起。」

一點也不好。

虞靈犀哼道：「密室太黑了，我不喜歡。我喜歡和你一起在外邊，看這風花雪月。」

寧殷笑了聲，伸手捏了捏她的臉頰。

虞靈犀便知道，他又在半真半假地嚇自己，這個性子惡劣的人，虞靈犀拿他一點辦法也沒有。

她順勢靠在寧殷懷中，想起一件非常重要的事。

「對了，雖然現在薛家暫時失勢，但你不可不防。」虞靈犀想起前世的前車之鑑，認真道：「我怕有人暗中對你下手，聽見沒？」

寧殷垂眸看她，想起了之前收到的那盞謎面天燈。

「當初信誓旦旦要嫁給薛家，而今又來關心本王。」他撫著她的頭髮，慵懶道：「這馬後炮，是不是太晚了？」

這人真是！怎麼還翻舊帳哪？

「我那時不這樣說，你能放我走麼？讓我成為你的累贅，再躲在密室裡看你傷痕累累卻無能為力？」

虞靈犀一想起寧殷當時遭遇的一切，仍是止不住心中悶疼。

她將手從他懷中抽離，轉過身道：「關心自己心愛之人，無論何時都不嫌晚。」

一股腦說完，虞靈犀方覺胸中舒暢，如釋重負。

這些話，她終於能說出來了。

沒有賜婚，無需隱忍，她可以堂堂正正地告訴寧殷：你是我心愛的人。

身後久久沒有動靜，久到虞靈犀以為寧殷沒有聽見時，卻見一股大力攬來，將她拽入懷中緊緊擁住。

虞靈犀後背磕上硬朗的胸膛，心尖兒都震得發麻。

「對我壞點沒關係。」寧殷溫熱的呼吸拂在她的耳畔，鼻尖蹭著她的臉頰，嗓音輕啞道：「不要騙我。」

虞靈犀心知肚明。

論起「騙人」，誰也比不過寧殷當初裝乖賣巧，為了能留在虞府無所不用其極。

可聽到那句「對我壞點沒關係」，心尖還是止不住一顫。

「第一個騙我的人，已經死了，死得好難看。」寧殷像是想起了遙遠的過去，嗓音也變得輕淡起來，「不過若靈犀騙我，我卻是捨不得……只能關起來，將這條騙人的舌頭一點點吮破咬碎，直至靈犀說不出話，只能嗚嗚咽咽哭著求饒。」

他抬指按了按虞靈犀的唇瓣，眼底暈開一抹墨色，綺麗又癡纏。

寧殷此時定是心情很好，連呼出的氣息裡，都帶著輕鬆的笑意。

虞靈犀知道，如果自己想要寧殷的心，這個小瘋子定然也會毫不遲疑地挖出來擦擦乾淨，然後再笑著送給她。

可這樣一個狂妄恣睢人，面對她的示好時總是偏執大過理智。

彷彿在他的潛意識裡，壓根不會有人會真心愛他。

第一個騙寧殷的人是誰？

她不可抑制地揣測：寧殷如此謹慎偏執，是拜那人所賜嗎？

「不會騙你。」虞靈犀輕聲喟嘆，順勢依靠在他懷中。

對於心思坦蕩的人來說，說兩句真心話並不是難事。

於是，她細嫩的手掌輕輕攏住寧殷的指節，引著他的手貼在自己心口，讓他感受那一刻澎湃的心跳。

「不信你摸摸。」虞靈犀微微側首，輕聲道：「我的心跳不會說謊。」

寧殷不說話了，下頜埋在她的肩窩，感受著掌心下柔軟的輪廓。

半晌，他意味深長道：「摸不出。」

「嗯？」虞靈犀不解。

寧殷垂眸，於她耳畔道：「衣裳太厚，礙事。」

「……」

虞靈犀反應過來，倏地瞪大眼，將他的手甩開。

寧殷卻輕鬆按住她的腕子，欺身而上，指節順著她的手腕往上，撩過頸側，輕輕捏住她的下頜固定。

他迫使她望著自己，直至她臉頰泛起緋紅的熱度，方笑著俯身，牙尖咬住她的下唇。

托在後頸的手掌稍一用力，虞靈犀便驚呼一聲。

殊不知門戶大開，便被蓄謀已久的人趁虛而入。

等到馬車停在王府門前，虞靈犀已是面紅耳赤，目光渙散，滿腦子只有一個念頭：絕對不能騙小瘋子，舌頭真會被吃掉的。

與此同時，宮中。

皇后滾動手中串珠，問：「靜王當街搶走了退婚的虞靈犀？」

「眾目睽睽，千真萬確。」崔暗慢吞吞拖著語調道：「先前幾次暗殺皆以失敗告終，咱們的人折損嚴重，靜王若再娶了虞家的女兒染指兵權，形勢必定對娘娘和小殿下大為不利。」

皇后虛著眼，不答反問：「崔暗，你一心為本宮和廢太子出謀獻計，到底圖什麼？」

崔暗斂了眼底的暗色，跪拜道：「自然是感恩娘娘大德，結草銜環以報。」

「行了，這話你哄哄別人也罷，騙不了本宮。」皇后拔下金釵挑了挑佛龕前的燭火，半晌道：「本宮記得，薛嵩貶去了光祿寺？」

崔暗稍一思索，忙道：「臣這就下去安排。」

「靜王狡猾，給出的誘餌要足夠大，才能引他上鉤。」皇后將金釵插回髮髻間，聲音平靜得彷彿不是殊死一搏，「去吧。再失敗，你便不必來找本宮了。」

這次，她要親手了結這小畜生。

就像當年，了結他娘一樣。

因是除夕新年，這幾日，虞靈犀都老老實實待在虞府中，陪伴爹娘兄姊。嫂嫂蘇莞有了兩個月的身孕，添丁之喜，府中的除夕夜便比往昔更為熱鬧。

庭中明燈如晝，天邊煙火燦然，虞靈犀忍不住想起去年此時，寧殷一邊飲著加了重辣的屠蘇酒，一邊紅著薄唇說「小姐是這世上，待我最好的人」的模樣……

嘴角不禁揚起一抹淺笑，不知寧殷今年在靜王府會怎樣過年。

大概連一副對聯、一盞熱鬧的紅燈籠都不會有吧，偌大的府邸，他總是孤零零活在墳塚裡一樣。

想著想著，虞靈犀嘴角的淺笑又淡了下來，抬手摸了摸髻上夾血絲的瑞雲白玉簪，化作一聲輕嘆。

守歲過後，虞靈犀沐浴更衣，打著哈欠往寢房走。

內間的垂簾已經放下，侍婢提前整理好床榻被褥，虞靈犀未加多想，撩開帳簾坐了下去。

卻冷不防坐進一個又熱又硬的懷抱中，不由嚇得三魂去了兩魂。

驚叫聲還未喊出，嘴已經被人從後捂上。

寧殷將她牢牢按在懷中，帶笑的聲音從耳廓傳來：「噤聲，將人引來了本王可不負責。」

虞靈犀驚愕，半晌才放軟身子，拉下他的手掌回身道：「你怎麼在這？」

「去抄家，路過此處故地重遊，想起了靈犀。」寧殷輕輕掰過虞靈犀的臉，墨色的眼中有未散的霜寒，輕慢笑道：「所以來看看。」

大過年的去抄家？明明是炙手可熱的靜王殿下，怎麼活得比以前的衛七還要岑寂孤寒？

虞靈犀張了張嘴，千言萬語，最終只化作一句：「你有壓祟錢不曾？」

寧殷眼尾微挑，似乎在問「那是什麼東西」。

虞靈犀便垂首，從自己剛得的錢袋中摸出兩枚銅錢，用紅紙包好，塞入寧殷的手中。

「別嫌錢少，左右圖個吉利而已，你也不缺銀子。」虞靈犀解釋，「這是壓祟錢，睡覺時放在枕頭下，能保整年順遂平安。」

帳簾昏暗，寧殷難得流露出幾分新奇來，擺弄著掌心紅紙包裹的兩枚銅錢道：「壓什麼祟？」

虞靈犀尋了個舒服的姿勢，與他並排倚著，小聲回答：「自然是壓惡鬼邪祟。」

寧殷笑了聲：「本王不就是這世間，最大的惡鬼邪祟嗎？」

虞靈犀眨了眨眼。

這話……似乎也不無不對？

「依本王看，不如是『壓歲』。」寧殷虛握五指，將兩枚銅錢握在掌心，湊上前壓低嗓音，「歲歲的歲。」

說罷，他攬著虞靈犀的腰身形一轉，自上而下禁錮著她。

名副其實的「壓歲」。

翻身時衣袍帶起疾風，撩起了帳簾如波瀾鼓動，寧殷的眉目輪廓變得格外模糊深邃，唯有一雙漆眸有著攝魂奪魄的蠱惑。

奇怪，虞靈犀竟然會覺得寧殷的眼神蠱惑。

明明他是個五感缺失，定力強到近乎自虐的人。

「小姐，湯媼備好了，您等被褥暖和了再睡。」胡桃抱著一個用綢布包裹好的銅湯壺進屋，脆聲道。

虞靈犀一驚，下意識撩起被褥一蓋，將寧殷推到榻裡藏好，道：「妳放在案几上！」

聲音有些焦急，胡桃嚇了一跳：「小姐？」

寧殷瞇了瞇眼，抬手捏了捏她的腰窩。

虞靈犀「唔」了聲，心臟都快從嗓子眼裡蹦出來了。她忙咬唇瞪著始作俑者，胡亂編造道：「我在脫衣裳呢，妳別過來。」

好在胡桃並未起疑，將熱乎乎的湯媼擱在案几上，便掩門退出去了。

虞靈犀豎著耳朵，直到胡桃的腳步聲暫且遠去，這才長舒一口氣。

「不是脫衣裳麼？脫。」寧殷側身曲肘，以手撐著腦袋，被褥中的另一隻手往下，舔了舔牙尖笑道：「想蓋章了。」

煙花的熱鬧到近乎天亮時才消停。

虞靈犀不知寧殷何時走的，醒來時身側已沒有那人的溫度。

若不是旁人瞧不見的地方還落著一枚深紅的「印章」，她險些會以為昨晚的短暫相見是一場夢境。

夢醒空蕩，卻又像品了一顆糖，回味餘長。

好在很快是上元節，燈會夜遊，官民同樂。

那晚戌時，天子會率王孫貴胄登上宣德門，觀高臺燈市，接受萬民朝拜。

但因皇帝尚在長陽宮養病，此次登樓，便推舉七皇子寧殷代勞。

按理說，寧殷對這種場合毫無興致，應是不會露面的。

但大家都在猜測，能有資格代替天子行禮的人，極有可能會成為皇位的繼承人，七皇子但凡有點野心，都不可能拒絕這項殊榮。

所以，寧殷是想做太子麼？

虞靈犀不清楚。

戌時，虞靈犀身著紅妝禮衣，提著一盞琉璃燈，與虞辛夷一同登上宣德門西側樓臺——那裡是後宮嬪妃和女眷觀燈的場所。

而寧殷和寧子濯等皇子王孫，則代替天子站在東側樓臺之上。

極目望去，夜空深沉，宮門下人聲鼎沸，千萬盞花燈化作光河蜿蜒。

虞靈犀手搭在宮樓的扶欄上，遠遠注視著東側緩步上樓的寧殷，紫袍玉帶，冷俊無雙。

嘴角忍不住上揚，卻見一旁的虞辛夷走上前，伸手打斷她的目光道：「可要阿姐借妳權杖，過去找他？」

虞靈犀這才收回目光，不好意思地笑笑：「不必啦。」

她約了寧殷燃燈會結束後，一起去市坊賞燈猜謎。

今夜上元，不受禮教束縛，可以通宵達旦地賞燈遊玩呢。

風一吹，滿街的花燈搖晃，如星子散落人間。

薛岑站在擁擠的人群中，一眼就瞧見了宮樓之上的虞靈犀。

那麼多衣著華麗的貴女、命婦，唯有虞靈犀如出水芙蓉般美麗亮眼，額間一點嫣紅的花鈿灼然綻放，映得滿樓燈火黯然失色。

她的眼眸依舊漂亮溫柔，只是，再也不會望向自己。

薛岑是跟著阿兄來此的。

廢太子死了，祖父也卸職歸家，與虞家的婚事告吹淪為全京城的笑柄，薛府陷入前所未有的頹勢之中。

薛岑偶爾徹夜不眠，會聽到三更半夜阿兄匆匆出門的聲音。

整座薛府，唯一沒受打壓影響的，似乎就是薛嵩。

漸漸的，薛岑起了疑。

薛家扶植的廢太子已經死了，他不知道兄長還在為誰奔波勞累……亦或是，他暗中侍奉的，壓根不是廢太子？

心中疑竇重重，薛岑跟著阿兄的馬車來到宮門下。

人跟丟了，他看見了宮樓之上淺笑嫣然的虞靈犀。

像是撲火的飛蛾，心中灼痛，卻又情不自禁吸引。

光祿寺和禮部的吏員領著一班雜耍藝人和商販上樓，人群擁擠起來，薛岑被後面的稚童撞得一個趔趄，再抬首時，樓上已沒有了虞靈犀的身影。

他微紅的眼眸黯淡下來，逆著人群，孤零零地往回走。

火光直噴三尺多高，惹來西樓的女眷們歡呼叫好。

是禮部甄選出來的民間雜耍班子在給寧殷獻藝，寓意「與民同樂」。

宮牆上風大，虞靈犀對瓦肆雜技沒有興趣，便換了個避風的地方待著，只想燃燈會快些結束，好和寧殷一同去市坊夜遊。

「哇！這火噴得好高啊！」一名十四五歲的少女挽著婦人的胳膊，興高采烈道：「阿姊快看！都快噴到靜王殿下的臉上去了！」

「噓！靜王殿下的名號，豈是妳能大呼小叫的？」婦人明顯顧忌許多，壓低聲音解釋道：「這雜耍班子來自漠北，能歌善舞，通曉百戲，自然不是漢人能比的。」

聽到「漠北」二字，正在飲酒暖身的虞靈犀一頓。

她起身，聞聲找到那名婦人，福了一禮道：「夫人方才說，這支獻藝的雜耍班子，是哪裡人？」

婦人想必也是官宦人家的命婦，立刻回了一禮，答道：「是漠北人。奴也是曾聽夫君說過，他們都是先帝滅漠北後擄來的奴隸，在京中瓦肆很有名。」

虞靈犀趴在欄杆上極目遠眺，那個正在朝著寧殷方向噴火表演的漢子越看越眼熟。

漠北人，上元節，鴻門宴……

心臟彷彿被一隻無形的大手狠狠攥住，虞靈犀手中的琉璃燈「吧嗒」墜落在地，四分五裂。

她後退一步，轉身就走。

提前了一年！如果沒猜錯，因為這輩子虞家並未覆滅，導致皇后殘黨忌憚寧殷勢力，聯合宦官精心準備的那場血腥鴻門宴，比前世記憶中的時間提前了整整一年！

即便是前世震懾天下的攝政王，亦是在這場刺殺中身負重傷，事後才以燒活人為燈洩憤，更遑論……現在的寧殷還不是攝政王啊！

「阿姐！」虞靈犀一把拉住正在安排百騎司巡邏的虞辛夷，抖著嗓子道：「權杖借我一下！」

「怎麼了，歲歲？」虞辛夷一頭霧水，「妳的臉色怎麼……」

「獻藝的雜耍班子是漠北刺客，皇后設燃燈宴，聯合宦官要刺殺靜王。阿姐，快稟告兄長救人！」

來不及解釋更多，寧殷虞靈犀解下虞辛夷腰間的權杖，擠開人群朝東樓大殿方向不要命地奔去。

直到妹妹的身影消失在攢動的人群中，虞辛夷才反應過來，召集下屬道：「雜耍班子有問題，速報禁軍！」

轟——

三丈多高的燈樓拔地而起，城門亮如白晝，百姓歡呼若海。

鼎沸的人聲湧來，將虞靈犀的呼喊聲淹沒。

「宮牆東側乃皇子王孫之所，女眷不可擅闖！」

禁軍交叉長戟，攔住了氣喘吁吁奔來的虞靈犀。

「我奉虞司使之命，有要事稟告靜王！」

虞靈犀拿出了阿姐的腰牌。

禁軍依舊攔在路口，虞靈犀索性一把扯下腰間的龍紋玉佩，「見此玉者，如靜王親臨，你們誰敢阻攔！」

龍紋玉佩是皇子專有，禁軍果然被唬住了。

虞靈犀不再耽擱，趁著禁軍遲疑的當口朝正在觀燈的宴席走去。

樓上殿門大開，見到一位紅妝美人氣喘吁吁地闖進來，一時間宴席上眾人皆有些驚訝。

「這不是虞二姑娘嗎？」

「她來作甚？」

寧殷放下手中的杯盞，極輕的一聲響，四周細微的議論聲立即戛然而止。

虞靈犀的視線與寧殷對上，定了定神，邁步越過那群雜耍的藝人，朝寧殷走去。

「殿下的玉佩落下了，臣女為殿下送來。」

虞靈犀竭力穩住呼吸，跪坐在寧殷面前，雙手遞上那枚玉佩。

她朝著雜耍藝人和某些大臣的方向使了個眼神，焦急之情全在不言之中。

察覺到氣氛不對，寧殷的眸子緩緩瞇了起來。

他神色如常，甚至帶著優雅的笑意，低聲道：「妳不該來的，歲歲。」

繼而他一手抓住虞靈犀的腕子拽入懷中，一手抬起空著的杯盞遮擋！

幾乎同時，一把細長的匕首刺穿杯盞底部，森寒的光映亮了寧殷幽暗的眸。

震地巨響，燈樓上的齒輪開始轉動。

火花四濺，宛若金銀碎屑點綴夜空，一片火樹銀花，百姓的歡呼聲如浪潮拍來，蓋住了殿樓上的動靜。

事出緊急，虞煥臣能調動的人不多，很快被崔暗的人攔在城樓之下。

兩軍對峙，誰也不敢輕舉妄動。

「崔提督這次真是將老本都搬出來了。」虞煥臣按著腰間的刀刃，一襲銀鎧白袍隨風獵獵，「從你三番五次針對虞家時我便起疑了，你和漠北有勾結？」

聞言，崔暗慢吞吞道：「來的不是虞將軍，真是可惜。不過無礙，父債子償也是一樣。」

「什麼意思？」

虞煥臣皺起了眉，按在刀柄上的手指不著痕跡地點了點。

藏在暗處的虞辛夷立刻會意，隱入人群之中。

「虞將軍見過本督許多次，可每一次，他都沒想起我是誰。」崔暗笑得陰沉，「他好像忘了那些被他殺死的異族人，忘了那一串被草繩鐐銬串連著、赤腳跌跌撞撞送入京城的漠北俘虜中，那個瑟瑟發抖的小少年。」

第二十七章　祕密

危險到來的那一瞬，記憶的火花四濺，虞靈犀想起許多細節。

譬如前世上元節遇刺後，寧殷其實有好幾日不曾出門。

「……那暗器上有毒，受了這麼重的傷還能活下來的，真是罕見。」

「沉屙舊疾隱而不發，遲早如大廈將傾，誰知將來如何。」

太醫們壓低聲音交談路過，虞靈犀倚在窗邊，默默擱下手中的書卷。

然後沒多久，她就看見寧殷拄著拐杖信步而出，優哉游哉地領著下屬去抄家滅族。

他依舊貴氣從容，蒼白冷冽的容顏上看不出絲毫疲倦枯槁，強悍得彷彿這世間沒有什麼東西能夠摧毀殺死他。

可人心肉長，世上哪有什麼金剛不壞之身？

見到那跳紙傘舞的女子偷偷轉動傘柄機括時，虞靈犀不知哪兒來的力氣，下意識將寧殷撲倒在一旁。

幾乎同時，十數支銀針大小的暗器如梨花散落，篤篤篤釘在寧殷原先的位置上。

虞靈犀緊緊擁住寧殷，唯恐他像前世那樣，被這帶劇毒的暗器劃傷手臂。

脖頸間滴落些許黏稠的濕潤，燙得她渾身一顫。

虞靈犀下意識抬手一摸，明亮熱鬧的燭火中，指尖的殷紅刺痛她的眼睛。

她猛然抬頭，望著寧殷鼻中緩緩淌下的一線血色，睜大的瞳仁微微顫抖。

「怎麼會……」

虞靈犀不敢置信，無措地伸手去碰他的鼻端。

她明明已經擋住那些毒針，為何寧殷還會流血？

寧殷抓住她的指尖，包在掌心中捏了捏。

「別碰，髒。」他平靜地抬手拭去鼻端的血漬，而後淡然在旁邊那具屍首上擦乾淨，「方才本王還覺得奇怪，為何這名吐火者噴出的烈焰竟是藍紫色，且濃煙刺鼻。現在明白了，皇后娘娘是將毒下在噴火者的酒水中？」

虞靈犀順著他的視線望去，立刻繃緊了身子。

皇后不知從何處趕來，身後還跟著一支陌生的羽林衛。

只是這群羽林衛的刀刃並非對準行刺之人，而是架在寧殷脖子上，繼而制住了幾名試圖呼救的大臣。

剩下的，要麼是戰戰兢兢不敢出聲的中立派，要麼就是皇后暗中籠絡的同黨。

「不錯，靜王謹慎狡猾，本宮不得不用些手段，將特製的藥摻雜進吐火郎的酒水中。」

見已經控制全場，馮皇后也不再隱瞞，拖著葳蕤的鳳袍進殿道：「這藥溶於酒中時檢驗不出，只有經過烈焰焚燒化出的煙霧，才是能麻痹全身、侵襲五臟的奇毒。」

這是虞靈犀前世不曾得知的訊息。

事情終究還是脫離了掌控。

「妙極。」寧殷撫掌讚嘆，「饒是本王，也不得不佩服這毒下得巧妙。」

這小瘋子，竟然還笑得出來！

也不知這毒凶不凶險，虞靈犀壓下心間的慌亂，沉靜道：「後宮不議政，還請娘娘三思，為小殿下著想。」

為今之計，只有盡可能為寧殷的下屬和兄長的禁軍爭取時間。

馮皇后的視線落在虞靈犀身上。

她依舊慈眉善目，在滿殿的刀光劍影中，那雙古井無波的眼神透出一股詭譎的安寧。

「妳也在這，倒省得本宮還要費心去找妳。」馮皇后撚著手中的佛珠，一言戳破虞靈犀的心思，「想拖延時間，本宮勸妳莫要白費心思。虞煥臣裡通外敵，已讓崔暗拿下，就地正法。」

虞靈犀絞緊手指。

刺客混入燃燈會，負責守衛的虞少將軍自然逃脫不了干係，還會背上一個「勾連刺客」的罪名。

馮皇后是想用一石二鳥之計，將虞家一併剷除。

這是一個完美又惡毒的計畫，甚至比前世上元節的那場鴻門宴更為周密詳細。

寧殷受毒素影響，身子麻痹乏力，已經支撐不住往旁邊倒去。

虞靈犀忙往他身邊靠了靠，接住他傾倒的身子，低聲道：「你怎麼樣？」

寧殷看著她，漆黑的眼中有淺淡的光跳躍，似乎想要抬手觸碰她的臉頰，可抬到一半就無力地垂下。

虞靈犀忙接住他墜落的手掌，緊緊握住。

「我若是靈犀，此時就該和本王劃清界限，主動投誠。」寧殷低笑道。

「閉嘴。」虞靈犀恨不能堵住他這張可惡的嘴。

一名羽林衛叛黨自殿外而來，關上門道：「娘娘，禁軍已被崔提督制住，一切盡在掌控。」

聞言，虞靈犀心涼了半截。

「處理乾淨。」

馮皇后毫不拖泥帶水，幾名王府親衛立即應聲而倒。

另一邊。

虞辛夷下了宮樓，與一唇紅齒白的金袍少年撞了個正著。

寧子濯剛從燃燈宴會上溜出來，提著一盞憨態可掬的老虎燈，忽地狗眼一亮：「虞司使！我正要去尋妳，妳瞧這燈……」

「沒空！」

虞辛夷朝牆下的騷亂處看了一眼，正要越過寧子濯，忽地停住腳步。想起什麼，她倒回來，打量寧子濯道：「你現在能去上陽宮嗎？」

寧子濯點頭：「我是聖上的親姪子，當然能……」

話還未說完，已被虞辛夷一把拽走。

「別出聲，別問為什麼。」虞辛夷拽著寧子濯健步如飛，壓低聲音道：「帶我去面聖，快！」

宣德門東殿。

「叮噹」一聲，一把帶血的匕首丟在虞靈犀腳下。

寧殷的視線落在那把匕首上，眸中映出一片暗紅。

七年前的記憶浮現腦海，夢魘般揮之不去。

「你們母子之間只能活一個。」無盡的黑暗中，女人悲憫的聲音傳來，「殺了妳兒子，本宮讓妳活命。」

「這把匕首熟悉嗎？」馮皇后看向寧殷。

她流露出悲憫的神情，像是在欣賞獵物垂死的掙扎，「當年你們母子只能活一人，麗妃可是毫不遲疑地將刀刃，送進你的胸膛。」

虞靈犀猛地抬眸，不敢置信地看著寧殷。

她想起在倉房中極樂香時，寧殷給她講的那個故事。

「大狼抓住了小狼母子，然後丟了一把匕首在他們面前。他們告訴小狼的母親，她和兒子之間，只能活一個……」

虞靈犀曾問寧殷，故事的結局是什麼。

那時他想了很久，才勾著涼薄譏誚的笑意道：「小狼的母親，大概會將匕首刺入自己的心口吧。」

他反問：「故事裡，所有的母親都會這樣做，不是麼？」

虞靈犀想起寧殷心口那道細窄的舊傷，沒由來一陣絞痛。

寧殷不是「故事裡」的孩子。

他一直，活在地獄裡。

「給妳個將功贖罪的機會。」馮皇后的聲音打斷了虞靈犀的思緒，故技重施，「殺了靜王，本宮讓妳活命。」

虞靈犀只是看著寧殷，眼眶一片濕紅。

馮皇后不僅要殺寧殷，而且還是用最誅心的方式……她在享受最後一刻的虐殺快感！

虞靈犀的呼吸劇烈地抖了起來。

方才衝進殿給寧殷送信也好，被亂黨以刀脅迫也罷，她都不曾像此刻一樣亂了心智。

寧殷也看著她，眼睛平靜得像是凝著黑冰。

虞靈犀不知道七年前的小少年該有多疼、多絕望，才能換來面前這個平靜得近乎殘忍的寧殷。

虞靈犀顫巍巍伸指，握住那把匕首。

寧殷依舊懶洋洋半倚著，朝她勾出一抹溫柔的笑來。

「我死了，靈犀就自由了。」寧殷低聲一笑，「這一刀若是殺不死我，靈犀生生世世，永生永世，都只能綁在本王身邊。」

瘋子！這個小瘋子！

虞靈犀握緊手指，目光逐漸變得堅定。

她猛然抬手，用盡全力、毫不遲疑地，朝著以刀架住寧殷脖子的那名羽林衛，狠狠地刺去！

——這就是她的答案。

鋒利的匕首掠起耳畔的冷風，寧殷望著面前嬌弱而勇敢的少女，有了一瞬的茫然。

虞靈犀是這場局中，最意外的意外。

她選擇了他。

這一次，他沒有被拋棄。

繼而「鐺」的一聲。

那名羽林衛反應過來，駭得匆匆抬刀，將她手中的匕首打落。

就是現在！

虞靈犀捂著手腕踉蹌一步，喝道：「寧殷！你還要……演到什麼時候！」

打飛的匕首準確地落回寧殷手中。

繼而他反手一橫，兩名圍上來的羽林衛倏地瞪大眼，喉嚨上溢出一線血痕，隨即像斷線的木偶般跪地撲倒。

幾乎同時，宣德門外幾支羽箭破空而來。

燈樓與宣德門相接的繩索崩斷，上百盞花燈如隕落的星辰蕩開一道弧度，狠狠砸在宮牆之上。

燈樓搖搖欲墜，火花木屑四濺，如流螢亂舞，吸引了百姓和宿門衛屯所的注意。

晃蕩的火光照亮殿中的刀光血影，眾人驚呼，崔暗手下的隊伍不由亂了隊形。

鼓點如雷，沉風和折戟聽信號而動，各領一支小隊衝上殿來。

趁此機會，虞煥臣拔劍衝入重圍，高呼道：「有刺客，隨我救駕！」

意識到事情即將敗露，馮皇后轉動佛珠的手一頓。

崔暗沒有攔住寧殷的人，必定是出了意外。

見寧殷鼻端又滲出血色，馮皇后不再戀戰，便在內侍的護送下從西側殿門退離。

見到寧殷的人總算趕到救場，虞靈犀提在心口的那口氣終於鬆了出來，整個人宛若脫力般跌坐在地。

寧殷單手撈住她的腰，目光停留在她猶帶淚痕的蒼白臉頰，皺了皺眉。

「殺光。」

寧殷擦乾淨手指，這才彎腰抄起虞靈犀的膝彎，將她打橫抱起，踩著乾淨的地磚朝殿門外走去。

虞靈犀將臉緊緊埋在他懷中，指尖冷得發顫。

感受到她的後怕，寧殷收緊了手臂，吻了吻她的髮頂。

「沒事了，歲歲。」他輕聲道，不理會身後成片的血花綻放。

因為突如其來的刺殺，宮牆上基本已經清空了，閣樓裡還殘留著女眷匆忙間落下的花燈。

宣德門上下亂成一團，禁軍守衛森嚴，可無一人敢阻攔寧殷的腳步。

夜風凜寒，吹落滿天星辰。

寧殷抱著虞靈犀上了靜王府的馬車，而後張開披風將她裹入懷中，輕撫著她顫抖的雙肩。

侍衛目不斜視，請示道：「殿下欲去何處？」

寧殷垂眸，溫聲道：「帶歲歲去看花燈，可好？」

虞靈犀哪還有心思看燈？

她想起前世那場轟轟烈烈燃燒的活人天燈，想起寧殷紫袍染血的絕望瘋狂，喉間一哽。

「叫太醫來解毒。」虞靈犀緊緊攥住寧殷的衣襟，呼吸輕顫道。

寧殷笑了聲，順勢握住虞靈犀的手：「我從小嘗毒，體質異於常人，這點劑量死不了人。」

「去叫太醫！」

虞靈犀固執抬眸，加重了語氣。

馬車外的侍衛聽到車內肅然的嬌喝，下意識抖了抖肩膀。

自從靜王上位以來，心思深手段狠，何曾有人敢以這樣的語氣喝令他？這姑娘，未免太恃寵生嬌了。

親衛們提心吊膽，寧殷卻是笑得縱容。

他以唇碰了碰虞靈犀額間的明豔花鈿，施然道：「回府，叫藥郎過來。」

宮牆上，崔暗被虞煥臣一刀刺去冠帽。

不同於漢人的微鬈頭髮披散下來，給他白淨的面容添了幾分陰鷙。

崔暗到底是閹人，沒有皇后的坐鎮，名不順言不正，手下的那幾十名羽林衛皆已軍心渙散，只有幾名心腹還在負隅頑抗。

虞煥臣橫刀指向崔暗，沉聲道：「漠北七部早已覆滅，你又何必再興風作亂？」

「若是你親眼看著阿爹被斬殺馬下，你從前途無量的將軍之子變成衛人的閹奴，你也會這樣勸自己嗎？」夜濃如墨，崔暗慢悠悠理了理散亂的頭髮，「虞將軍靠斬殺我阿爹和族人揚名立萬，現在他的兒子，卻來質問我『何必』……真是好高尚的情操。」

虞煥臣皺眉：「我父親當年也不過是奉命北征，若非你們藉進獻美人毒殺本朝先帝，又怎會招來滅族之禍？」

「因果報應，所以我替族人報仇，有何不對？」崔暗那張終年掛笑的臉上，總算顯現出幾分怨毒，「去年秋那場北征，你們虞家就該死在塞北了。」

皇帝連頭髮都來不及梳理，在寧子濯和虞辛夷的護送下趕到宣德門，聽到的就是崔暗這一句。

「反了！都反了！」

皇帝瞪大渾濁的眼睛，氣得嗆咳不斷。

他委以重任的近侍。竟然是潛伏入宮的敵國將軍餘孽！

若非親眼所見，親耳所聽，他恐怕還被蒙在鼓裡！

崔暗瞇了瞇眼。

他這才明白，虞煥臣是故意拖延時間套話，好讓皇帝明白誰才是真正「裡通外敵」的叛臣。

「敗在你的手裡，我不冤。」

崔暗舉起雙手後退一步，直至後背抵著宮牆的雕欄，往上一踩。

虞煥臣來不及阻攔，崔暗已仰面躍下城樓。

他迅速調整身形攀上交錯的燈繩，借著繩索的力道緩衝，滾落在地。繼而連殺了兩名來不及反應的禁軍，隨即被等候已久的同黨帶走，借著夜色遮掩混入四處逃散的人群中。

虞煥臣重重一拍欄杆，眉頭緊鎖。

虞辛夷讓寧子濯安頓好皇帝，上前道：「已經讓人去追了，跑不掉的。」

虞煥臣想的並非是此事，即便他不出手，靜王的人也絕不會放過崔暗。

他只是沒想到從那麼早開始，崔暗就在實施他的復仇計畫了。

若非去年陰差陽錯大病一場，錯過北征，他不知道等待虞家的將會是什麼。

寧殷的人動作很快，回到靜王府時，那毀了一半面容的藥郎已等候在庭中。

靜王府沒有顏色鮮麗的花燈，唯一的亮色，便是殿中成對交錯的落地花枝燭臺。

藥郎明顯有備而來，把脈看了寧殷的症狀，便懶洋洋道：「這毒雖凶險，但因殿下體質特殊，吸入不多，暫且不算致命。」

藥郎摸出兩顆黑色的藥丸，遞給寧殷。

這藥一看就知苦得慌，虞靈犀正要倒水給他送服，卻見寧殷捏起那兩顆藥丸送於嘴中，細細嚼碎了咽下。

苦得舌根澀的藥丸，他卻享受得彷彿在品味什麼珍饈糖果。

服下藥丸約莫一盞茶，寧殷抬手抵著唇，面不改色地咳出一口鮮血，鼻端也滲出一縷鮮紅。

虞靈犀呼吸一窒：「怎麼還會吐血？」

「小娘子莫怕，這毒血吐出來才好。」藥郎提筆寫了一副方子，交給寧殷道：「每日兩劑，連服七日。今夜過後我便要出京雲遊四海，還請殿下保重，再百毒不侵的身子也禁不住這般折騰。」

說罷也不多留，背著藥箱便拱手告辭。

侍從領了藥方，下去煎藥，殿中只剩下虞靈犀短促壓抑的呼吸。

「哭什麼。」寧殷將虞靈犀攬入懷中，抬手給她拭去眼淚，低沉道：「就這麼一個寶貝歲歲，若哭壞了，我便是死一萬次也不足惜。」

虞靈犀忍了一路，可瞧見寧殷唇上沾染的鮮血時，眼淚還是不爭氣地溢了出來。

她抬袖擦了擦他的唇畔，哽聲艱澀道：「可是，我也只有這麼一個寶貝寧殷啊。」

寧殷靜靜地看著她。

眼前燭火熠熠生輝，心中破損的那道口子正在緩緩癒合，灌入溫暖的熱流。

他笑了起來，那笑襯著薄唇間暈染的血色，便顯得格外靡麗瘋狂。

「妳知道嗎，歲歲。」寧殷以額輕輕觸碰虞靈犀眉心的花鈿，與她鼻尖抵著鼻尖，自語般輕聲說，「我今夜很高興。」

他繾綣的聲音裡，帶著病態的饜足，像是終於在自虐般的折騰中收穫了一枚稀世珍寶。

虞靈犀千言萬語哽在喉中，終是放軟了身子。

好在寧殷服下藥丸後，果真不再流鼻血。

他褪去衣物泡在水霧繚繞的湯池中，臉色也漸漸有了幾分活人的氣色。

片刻，他「嘩啦」一聲站起，冷白矯健的身軀上水珠滑落，就這樣大喇喇踏著一地濕痕緩步上岸。

虞靈犀原本脫了鞋襪倚在榻上，猝然撞見滿目腰窄腿長的結實軀體，心臟突地一蹦。

她下意識轉過臉，抿唇道：「你早知道皇后要害你？」

寧殷隨手抓起一件黑色外袍裹上，坐在虞靈犀對面：「要釣大魚，自然要以身做餌。」

見她蹙起眉頭，寧殷不在意地笑了聲，「反正死不了。」

「死不了，就沒人心疼了麼？」虞靈犀瞋了他一眼，心有餘悸道：「既然有準備，那你為何不早點動手？你可以早點動手。」

寧殷墨髮披散，單薄的黑袍襯得他的面頰異於常人的白。

他靠著椅背，想了想道：「因為想讓歲歲心疼啊。」

他當時就想：靈犀心那麼軟，說不定自己可憐些，她就一輩子都捨不得離開了。

可是看到虞靈犀急得掉眼淚，看到她將手中的匕首毫不猶豫地刺向敵人……

到頭來心疼的，卻是他自己。

「就因為這個？」虞靈犀不敢置信。

寧殷不語，伸手去拉她。

虞靈犀卻是躲開他的手，瞪著他看了半晌，又咬字重複了一遍：「你以性命做賭，就為了這個？」

她有一點生氣，她不喜歡寧殷對他身體的作踐漠視。

看出她的惱怒，寧殷的神色安靜下來。

池邊的水滴滴入湯池中，「叮咚」一聲，蕩開圈圈淺淡的漣漪。

過了很久，久到虞靈犀以為寧殷不會開口解釋時，他淡色的薄唇微微啟合：「那個女人恨我，逃出宮的那天……」

他只說了一句，便閉緊了唇線。

虞靈犀怔了片刻，才明白寧殷嘴裡的「那個女人」，大概是他母親。

這是寧殷心中埋藏最深的祕密，上輩子他寧可抹殺掉和麗妃有關的一切，也不願提及分毫。

虞靈犀直覺，寧殷所有的偏執疼痛，都與這個尖銳的祕密有關。

她心裡的那點惱惱彷若風吹的煙霧，忽而飄散，只餘淡淡的悵惘迷茫。

她坐在榻上看了寧殷許久，見他沒有再開口的打算，便悶聲問：「我可以靠靠你嗎？」

寧殷看著她，輕抿的唇線上揚，屈指叩了叩自己的膝頭。

於是虞靈犀起身，提著淺丁香色的襦裙坐在寧殷的腿上，將頭抵在他的肩頭。

寧殷什麼話也沒說，垂首以鼻尖蹭了蹭她的鬢髮，合攏雙臂擁抱。

虞靈犀放任他將臉埋入頸窩。她知道，此刻真正需要依靠的，是這個以命做賭的小瘋子。

「我從小體弱，故而我娘將所有的精力都放在照顧我上，教我說話識字，為我裁衣梳髮。」虞靈犀絮絮說著，笑道：「她是我見過，最溫柔體貼的娘親。」

「是麼？」寧殷低沉的聲音自耳畔傳來，「我出生時，那個女人不曾看我一眼，因為我身體裡流著她殺夫仇人的血。」

虞靈犀將臉貼得更緊了些，聲音也低了下去：「我的小名也是阿娘去慈安寺求來的，她希望我歲歲平安。」

「我的小名麼，倒也有。」寧殷呵笑一聲，「小畜生、雜種……不過大多時候，她不屑喚我。」

虞靈犀環住他的腰肢，說不下去了。

大概是開了個頭，又許是此時懷中的香軟太過溫暖，寧殷自顧自接了下去。

「那個女人自恃清高，卻又懦弱膽小，不願委曲求全，亦沒有赴死的勇氣，所以她活得很痛苦……」

寧殷嗓音輕緩，平靜地彷彿在說別人的故事。

他說那個女人被仇人強占，想方設法更換了身分納入宮中，卻被折磨得生出了癔症。她時常呆坐，時常痛哭，漸漸的，連仇人對她也失去了興致。

有一個瘋子嬪妃是件丟臉的事，何況被逼瘋的還是他的前嫂嫂，仇人怕他英明神武的形象被玷汙，索性將女人連同她的宮殿封鎖起來，不准任何人出入。

在冷宮裡，麗妃唯一的樂趣便是折磨她的兒子。

似乎只要將痛苦施加在兒子身上，她便能獲得短暫的解脫。

日子一年一年過去，漸漸的，連皇帝都忘了他這個兒子的存在。

直到有一天深夜，坤寧宮的兩名太監在冷宮外的枯井裡拋屍，正燒毀證據時，被一牆之隔的麗妃撞破。

死的人都是當初服侍皇后生產的宮女，年滿出宮的前夜被殺人滅口。

枯井旁，還有半頁沒來及完全燒毀的太醫院病例記錄，於是麗妃知道了一個驚天大祕密——一個足以扳倒皇后，也足以為她招來殺身之禍的祕密。

「她當年帶你出宮，就是為了避難嗎？」虞靈犀繃緊了嗓子。

「是，也不是。」寧殷一手環著虞靈犀，一手撐著腦袋，緩聲道：「她的確想逃出宮，卻並不打算帶上我。我說過了，她恨我身體裡流著那人骯髒的血。」

虞靈犀默然。

「她前夫的舊部費盡千辛萬苦聯繫上她，說要帶她逃出宮，逃得遠遠的。她高興極了，親自下廚給我做了一碗甜湯，生平第一次給我做湯，她說她會永遠對我好，哄我喝下湯快快睡覺。」寧殷半瞇著眼眸，笑了聲，「那湯裡下了藥，就是靈犀曾在欲界仙都求過的那味九幽香。」

虞靈犀心臟突地一跳。

她不曾想過，那味被她拿來避難的救命之藥，卻是寧殷遭遇的第一場騙局。

「可她沒有想到，我從小被逼著騙著餵了不少毒，體質異於常人，那湯藥對我作用並不大，後半夜就迷迷糊糊醒了。她的計畫被撞破，只能帶上我。」

說到這，寧殷笑了聲。那笑有些低冷，說不清是同情還是嘲諷。

「她太傻了，一個困居冷宮多年的瘋女人，怎麼可能值得旁人冒險相救？好不容易逃到宮外的破廟，可等在那裡的卻是前來『捉姦』的皇后和羽林衛。」寧殷漆黑的眸子冷了下來，嗤道：「後面的事，靈犀已經知道了。」

這一切，不過是皇后為了光明正大滅口，而賄賂麗妃舊部布下的陷阱罷了。

破敗的小廟，悲憫斑駁的石佛，夜那麼黑那麼冷，沒有人來救他們。

馮皇后生不出孩子，但她樂於摧毀別人的母性。

她丟了一把匕首在麗妃母子面前，讓她做選擇。

「那個女人並不知道，她寄予希望的舊部早就被皇后賄賂，背棄於她，她覺得自由就在眼前。」寧殷似笑非笑道：「她看著我，哭著說『對不起』。」

「寧殷……」

虞靈犀心臟刺地一疼，後面的事她不忍心再聽下去。

「匕首剛刺進來時，我聽到噗嗤一聲，然後就是劇烈的疼痛，比我受的任何一次鞭笞都要痛上千百倍。」寧殷回憶著，用最平靜的語氣講述最殘忍的畫面，「當血流得太多，漸漸的便感覺不到疼了，只覺得黑暗和冷。」

「別說了……」

「那個女人真是蠢得可以，她知道了那麼大一個祕密，皇后怎麼可能放過她？大概是托九幽香的福，亦或是那女人手抖得太厲害沒刺準，我醒來時候還躺在破廟裡，那個女人就躺在我身邊，身體因中牽機毒而劇烈抽搐，七竅流血。」

牽機毒……

虞靈犀聽說過，服下此毒的人不會立即喪命，而是極度的痛苦掙扎一天一夜才會扭曲著死去，面目全非。

寧殷說，麗妃那張美麗的臉和身體扭曲著，赤紅的眼睛卻一眨不眨地盯著他。

她在求寧殷給她一個痛快。

所以，少年渾身是血，哭著將匕首送進她抽搐的身子。

她終於安靜下來，紫紅的嘴唇顫抖著翕合，斷斷續續說：「謝……對……」

一滴淚從她眼角滑入鬢髮中，沒人知道她這滴淚是為誰而流。

「第一次殺人，我不記得是什麼感受了。只知道鮮血濺在我的眼睛裡，天空和皓月，都被染成了漂亮的鮮紅色……」

「別說了！」虞靈犀環住寧殷，顫聲道：「別說了，寧殷。」

寧殷撫了撫虞靈犀的頭髮，而後拉著她的手，順著敞開的衣襟按在自己的左胸上。

「這裡受過傷。」他漆眸幽邃，引著虞靈犀的手去觸摸胸口那道細窄的傷痕，「那個女人說，沒有人會愛我。」

「愛」這種東西太過虛無，所以對於寧殷而言，只要虞靈犀永遠待在他身邊就夠了。

這便是，他愛人的方式。

「你是傻子嗎？你是不是傻子！」虞靈犀眼眶一酸，睜著瀲灩的美目道：「你想證明什麼呢？我對你的心意，你感受不到嗎？」

寧殷垂首，默默擁緊了她。

早就感受到了，很暖。

畢竟沒有誰會像她那樣，傻乎乎握著匕首「保護」他。

感受到寧殷擁抱的力度，虞靈犀抿了抿唇，雙手捧起他俊美的臉頰，注視著他墨色的眼眸。

而後她俯下身，柔軟的氣息拂過他的喉結，拂過鎖骨，最終在他心口的傷痕上輕輕一吻。

寧殷閒散的身軀微微一緊，瞇眸道：「歲歲，妳在做什麼？」

「在愛你。」

水霧氤氳，少女額間花鈿明媚如火，面容比滿池燈影還要明媚勾人。

她手抵著他的胸膛，輕而認真將唇貼過每一處舊傷，親吻他年少的苦痛與絕望。

寧殷明顯怔了怔。

而後他漆眸暈染笑意，手掌順著她的腰窩往下，攬住她往上顛了顛。

「不夠。」寧殷捏著她的下頷，「多愛一點。」

虞靈犀眨眨眼，毫不遲疑地吻了吻他的鼻尖，然後往下，將柔軟的芳澤印在他的薄唇上。

寧殷的眸垂了下來，蓋住那片疊湧的幽深。

他張開了嘴，放任心上人溫柔的胡作非為。

淨室中水汽繚繞，跳躍的燈火給瑩白的暖玉披上一層淺淡的金紗。

唇上不得空，寧殷便拉著虞靈犀的手，讓她的指尖代替親吻撫過胸口的傷痕。

這具身軀虞靈犀前世已經看過很多回，但沒有哪一回像今夜這般，光是輕輕觸碰就能讓她心尖顫抖，情緒氾濫成災。

她貼著寧殷的心口，不知為何，想起前世那隻受傷後，被寧殷親手捏碎頸骨的獵犬。

在他的潛意識裡，與其看獵犬苟延殘喘，倒不如給牠一個痛快。

就像當年破廟裡，他刺向飽受折磨的母親一樣。

虞靈犀不知道該說什麼，只能用親吻掩蓋喉間的哽塞，直至呼吸攫取，意識沉淪。

即便在這種時候，寧殷也依舊坐得閒散，只微微仰首，托住她的後腦勺。

虞靈犀退開了些，呼吸不穩道：「寧殷，你還欠我一樣東西。」

寧殷眼尾微挑。

直至虞靈犀大膽地攥住他黑袍的繫帶，指尖輕挑，寧殷才明白她說的「東西」，是大婚那日沒來得及帶走的清白。

「想要愛得更深些嗎？」

虞靈犀認真地凝望他，杏眸中揉碎一汪水光，暈開溫柔和堅定。

寧殷忽地低笑一聲，漆眸染著極淺的豔，彷彿能吞沒一切。

呼吸驟然被攫取，俊美的姘夫用行動代替回答。

隆冬時節，淨室卻暖馨如春。

燭臺燃到盡頭，接連滅了幾盞，寧殷深邃的俊顏也變得模糊起來。

虞靈犀趴在寧殷肩頭平復呼吸，長髮披散在單薄的肩頭，垂下纖細的腰肢，在寧殷臂上積了一灘墨染般的柔黑。

寧殷細細品嘗著她眼角的濕意，就著相擁的姿勢起身，抱著她朝湯池中走去。

步伐顛簸，虞靈犀一緊，下意識咬住了唇。

水霧隨著水波蕩開，又溫柔合攏。

熱水一點點沒過身軀，虞靈犀感覺到些許刺痛，不由皺起了眉頭。

「混蛋。」虞靈犀沒力氣，連罵人也是氣音般低啞。

寧殷坐在水中，讓虞靈犀坐在他腿上，慢悠悠給她擦洗道：「是歲歲自己說的，想愛得更深些。」

虞靈犀瞋目，憤憤然張嘴咬在他的肩頭。

男人的肌肉冷白硬朗，連眉頭也沒皺一下。

「做什麼？」寧殷青筋分明的手臂搭在池邊，輕緩的嗓音帶著縱容。

「也給你蓋個章。」虞靈犀埋在他肩上磨了磨牙，含糊不清道。

寧殷笑了聲，低啞的嗓音帶著優雅和瘋性：「不夠疼，用點力。」

虞靈犀終是放鬆了力道，小聲道：「捨不得。」

她鬆了牙齒，親了親那個小巧淺淡的牙印，環著寧殷的脖子倚在他懷中。

她太累了，沒多時就迷迷糊糊睡去。

中途似乎寧殷將她抱出了湯池，擦拭身體，還抹了一些冰冰涼涼的藥膏在她腰間的瘀傷處。

「小時候，皇帝偶爾會來找那個女人。」

耳畔傳來寧殷低啞的聲音，如案几上的香爐一般輕淡飄散。

「每次那個女人都哭得很慘，我被關在隔壁的小房間裡，蜷縮在黑暗的角落，只能拼命地捂住耳朵。」

一開始只是懵懂害怕，後來再長大些，便覺得骯髒噁心。

仇人與那女人在榻上，像是兩隻低等的牲口。

虞靈犀倚在他懷裡，睫毛撲簌抖動。

她明白了寧殷前世對此事的瘋癲與冷淡從何而來。

「可是歲歲不一樣，妳的聲音怎麼那麼好聽，嗯？」寧殷抹藥的手指沒一刻消停，勾了勾，強行將虞靈犀從混沌中拉回，「若給妳刻個章，妳喜歡『歲歲』這個名字，還是『靈犀』？」

眼皮沉重，虞靈犀疲倦地哼了聲，卻連抬手的力氣也沒了，索性循著那氣息將嘴唇堵了上去。

攬腰上的手臂收緊，世界總算悄然安靜。

虞靈犀醒來時已是日上三竿。

她躺在寧殷那張極寬的床榻上，肌膚貼著柔軟的被褥，耳畔傳來了窸窣的紙張翻閱聲。

虞靈犀艱難地動了動身子，轉過頭，果然瞧見披衣散髮倚在榻頭的寧殷。

大冬天的，他竟然只披了件單薄的中袍，鬆散的衣襟下隱隱可見兩道淺紅的抓痕……

昨晚的種種浮現腦海，虞靈犀沒忍住臉頰發燙。

果然在某些方面，小瘋子和大瘋子一樣不講道理。

寧殷的視線從書卷後抬起，瞥了過來。

「醒了？」

寧殷以書卷抵著下頷，另一隻手探入被褥中，揉了揉虞靈犀痠痛的纖腰。

虞靈犀渾身一顫，聲音帶著睡後的輕軟鼻音：「我衣裳呢？」

「要上藥。」寧殷半垂著眼眸，取來一罐藥膏捂化。一邊揉推，一邊緩聲道：「我昨晚，忽而明白了一件事。」

他這話沒頭沒尾，虞靈犀疑惑地眨眨眼。

寧殷俯身，耳後的墨髮絲絲垂下，低聲道：「白玉的質地，的確比墨玉要溫軟細膩許多。」

虞靈犀一愣，而後氣呼呼將寧殷推開。

寧殷被她推得臉頰一偏，不退反進，反而將她擁得更緊些，輕笑聲悶在喉間，震得胸腔微顫。

「妳是我的。」他很輕很輕地說。

被勒得喘不過氣的虞靈犀只好放軟了身子，纖細的手臂攬上他的腰肢，翹了翹嘴角，「你也是我的。」

片刻，虞靈犀想起一事。

「糟了。」她倏地從寧殷懷中抬首，慌道：「整晚未歸，爹娘定是急壞了。」

雖然昨夜是上元節，按照本朝傳統，這晚沒有男女大防，年輕人可以整夜遊玩賞燈，但昨晚燃燈會出了那麼大的事，說什麼也該給家人報個平安才行。

寧殷捏了捏虞靈犀的頸項，道：「虞煥臣已經來過了。」

「兄長來了？」虞靈犀驚訝，「什麼時候？」

「卯時。」寧殷慢悠悠道：「那時歲歲累極而眠，我實在不忍叫醒，便親自去同他說了。」

虞靈犀有了不好的預感，問道：「你……怎麼和他說的？」

寧殷看了身上鬆散的袍子和胸口的紅痕一眼，道：「就這麼和他說的。」

就這麼……

虞靈犀呼吸一窒。

殿門外傳來「篤篤」兩聲輕叩。

侍從稟告道：「殿下，已追查到崔暗的下落。」

虞靈犀這才從羞惱中回神，小聲道：「快去處理正事吧。」

寧殷叼起她的耳垂抿了抿，這才披衣起身。

推開殿門時，他眸中的平和笑意便化作一片清寒。

寧殷出門後，便有侍婢陸續進門服侍。

她們目不斜視，話也不多，倒省去了虞靈犀許多尷尬。

殿外清掃淨室的侍婢路過，虞靈犀眼尖地瞥見她們手中捧著一堆熟悉的淺丁香色裙裳。

她記得，昨晚寧殷隨手拿她的心衣擦拭……

臉頰一燥，她忙起身道：「等等！」

她接過侍婢手中的裙裳，躲在屏風後翻了翻，不由疑惑。

又翻了翻，還是沒瞧見那件弄髒的心衣。

「衣裳都在這了嗎？」虞靈犀問道。

「回姑娘，都在。」侍婢有些小心翼翼，「可是奴婢落下了什麼？」

「沒什麼。」虞靈犀故作如常地將衣裳還回去。

奇怪，裡衣去哪兒了呢？

侍梳洗齊整，用過一頓極其精緻豐盛的早午膳，虞靈犀便留了一封書信給寧殷，告知他自己要先回虞府一趟。

和寧殷有關的一切，她不想瞞著家人。

誰知剛出了靜王府大門，便見虞府的馬車已經停在階前。

這次，是阿爹親自來接她。

虞將軍看著明顯留宿更衣過的女兒，剛毅的臉上浮現些許複雜，半晌沉聲道：「先上車。」

第二十八章 刺青

靜王府寢殿。

床榻上的人雙目緊閉，皮膚蒼白沒有一絲血色。脈象虛浮羸弱，年輕太醫不動聲色地收回手，寫了副固本培元的方子，便躬身退下。

太醫甫一出大殿，病榻上「垂死」之人便睜開了眼，漆眸冷沉。

寧殷吐出壓在舌下的藥丸，屈腿起身道：「跟上他。」

太醫沒有回太醫院，而是繞了一圈，輾轉去了一家客舍。

少時，一隻鴿子從客舍後院飛出，往東南方而去。

屋脊上的灰隼歪了歪腦袋，緊跟其上。

兩個時辰後，靜王府的大牢前。

寧殷一襲玄黑狐裘靜立從轎中下來，灰隼在空中盤旋一圈，乖順地落在他結實的手臂上。

沿著森幽的石階往下，一直走到最裡層，陰暗腐朽的氣息撲面而來。

「我真是沒想到，能走到這一步的竟然是七殿下。」崔暗被鐵索縛在鐵架上，口鼻溢血，卻仍咧開一個溫吞的笑，「若非你們寧家與我有滅族之恨，殿下與我，興許會成為相談甚歡的同類。」

寧殷交疊著雙腿在椅子上坐下，理了理袖袍道：「是你將寧檀的注意力引到虞靈犀身上，三番五次針對她。」

他聲音低沉，用的是篤定的語氣。

「誰讓她是虞淵的女兒。」崔暗呵笑一聲，「虞辛夷、虞靈犀……她們應該像我那些被擄來的族人一樣，嘗嘗被人糟踐折辱的滋味。」

如果不是虞家的運氣好得出奇，他的計畫早就實現了。

崔暗敢大大方方承認，是因為他知道寧殷不會殺他。

他手裡握著太多皇后的祕密，寧殷若想澈底掃除障礙，則必須拿到他的口供，讓他做人證。

「你是不是在想，只要你一日不招供，本王便一日殺不了你。」寧殷輕慢的聲音傳來，「可惜，我這人做事只講喜好，不講道理。」

崔暗的心思被猜中，嘴角的笑僵了僵。

「緊張什麼？」寧殷屈指撐著太陽穴，俊美的面容明滅難辨，「你動了本王心尖上的人，就這麼死了，未免太便宜你。」

他抬了抬手指，立刻有下屬拿來一疊輕薄如煙的銀絲網紗。

崔暗處理過那麼多人，自然知道這看似精美的網紗是何等厲害的刑具。

這銀絲網紗只需往人的身軀上一箍，肉便從細密如魚鱗的銀絲網中鼓出，然後便可用鋒利的小刀一片一片將鼓出的肉割下……

「三天，一千刀，本王陪你慢慢玩。」說到這，寧殷微微一頓，笑道：「險些忘了，崔提督少了二兩肉，用不著一千刀。」

崔暗那張平靜溫吞的臉總算龜裂，流露出原本應有的陰鷙和惡毒。

他哈哈大笑起來，厲聲道：「好，好……殿下的刀可要夠穩才行……」

但很快，他再也開不了口。

寧殷從地牢中出來，坐在轎中，接過侍從遞來的濕帕子一點一點將手指擦乾淨。

帕子換了七八條，直至白皙修長的手指被擦拭得泛紅，他這才打開獸爐的小蓋，讓清冷的木香薰去身上沾染的血腥味。

清水不足以濯去手上的骯髒，得換個更溫軟乾淨的東西洗洗。

寧殷撚了撚手指，將掌心黑色的玉雕擱下，悠然道：「去虞府。」

回府兩三天了，虞靈犀時常去後院罩房坐會兒。

窗邊斜陽淺淡，這裡仍保留著當初衛七離去時的狀態，一桌一椅彷彿還殘留著他的氣息。

正出著神，忽見一片殘存的楓葉隨風飄落，落在窗邊的案几上。

虞靈犀將楓葉拿了起來，葉片如火，歷經一個嚴冬的霜寒雨雪，仍然熱烈嫣紅。

她撚著楓葉轉了轉，而後提筆潤墨，在楓葉上寫了兩行蠅頭小字：願我如星君如月，夜夜流光相皎潔。[1]

落筆吹乾，她輕輕呼了聲，忍不住猜測這個時候寧殷在做什麼。

「阿莞說妳連椒粉梅子酒也不喝了，就一個人躲在此處出神。」身後傳來虞煥臣的聲音，他盤腿坐在虞靈犀對面，望著妹妹看了半晌，「還在想父親的話呢？」

虞靈犀將楓葉壓在鎮紙下，收斂神思道：「兄長，阿爹為何不喜歡寧殷？」

這是她前世不曾面對過的難題。

前世無牽無掛孑然一身，跟了寧殷便跟了，不用去考慮什麼世俗牽絆、身分利益。

可是那日從靜王府歸來的馬車上，阿爹一句話也沒有說。

自小虞靈犀受盡疼愛，虞淵和她說話都會下意識放輕聲音，她從未見過父親如此嚴肅沉默的時候。

虞煥臣沉吟片刻，只問：「歲歲知道，靜王是如何處置那晚參與燃燈會的刺客和侍臣的嗎？」

1 引自范成大《車遙遙篇》。

虞靈犀當然知道，她記得前世的畫面。

虞煥臣道：「那些人有的是參與者，有的只是受脅迫牽連進來的人，但無一例外都被吊在宮門下的木樁上，點了天燈。」

「是那些人先想殺他。」虞靈犀解釋，「旁人要置他於死地，我們外人沒資格要求他以德報怨。」

「的確，站在上位者的角度，我得稱讚靜王一句『殺伐果決』，但站在看妹夫的角度，他太危險。」虞煥臣頓了頓，又道：「當然，我們最主要的顧慮並非這個。」

他起身，關上門窗。

「咱們關起門來說兩句大逆不道的話，靜王走到這個位置，離皇位只有一步之遙，即便他自己沒心思做皇帝，他所處的位置、麾下的擁躉也會為了前途利益推舉他即位。」虞煥臣嘆了聲，看著妹妹認真道：「無情最是帝王，到那時三宮六院七十二妃，每個女人身後都站著一個盤根錯節的家族，歲歲可受得了委屈？驕傲如妳，真的能允許自己和別的女人共用一個男人？」

他說：「父親不是不喜歡他，而是有很多事必須去衡量——無論從父親的角度也好，臣子的立場也罷。」

兄長冷靜的分析如投石入海，在虞靈犀心間濺起細碎的水花。

是啊，這輩子的寧殷不曾腿殘，健健康康的，出身的卑微已無法阻止他前進的腳步。

他想做皇帝麼？

虞靈犀不太確定。

她唯一確定的，是自己和寧殷的心意。

「兄長，雖然在你們眼裡，我與衛七只相識了短短一年有餘。但我的確花了很長、很長的時間，才明白一件事。」虞靈犀彎了彎眸，溫聲道：「我心裡，只裝得下一個寧殷了。既是如此，我又何必為沒有發生的事而膽小止步？難道因為一個人害怕跌倒，就不讓他走路了嗎？」

「歲歲……」

「我相信他，就像相信兄長和阿爹永遠不會傷害我一樣。」

明明是含著笑意的軟語，卻莫名生出一股擲地有聲的堅定來。

「小姐，靜靜靜……」胡桃小跑而來，扶著門框「靜」了許久，才一口氣道：「靜王殿下來了！」

虞靈犀一愣，顧不上虞煥臣，迅速提裙起身跑了出去。

冬末的斜陽是淺淡的白色，有些冷。

虞靈犀袖袍灌風，披帛如煙飛舞，穿過廊下上元節布置的花燈，徑直跑去了待客的正廳。

寧殷果然坐在主位之上，聽到腳步聲，墨色的眼眸朝她望了過來。

他唇線幾不可察地動了動，旁若無人地朝她招手。

虞靈犀小喘著，朝他走去。

「咳咳！」廳中響起兩聲突兀的低咳。

虞靈犀瞥見阿爹剛毅的黑臉，忙收斂了些，規規矩矩行了個禮：「殿下。」

只是那雙眼睛仍然是明媚的，透著清澈的光，沒有絲毫忸怩拿喬。

「過來。」

寧殷當著虞淵和虞辛夷的面，抬手捏了捏虞靈犀的臉頰，似是在掂量她回家的這兩日長了幾兩肉。

瘦了一點，虞家的人怎麼伺候的？

寧殷的眸子瞇了起來。

眼見著父親的臉色越來越複雜，虞靈犀只好將寧殷的手扒拉下來，小聲道：「你怎麼來了？」

「本王來接歲歲歸府。」寧殷頗為不滿地垂下手，搭在膝蓋上叩了叩，「既然人來了，便不叨擾虞將軍了。」

虞淵大概從未見過將帶走自家掌上明珠，說得這般堂而皇之的人，一時梗得脖子發粗。

這人和做衛七時，簡直是兩幅面孔。

倒是虞辛夷反應過來，心直口快道：「歲歲待字閨中，還未出嫁，怎能留宿殿下府邸？」

寧殷輕輕「哦」了聲：「本王現在就下聘。」

虞靈犀抿了抿唇，以眼神示意寧殷：你要作甚，哪來的聘禮？

「虞將軍清正，看不上本王送的金銀珠寶，那便換個更有意思的聘禮。」

他抬了抬手指，立刻有侍從捧上一個托盤，上面放著一束齊根割斷的鬈髮。

「這是？」虞辛夷只一眼，便認出來了，「殿下抓到崔暗了？」

「這份聘禮，可還滿意？」寧殷問。

寧殷有備而來，虞淵將目光投向自家女兒。

那目光沉重，卻又無限關切。

虞靈犀想了想，終是後退一步，朝著虞淵跪下。

一時間，屋內所有人神色各異。

寧殷的眸色有些許涼意。

即便是在生氣的時候，他也只敢用以嘴懲罰歲歲。

誰也不能罰她下跪，哪怕那人是她爹。

寧殷起身，彎腰扶住虞靈犀的肩膀，墨眸幽暗，嗓音卻無比輕柔：「歲歲是自己起來，還是本王讓所有人，和妳一起跪下。」

虞靈犀眼睫眨了眨，安撫地握住寧殷的指節。

「阿爹。」她看向心疼大過強勢的父親，將自己的心意和盤托出，「阿爹，這位靜王殿下，是女兒認定的心上人。我不會為了他而拋棄您的養育之恩。但是，也請阿爹准許我像個普通女子一樣，去選擇自己真正喜歡的人。」

廳內沉默。

虞靈犀微微吐氣，淺笑道：「現在，我要和心上人獨處一會兒，請阿爹允許。」

說罷，她抬手交疊一禮，而後起身，拉著寧殷的手朝外走去。

斜暉伸展，如金紗鋪地。

虞煥臣從廊下而來，朝目光沉重的父親搖了搖頭。

虞靈犀淺色的裙裳和寧殷檀紫的衣袍交織，若不顧及未來的那些不確定，眼前的一對年輕人，當真是濃墨重彩的一幅極美畫卷。

虞靈犀帶著寧殷去了後院。

再次踏進罩房，一襲檀紫錦袍的寧殷褪去少年青澀，反倒顯出一種格格不入的高大貴氣。

「歲歲又在想什麼藉口，拖延回王府的時間？」

寧殷順從地坐在案几對面，伸手撣了撣虞靈犀方才下跪時，裙裾上沾染的一點塵灰。

虞靈犀聽不出他這聲音是生氣還是沒生氣，只好笑著解釋道：「阿爹有他的顧慮，怕我嫁入皇族會受委屈。我們要做的，就是以實際行動打消他的顧慮。」

寧殷抬手抵著下頜，問：「生米煮成熟飯，還不夠打消他的顧慮？」

一提起這事，虞靈犀便心燙得慌。

好不容易養好的身子，又有隱隱疼痛的痕跡。

「普通情人都是要相戀過後，爹娘覺得放心才會允許成親的。」虞靈犀眼中一汪秋水，輕聲道：「我還未和殿下，認真地談情說愛過呢。」

這倒是兩輩子的實話。

寧殷似笑非笑，只是靜靜地看著她，側顏鍍著窗紙外透過的一點淺光，俊美無暇。

然而，他下一刻說出來的話，卻一點也不美好！

寧殷一本正經，勾著纏綿的目光：「前夜愛得那麼深，不算？」

「……」虞靈犀惱了他一眼。

她努力將話題拉回正道，將鎮紙下壓著的那片寫有相思句的楓葉拿出來，推至寧殷面前。

寧殷順手拿起，微挑眉尖道：「一片葉子？」

而後他瞧見了楓葉上的小字，目光微微一頓。

「願我如星君如月，夜夜流光相皎潔。」見寧殷看了許久，虞靈犀情不自禁柔和了目光，「一葉寄相思，送給衛七，這才是談情說愛。」

衛七……

寧殷有一陣沒有聽過這個稱呼了，頗為懷念。

他將楓葉小心地擱在一旁，字跡朝上，又看了許久，方緩聲笑道：「過來，本王回贈歲歲一首。」

虞靈犀一見他笑得這般溫和，便直覺有哪裡不對。

「沒有紙。」她遲疑道。

「無妨，眼前就有最上等的淨皮白宣。」

說話間，寧殷雙手掐住虞靈犀的腰，將她輕而易舉地托至案几上坐下。

「你幹什麼……」

虞靈犀下意識要起身，卻被寧殷單手按在肩頭，另一隻手摸到她的束腰，一拉一扯，外衣和中衣便退至臂彎，露出杏粉的心衣和一片白皙細膩的腰背。

虞靈犀下意識打了個冷顫，卻見寧殷傾身貼了上來，質感極佳的衣料蹭過後背，帶起一陣微涼的顫慄。

「別動。」

寧殷以半圈禁的姿勢掐著她的腰，於耳畔低啞道。

他慢悠悠提筆蘸墨，在那片雪白的腰窩處落筆。

屋內沒有燃炭火，空氣冰冷，可輕輕掐在腰間的那隻大手卻如此溫熱有力。

虞靈犀的頭髮被盡數撥到一側肩頭垂下，濕涼的鼠鬚筆遊弋在腰窩上，一行字沒寫完，還有繼續往下的趨勢。

「……癢。」她撐著案几邊沿的手指扣緊，情不自禁打了個哆嗦。

掐在腰側的手緊了緊，又捏了捏。這淨皮白宣太過細膩，竟是不太沾墨，黑色的字跡襯著瑩白的膚色，近乎妖冶。

寧殷慢條斯理收了筆，嗓音輕啞了些許：「歲歲的身子是什麼做成的，這麼軟滑。」

他垂首嗅了嗅，得出結論：「還是香的。」

方才還覺得冷的虞靈犀，這會兒又熱了起來。

若以前在王府，她對寧殷的癖好倒也看得開。可眼下畢竟是在自家府邸，一想到兄姊可能會跟過來，或是罩房外可能有人經過，她便不那麼自在了。

「胡說八道。」虞靈犀下意識要披衣遮掩。

「急什麼。」寧殷按住她的外衣，「還未蓋上私印。」

在瞥見那枚熟悉的墨玉私印時，虞靈犀頓時一噎……

他竟是隨身帶著這物！

「早知如此，當初我就不送你這塊玉料了。」虞靈犀惱然地小聲嘀咕，腮上多了幾分靈動的嬌豔。

「溫軟的白玉不在身邊，本王只能用冰冷的墨玉解解相思之苦。」

寧殷一本正經地說著，指節已拉下她的裙帶。

沒有印泥，他微不可察地蹙了蹙眉。

見身後之人久久沒有動作，虞靈犀那點殘存的羞恥心快要撐不下去了，不由將臉埋在寧殷臂彎中，赧然道：「還要我凍多久？快些。」

身後傳來一聲縱容的輕笑。

也不知寧殷搗鼓了什麼，不稍片刻，溫潤的墨玉印章輕輕蓋在她後腰以下的位置。

寧殷順手拿起袖袍擦了擦手指，隨即俯身，英挺的鼻尖沿著她腰線往下，將薄唇印在腰窩的墨蹟處。

一個安靜而虔誠的吻，虞靈犀感覺一股暖流順著腰際往上，漫遍四肢百骸。

真是要命。

她紅著臉，沒忍住雙肩一抖，打了個噴嚏。

身後之人解開大氅，將她擁入其中，男人炙熱的體溫驅散了冬末的清寒。

虞靈犀貪戀這片溫暖與厚實，不自覺放軟了身子依靠在他懷中，半晌心思一動：「這不公平。」

「嗯？」寧殷輕輕捏著她的下頷。

虞靈犀抬眸看他，輕哼道：「我也要刻個印章，在你身上留個獨一無二的印記。」

「原來為這事。」寧殷以拇指輕蹭著她的唇角，「回頭就給妳刻。」

「真的？」虞靈犀驚異於他的順從。

寧殷漆眸中暈開些許興奮，慢悠悠玩著她的鬢髮道：「等找齊了那味顏料，便給歲歲刻。」

顏料？刻章需要顏料麼？

虞靈犀不太懂手藝活，很快這點疑慮就被期許沖淡了。

寧殷肩闊腿長腰窄，身體極為矯健，皮膚又比常人更為冷白，若落下鮮紅的印章定然……

那畫面，她上輩子想都不敢想。

定然是受寧殷影響，她滿腦子也變得不正經起來。

虞靈犀決定找點正經的話題，想了想輕聲道：「寧殷，你想做皇帝嗎？」

寧殷的嗓音平靜而輕淡，一針見血：「虞將軍，還是虞煥臣的意思？」

「是我自己想問。」虞靈犀道。

她絲毫不懷疑寧殷的心意。小瘋子的愛總是熾熱又偏執，而偏執的另一層面，是異於常人的專情。

她只是不確定，自己能不能扛住母儀天下的責任。

「想做皇帝？」寧殷面不改色地問。

虞靈犀一時沒留意他這話的古怪之處，下意識搖了搖頭：「不太想……」

而後又搖了搖頭，輕嘆一聲：「我不知道。」

如果寧殷想要奪儲，想要站得更高，她便不該成為寧殷的束縛。

「你是怎麼想的呢？」虞靈犀問。

「想談情說愛。」寧殷眨了一下眼睛，說得更明白了些，「去榻上談。」

虞靈犀忙按住他下移的手，退開了些許：「我在家呢，不許……」

「想壓歲。」寧殷捏了把她的腰窩。

虞靈犀登時整個人一軟，忙掙開他的懷抱，將散亂的中衣和冬衣匆匆攏好。

寧殷低笑一聲，抬手嗅了嗅指節殘留的少女香，送至唇邊一吻。

在自家府邸，虞靈犀到底不敢太放縱，好說歹說才在天黑前送寧殷出府。

寧殷坐在馬車上，面無表情，眸色深得能吞沒人。

對於他這樣性子的人來說，今天已是極大的忍讓了。

「明日，本王來接妳。」

寧殷丟下這樣一句話，也不顧一旁虞淵是何神情，便讓侍從駕車離去。

虞靈犀回過頭，小心翼翼地看了虞淵一眼，笑道：「阿爹，女兒挑選夫婿的眼光，是不是很厲害？」

女兒笑得明麗，虞淵卻是心沉如海。

半晌，他長嘆一聲，抬手拍了拍女兒的肩，什麼也沒說就走了。

虞靈犀回到房中，第一件事便是掩上門窗將衣物褪去，背對著更衣的落地銅鏡而站，扭頭去看後腰的情詩。

可那角度著實太刁鑽，她只好又拿起梳妝的菱花鏡，一前一後調整角度。

纖腰嫋嫋如雪，墨色的字跡隱隱可見。

虞靈犀原以為寧殷定是寫些什麼「壓歲歲」之類的逗弄之言，可對著前後兩面鏡子瞧了許久，只看見了錚然灑脫的八個字：歲歲千秋，靈犀永樂。

字跡旁的印章不是平常印泥的鮮紅，而是微暗的殷紅色。

虞靈犀緩緩放下菱花鏡，衣衫半褪，在鏡子前佇立許久。

怎麼辦？她抬手捂住臉頰。

好像，等不及明天了。

靜王府，湯池。

霧氣氤氳，俊美的男人站在偌大的水池中央，袒露刀斧雕琢般矯健修長的上半身，墨髮垂下腰際，細密的水珠沿著鎖骨劃過胸口泛白的傷痕，淌過腰腹的溝壑，最終墜落水中。

「殿下，人證已安排妥當。」折戟高大的影子投在門扉上，盡職盡責地稟告動靜，「只是當年太醫院的就診記錄，卻是難以復原。」

寧殷閉目，哂然道：「讓太醫院的棋子跑一趟，皇后生沒生過孩子，一驗便知。」

「屬下明白。」折戟道：「還有殿下托人尋找的那味赤血，也找到了。」

見寧殷默認，折戟這才打開殿門，雙手捧著托盤道：「可要屬下幫忙？」

「不必。」寧殷抬了抬手指。

折戟便將托盤擱在池邊的案几上，抱拳退了出去。

寧殷睜開墨色的眼，迎著水霧邁上石階，隨手抓起一旁的沐巾擦了擦身子。

案几上的托盤中盛放著一枚白玉盒子，透過通透的玉質，隱隱可見裡頭裝著的紅色染料。

寧殷將半濕的沐巾丟至一旁，而後拿起托盤中的一枚銀針，神色淡然地擱在燭臺的焰火上燎了燎。

他對著落地銅鏡審視許久，將沾了紅色染料的銀針抵在胸膛上。

一針一針，在心口的傷痕上刺下鮮紅的字跡。

殷紅的液體凝聚成珠，分不清是染料還是血跡。

一個時辰後，鮮紅的「靈犀」二字在他冷白結實的胸膛上隱隱浮現。

她是他心尖上的善念，是刻在傷痕上的名字。

軟榻上藏著一件疊放月白的心衣，寧殷拿起它，將胸口滲出的血珠擦去。

這樣，他與她的痕跡便永遠的融合在一起。

燭火搖曳，寧殷沒有穿衣，尋了把椅子交疊雙腿坐下，看著鏡中赤身的自己。

最開始時，他剛從湯池中出來，刺青的顏色是極其鮮豔的紅。

但晾了一會兒，「靈犀」二字也隨著體溫的下降而漸漸淡了顏色，最終與膚色合二為一。

寧殷滿意地將銀針擱回托盤中，起身抓了件袍子披上。

明日相見，但願虞淵已經想通了，否則……

寧殷唇線微動，抬手摸了摸心口。

這幾日，朝中一片混亂。

先是禁軍在查抄廢太子的外宅時，解救出一名半瘋狀態的老宮女。

這老嫗是當年伺候皇后「生產」的那批宮人中唯一的倖存者，禁軍根據她的口供，在冷宮牆外的枯井中挖出了三具屍骸，這足以證明老宮女那番「去母留子」的話並非空穴來風。

緊接著，太醫院新上任的醫正前去坤寧宮請脈，竟無意間驗出馮皇后多年前便喪失了生育能力，從骨架上看根本不像是生育過太子的人！

此言一出，滿朝皆驚。

若馮皇后混淆皇室血脈，真瞞著皇帝借腹生子，將身邊卑賤宮婢生的孩子冒充嫡長子，那便是犯了欺君死罪！

廢后在即，坤寧宮卻仍是一片佛檀縈繞的祥靜。

皇后手搭憑几靠在坐床上，閉目撚動佛珠，似是對悠閒踱進殿中的寧殷視而不見。

「當年虞家自沙場崛起，而馮家式微，妳地位岌岌可危，急需生下嫡長子以穩住地位。可惜，妳不幸小產，自此喪失生育能力。」寧殷負手而立，仰望著殿中那座悲憫的金身佛像，嗓音透著冷洌的優雅，「皇帝對搶奪而來的女人興致正盛，妳害怕不能生育之事暴露，會失寵跌落皇后之位，便索性殺了問診的太醫，再以藥物迷惑皇帝，讓身邊陪嫁的宮女代替妳服侍皇帝，懷上孩子。」

「你佯裝中毒垂死，就為了詐本宮？」馮皇后面不改色，「讓本宮見皇上。」

「妳計畫周密，瞞住了所有人，甚至在服侍妳的宮人即將年滿出宮前，將他們一個個處死滅口。」寧殷拍了拍佛像坐蓮，又碾過香爐，悠閒得彷彿只是隨意散步參觀一般，「可妳沒想到，還是有一條漏網之魚跑了。更沒想到掩埋屍體和證據時，竟會被冷宮中的那個瘋女人撞見。」

「本宮要面見皇上。」

「那瘋女人雖被囚禁在冷宮，但因狗皇帝時常會去留宿的緣故，防守極為嚴密，若是下毒，難免落下把柄使人起疑。妳開始寢食難安，思忖該如何才能順理成章地將那女人除去。」

「這一切，都是你的臆測。」馮皇后道：「何況廢太子行大逆不道之事，已然伏法，他的過往如何已經不重要了。」

寧殷將手從香爐上收回，放於鼻端嗅了嗅：「所以宮變事敗之時，妳才讓崔暗殺了寧檀。」

馮皇后撚動佛珠的手一頓，自然知道寧殷說這些，是為了套話。

如今廢太子已死，只要當初生產的那個宮婢永遠不被人找到，證據不足，便沒人能給她定罪。

而那個宮婢所藏的位置，永遠都不會有人找到。

馮皇后長長吐納氣息：「你說這些，可有實證？光憑太醫院的三言兩語和幾具不明來歷的枯骨，可不足以構陷本宮。」

寧殷站在佛像面前，許久沒有答話。

馮皇后的嘴角幾不可察地一扯。

果然……賤人所生的野種，手段也不過爾爾。

「這尊佛像很好。」寧殷負手看了這尊慈眉善目的佛像許久，忽而道。

「哪裡好？」馮皇后冷笑僵凝。

「大小好。」寧殷睨目，抬起手指比了比佛身，「看起來，剛好夠藏起一具枯骨。」

馮皇后忽地睜眼。

尖利的指甲掐斷了手串，佛珠蹦落一地。

幾乎同時，旁邊立侍的一名宮婢摸出袖中隱藏的匕首，直直朝寧殷的頸側刺來。

匕首還未觸及到寧殷的一絲頭髮，便被打飛出去，「叮」地一聲釘入佛像之中。

繼而宮婢雙目暴睜，脖子以奇怪的姿勢扭曲著，撲倒在地。

行刺宮婢的屍首很快被人拖了下去，寧殷緩步向前，抬手握住釘入佛像中的那把匕首，用力向下一劃。

金皮翻捲，石灰滲出，扭曲的裂口中，一截乾枯的手指連同宮女的衣角顯露出來。

佛像掛著悲憫的微笑，與裂縫中隱約可見的蜷縮白骨形成極強的對照，森然無比。

見宮婢青羅的屍身被發現，馮皇后已是徹底變了臉色。

眾人皆以為皇后為天下祈福，才和德陽長公主一同禮佛。沒人知道，她慈眉善目的偽裝，只是為了遮掩自己犯下的罪孽。

「現在，本王該如何處置皇后呢？」

寧殷旋身坐下，食指輕輕點著座椅扶手。

「你沒有資格私審本宮。」皇后掐著掌心，強作鎮定道。

「有了。」寧殷輕叩的手指停下，以最無害輕柔的語氣，說著令人毛骨悚然的話語，「皇后這樣誠心禮佛之人，理應坐缸證道。」

馮皇后倏地瞪大雙眼。

所謂坐缸，是要將僧人裝入甕中，埋入地底，若三年屍身不腐，則可成肉身佛。

這對於虔誠的高僧來說，是證道成佛的法子，但對於普通人而言無異於活埋。

這小畜生，要活埋她！

見到禁軍抬入殿中的那口大甕，馮皇后的鎮定分崩離析。

她面容扭曲著，幾乎厲聲道：「本宮要見皇上！除了皇帝，沒人能處置本宮！」

然而已經晚了，太晚了。

殿門在身後合攏，寧殷面容冷淡，瞧不出多少快意。

折戟跟在身後，沉默半晌，終是沒忍住問：「皇后已無生路，殿下何不將她送入刑獄之中？」

按照寧殷狠辣記仇的性子，皇后這樣的仇人，應該留下來慢慢折磨才對。

寧殷臉上看不出喜怒，以帕子拭淨手指道：「本王急著娶親，自然要快些解決礙事之人。」

不知是否錯覺，折戟總覺得主子提及「娶親」二字時，黑冷的眸中化開了極淺的笑意。

馬車就停在宮門外。

侍從知道主子辦完事出宮，定然是要往虞府去的，便稟告道：「殿下，虞二姑娘去唐公府了。」

寧殷上了馬車，將袖袍擱在獸爐上薰染片刻，略一抬眼。

侍從立刻會意，吩咐車夫：「去唐公府。」

唐老太君終究沒有熬過這個冬日，駕鶴仙去了。

唐不離一夜之間淪為孤女，家大業大，惹人覬覦。虞靈犀聽聞消息後顧不上收拾，換了素淨的衣物便匆匆登門祭奠。

唐公府白綢刺目，停靈的大廳裡擠滿了人，連幾代以外不知姓名的旁系都趕來了，一個個假仁假義，虎視眈眈地惦記著唐府龐大殷實的家產。

還有打著祭奠旗號登門，實則來看熱鬧的名門望族，亂糟糟擠成一片。

虞靈犀下了馬車，便見唐公府大門前站著一名身穿半舊儒服的年輕書生。

虞靈犀見這人面熟，不禁多留意了一眼。

而後想起來，這張俊俏安靜的臉，不就是唐不離曾資助過的書生周蘊卿——未來的大理寺少卿嗎？

「周公子可是來祭奠老太君的？」虞靈犀問。

若他是為唐不離而來，虞靈犀願意為他引見。

聽到她的聲音，周蘊卿像是驚擾似的，略一作揖便轉身離去。

有些內斂木訥，光看外表，誰也想不到他將來會是寧殷麾下最得力的「冷面判官」。

虞靈犀沒有多想，順嘴問了句身後的青霄：「讓你以阿離的名義資助此人的事，可有做到？」

青霄點頭道：「此人清高端正，不願收取銀錢，屬下便定時買些上等的紙墨書籍送去，用的是清平鄉君的名號。」

「很好。」虞靈犀稍稍寬心了些。

正廳，一對陌生的中年夫妻正在招呼祭奠的貴客，游刃有餘，儼然一副唐府當家的氣派。

而真正的主子唐不離，則額間紮著白麻布條，穿著孝服安靜地跪在棺槨前，

虞靈犀一見她挺拔消瘦的背影，便酸澀了鼻根。

歷經上輩子，沒人比她更瞭解親人離世、孑然一身的悲痛。

「阿離。」虞靈犀先朝老太君的棺槨拜了三拜，方蹲身與唐不離平視，輕聲道：「節哀。」

唐不離嘴唇一抿，哭乾的眼淚又有決堤之勢。

她悄悄抹了把眼睛，哽塞道：「謝謝妳，歲歲。」

「怎麼回事？」

虞靈犀朝著外頭迎賓送客的中年夫妻微抬下頷，眼底盡是擔憂。

「我姑父姑母，來分家產的。」唐不離往炭盆中丟了把紙錢，木然道：「帶了一個我連面都見過的表哥過來，說做主給我們定親……」

虞靈犀蹙眉。

不過是借著聯姻的名號，私吞唐公府的家產罷了。

「今早，他們甚至在我的粥水裡下藥，想讓我和表哥……」說到此，唐不離攥緊手中的

紙錢，撐起勉強的笑，「沒了祖母的庇護，我什麼事也幹不好，讓妳看笑話了。」

「怎麼會？」虞靈犀抬袖給唐不離擦去眼淚，心疼道：「妳是我最好的朋友呀！」

正說著，便見唐家姑姑推著一個二十來歲的男人過來，低斥道：「杵在這兒作甚？還不快去幫你表妹，以後親上加親，就是一家人了……」

那男人生得腸肥腦滿，一雙眼睛被肉擠得幾乎看不見，聞言不情不願地挪上來，往炭盆中撒了一堆紙錢。

從唐不離緊繃的身軀中，虞靈犀能感覺到她的厭惡。

虞靈犀起身，直視婦人道：「阿離是皇上親封的清平鄉君，婚事當由禮部首肯。唐老太君屍骨未寒，夫人擅作主張議親，是要置朝廷禮法於何處？」

那表哥一見虞靈犀，瞇縫眼登時睜得老大。

他這一輩子，還未見過這樣嬌媚的美人兒，沒聽過這麼好聽的聲音。

唐姑母照著兒子的後腦勺拍了一巴掌，這才抬眼審視虞靈犀，笑道：「這位小娘子，定然就是虞二姑娘吧？」

她故意抬高聲音，吸引眾人的注意力。

一時間所有的目光都聚集在虞靈犀身上，當初退婚之事鬧得沸沸揚揚，眾人一臉諱莫如深。

唐姑母顯然也是有備而來，將唐不離的人際摸得一清二楚，殷勤道：「二姑娘有所不知，唐府家大業大，阿離這樣無依無靠的女孩子，必須有個男人照顧才行。外面的男人自然不放心，須得找個知根知底的夫君才合適……」

說到這，唐姑母以帕捂嘴，佯做歉意道：「瞧我這張嘴！這時候和二姑娘說婚事，實在冒犯。」

虞靈犀焉能聽不出她言語中暗含的嘲諷？

「妳說話注意些！」唐不離紅著眼起身，擋在虞靈犀面前。

她這人就是如此，自己受了委屈能忍，唯獨不准朋友受辱。

這輩子老太君壽終正寢，唐不離尚且如此艱難，不知她上輩子吃了多少苦頭。

虞靈犀拉住唐不離顫抖的指尖，正要張嘴反駁，卻瞥見大門外走進來的高大身影，不由愣神。

不僅是她，在場所有人都戛然聲止，以寧殷為中心迅速讓開一條道來。

唐姑母不認得寧殷，她丈夫卻是認得。

不由大駭，拉著妻子匆匆叩拜道：「臣工部員外郎王思禮，叩見靜王殿下！」

庭中頓時烏壓壓跪了一片人，隨著寧殷的腳步而跪伏挪動。

寧殷烏髮紫衣，貴氣無雙。

他坐在廳中唯一的長椅上，留出身側一半位置，旁若無人地牽住虞靈犀的手，然後用力一拉。

虞靈犀便跌坐他身側，極慢地眨了下眼睫。

面上嚴肅，可她眼裡已蕩開笑意，小聲問道：「你怎麼來了？」

「來看看本王的寶貝歲歲。」寧殷撫了撫她的腰背，而後掀起眼皮，看向戰戰兢兢的唐家姑父，「不用管本王，繼續說。」

王思禮哪還敢說？

一想到靜王身邊的「寶貝」，方才還被他的妻子失言嘲諷，他便恨不得一頭撞在柱子上昏厥過去。

正汗出如漿，卻聽寧殷聲音驀地一冷：「說。」

王思禮一抖，只好硬著頭皮解釋道：「老太君仙逝，內姪女孤苦無依，臣這才斗膽來此分憂，絕無齷齪心思……」

說到最後一句，他聲音已然顫抖得厲害，不知是怕還是心虛。

寧殷笑了聲：「王大人一片孝心，老太君在天之靈，定然十分欣慰。」

虞靈犀一聽小瘋子這般溫柔的語氣，便知大事不妙。

她借著袖袍的遮掩，碰了碰寧殷修長的手掌，才不信他會閒到來這裡挺熱鬧。

寧殷姿態優雅，反手捏住虞靈犀的小指，捏了捏，又勾了勾。

而後道：「那王大人便下去，陪陪她老人家吧。」

「下、下去？」

反應過來寧殷的意思，王家夫婦頓時跌坐在地，面如土色。

在場的人無不嚇出一身冷汗。

靜王殿下，是在為虞二姑娘撐腰？

第二十九章　前夢

從唐公府出來，斜陽正好。

寧殷那輛寬敞華貴的馬車就停在大門口，虞府的馬車則被擠去牆根，進退維艱。

虞靈犀側首看了一眼，懷疑寧殷是故意的。

寧殷的確是故意的。

他站在王府馬車前，朝著虞靈犀微抬手臂，眼尾一挑，暗示得不能再明顯。

虞靈犀看了還在試圖將虞府馬車趕出來的青霄一眼，想了想，臨時改了主意。

她吩咐了青霄幾句，而後順手握住寧殷微抬的指節，彎眸一笑：「今日天氣晴好，我們出去走走吧。」

望仙樓的畫橋上，不乏有文人墨客登高望遠，飲酒吟唱。

虞靈犀以輕紗遮面，直接上了頂層的小閣樓，寧殷負手不緊不慢地跟在後面，視線落在她墨髮掃過的纖細腰肢上。

他抬手撚了撚，又拉了拉。

虞靈犀發現了，回過頭來將寧殷抓了個正著，笑道：「越來越小孩子氣了。」

寧殷極慢地眨了下眼睛，當著她的面將那縷柔黑的頭髮抿在唇間，咬了咬。

虞靈犀「呀」了聲，雖然昨晚才濯的頭髮，她還是小聲提醒道：「髒的。」

「香的。」寧殷又撚了撚，才捨得放開那縷可憐的頭髮，改為輕捏虞靈犀的後頸，「歲歲哪裡都不髒。」

虞靈犀看了值守門外的侍衛一眼，對他時常冒出的壞性沒有一點辦法。

或許不是沒有辦法，而是心之所向的放縱。

閣樓狹窄透風，只放了一張案几。侍從奉上瓜果、糕點和酒水等物，便躬身掩門退下。

「歲歲故地重遊，是想再現當時？」

寧殷眼中含著極淺的笑，白皙有力的手指捏著一隻橘子，慢慢轉了轉。

虞靈犀想起七夕時閣樓上的吻。

「故地重遊也是一種樂趣，不是嗎？」虞靈犀在他面前坐下，取下面紗笑道：「談情說愛嘛，別人有的快樂，我家衛七也要有。」

隨即愣神，她竟是下意識喚了寧殷在虞府時的名號。

寧殷吃過很多苦，受過很多傷，衛七大約是他少有的一段安寧時日。

寧殷上挑的眸子彎了彎，朝她道：「過來，小姐。」

聽到「小姐」二字，虞靈犀心臟莫名一跳。

尤其是，小瘋子穿著尊貴的紫衣王袍，溫柔地喚她「小姐」。

她起身，含著笑坐在寧殷身邊，而後頭一歪，枕在他的肩上。

寧殷順勢抬手，將她鬆鬆地圈在懷中。

他轉了轉手中的橘子，慢悠悠剝了起來，修長冷白的手指一點點剝開橙紅的橘皮，撚去果肉上的白絲，每一步都優雅至極。

「張嘴。」他下頜抵著她的髮頂，蹭了蹭。

虞靈犀笑著啟唇，那片果肉便餵進了她嘴中，食中二指頗為留戀地在她唇上按了按。

「小姐的嘴又軟又甜，好看還好吃。」

寧殷低沉的嗓音自頭頂傳來，說話時胸腔貼著她的後背微微震動，撩動心弦。

「小姐。」他又餵了一片橘肉在虞靈犀耳中，薄唇下移，在她耳畔輕笑，「我這樣喚妳，可喜歡？小姐？」

虞靈犀被他的呼吸癢得偏了偏腦袋，耳尖泛起緋紅。

她不可否認自己生出了幾分禁忌的燥意，就像當初在虞府做主僕時，那些短暫又糊里糊塗的旖旎。

虞靈犀索性也分了瓣橘肉，塞到寧殷那張不饒人的嘴裡。

「喜歡。」虞靈犀扭頭看著寧殷的側顏，咽下嘴裡的酸甜汁水，莞爾道：「哪怕你什麼話也不說，只是坐在我身邊，我亦是歡喜的。」

寧殷瞇著眼咬破橘肉，「嘶」了聲：「小姐今日吃糖了？」

「在唐公府，你為我和阿離懲戒壞人，我其實特別高興。」

因為在遙遠的過去，寧殷殺人只是陰晴不定的發洩，這輩子的他瘋雖瘋，好歹有幾分原則。

這個原則，便喚做「虞靈犀」。

寧殷知道她還有話說，便只靜靜地聽著。

虞靈犀眼中映著晚霞的豔，柔聲道：「但這樣的小事還要煩你出手，我既開心，又有些過意不去。」

寧殷何其聰慧，聽懂了她這番奉承之下的深意。

他極輕地「哦」了聲，垂眸道：「小姐是覺得，我多管閒事了？」

「怎麼會？」虞靈犀靠在他懷中，沉吟許久，放輕聲音道：「我曾做一個夢，夢中的你比現在還要強悍尊貴。你以雷霆手段清除了所有的障礙，站在權勢的頂峰，可也因此樹敵無數……」

這是虞靈犀第一次在寧殷面前提及前世，明明許多愛恨皆已淡忘，可再次回憶，仍是泛起淺淡的悵惘。

「……我夢見我因此而死，留你孤零零一個人活在世上。」虞靈犀握著寧殷筋絡微微凸起的手掌，微笑道：「所以，我又有點怕，怕你如夢裡一樣結怨頗多，活成孤家寡人。」

她笑得溫柔，可寧殷卻在她的聲音裡聽到了淺淡的悲傷。

「就為一個夢？」寧殷屈指抵住虞靈犀的下頷，讓她抬眼看著自己，「妳不會死的。」

「我是說萬一……」

「沒有萬一。」

寧殷以拇指壓在她的唇上，墨眸漆黑，用強硬執拗去掩飾心間那一閃而過的刺痛。

他不知那暫態的慌亂從何而來。

「工部這個姓王的做錯了事，必須死。」寧殷撫了撫虞靈犀的唇角，難得多解釋一句，「不儘然是為了小姐。」

「真的？」虞靈犀鬆了口氣，隨即環住他玉帶勾勒結實的腰肢，「那也要小心些，別總拿自己當靶子。我心疼……」

最後幾個字，已是低不可聞。

寧殷唇角翹了翹，輕淡道：「還疼嗎？」

虞靈犀點頭道：「你好好的，我自然就不心疼了……」

「我是說，下面。」寧殷打斷她，修長的指節沿著纖腰碾過，在她裙帶下徘徊。

她的腰那樣細，雙手就能掐住，一掐就是一個指痕。

寧殷漆眸暗了暗，笑得幽沉。

那個女人罵得對，他體內一定流著野獸的血。

否則為何會發瘋地覺得，那瑩白上的痕跡豔麗至極呢？

虞靈犀反應過來，熱意直衝臉頰。

「不行。」她難得侷促，抿了抿唇小聲道：「流血呢。」

寧殷的指節一頓，笑意斂了些許：「我看看。」

「不是那種流血，是……」

虞靈犀也不知該如何解釋，索性拉下寧殷的頸項，在他耳畔短促耳語了幾句，而後別過臉去不看他，活像一隻將臉藏入羽翼中的鳥雀。

寧殷眼睫動了動，而後嗤地低笑出聲。

以前在欲界仙都時，倒也隱約聽過月事葵水，那些花娘每月這幾日都無法接客親近。

但若說葵水究竟是什麼水，他卻不懂，聽虞靈犀匆忙解釋了兩句，才恍然有些明白。

虞靈犀惱他：「有何可笑的？昨天難受著呢。」

寧殷俯首，英挺的鼻尖循著她的氣味往下，蹭了蹭。

虞靈犀肚子一緊，要推他的腦袋，卻被他順勢捉住腕子。

繼而唇上一片溫熱，呼吸交纏間，寧殷輕啞的嗓音傳來：「只能親一口上面的甜嘴了。」

言辭放肆，可他擱在虞靈犀腹間緩慢推揉的手掌，卻輕柔得不行。

戌時，街道悄寂，夜幕沉沉如水。

接到青霄回稟的消息後，虞淵連晚膳也無甚心情享用，挺身在虞府前佇立許久，誰勸也不管用。

等了一個時辰，才見一輛陌生華貴的馬車緩緩駛來。

馬車停在虞府門前，片刻，侍從將車簾掀開，露出車中端坐的靜王殿下……以及，他懷中酣眠的虞靈犀。

車中紗燈昏黃，寧殷俊美深刻的面容隱在晦暗中，一手撐著太陽穴，一手攬著睡得面色緋紅的虞靈犀，將裹在她身上的狐裘緊了緊，方抬眸望向抱拳行禮的虞淵。

他低聲道：「本王要帶未婚妻歸府，虞將軍沒有意見吧。」

本該是問句，卻沒有絲毫詢問的意思。

虞淵知道，靜王今日在唐公府當眾為歲歲撐腰也好，特地過門一趟也罷，都是在宣示主權。

他在逼虞家下決心。

「歲歲才剛退婚不久，殿下……」

「虞將軍，本王來此並非是為了徵求你的意見。」寧殷悠然打斷虞淵的話，「我這人生性涼薄，虞府只是我寄居的一具殼子，沒人會對殼子產生恩情。本王要娶歲歲，有一千種方法達到目的，不過因為虞將軍是歲歲的父親，所以本王願意多點耐心。」

虞將軍目光迥然，望著寧殷懷中睡得一無所知的女兒，沉聲道：「歲歲是臣捧在掌心長大的，殿下要走的路荊棘遍地，殺戮成海，臣怕折歲歲的壽。」

「將軍大可放心，本王的壽折完了，才輪得到她。」寧殷唇線一揚，「這兩日，虞將軍不妨和尊夫人商議一番，下月哪個日子適合大喜。」

說罷，他叩了叩指節，車簾被重新放下，揚長而去。

虞淵腮幫微動，下意識欲追。

「夫君。」虞夫人不知在門內站了多久，目光溫柔地注視著他。

一切盡在不言之中。

虞淵解馬韁繩的手，終究慢慢放了下來。

「父親，我去和靜王談談。」虞煥臣也從門後走出，接過虞淵手中的韁繩，「以後，還有我保護歲歲。」

虞淵吁出一口濁氣，鬆了韁繩。

聽到虞煥臣追上來的馬蹄聲，寧殷皺了皺眉。

「殿下，請留步。」

虞煥臣勒馬，動靜稍稍大了些，驚擾了熟睡的虞靈犀。

她動了動身子，寧殷立即將她按入懷中，抬手捂住她的耳朵，另一隻手有一搭沒一搭輕撫她的背脊。

直至虞靈犀再次睡去，他方冷冷抬眼，睨向虞煥臣。

虞煥臣透過車簾，瞧見寧殷輕撫妹妹背脊的那隻手，抱拳放輕了聲音：「臣有幾句話，說完就走。」

虞煥臣整理了一番措辭：「當初廢太子逼宮，臣之所以睜一隻眼閉一隻眼控制住殿外叛黨，為殿下清理異黨爭取時間，不是因為我有多支持殿下，而是有一個傻姑娘以大禮求我、求她的親哥哥……盡力幫幫七皇子。」

聞言，寧殷眸中掠過淺淡的光影。

虞煥臣朝車內看了一眼，而後翻身下馬。

挺拔高大的白袍小將，朝著車中之人單膝跪拜，抱拳認真道：「不管殿下所求為何，請殿下……一定要保護好歲歲。」

他追上來，只為這兩句話。

只為告訴靜王，他懷裡的這個姑娘有多值得他去珍惜。

虞煥臣走後，馬車仍久久佇立在原地。

沒有寧殷的命令，侍從也不敢貿然趕車。

寧殷撫了撫虞靈犀的髮絲。

樓閣上，她輕輕敘述的那個夢如波瀾劃過，片刻了然無痕。

只要他足夠強，便沒人能傷得了虞靈犀。

寧殷溫柔哂笑。那個夢，只可能是噩夢而已。

虞靈犀迷迷糊糊醒來，一睜眼便對上寧殷烏沉的眼睛。

她恍了恍神，惺忪問道：「去哪兒？」

「靜王府。」寧殷抬了抬指節，馬車便繼續朝前駛去。

「去王府作甚？」虞靈犀起身，狐裘滑下肩頭，眼尾勾著睡後的媚，「爹娘會擔心。」

「不會。」紗燈昏黃，寧殷的嗓音也透著幾分繾綣，「帶妳去看印章。」

「印章？」

虞靈犀恍惚記得昨天的確提過此事，這麼快就刻好了麼？

深夜，樂坊中一片歌舞昇平。

薛嵩熟稔地上了二樓雅間，叩門六聲，在門開的一瞬謹慎閃了進去。

「主上。」薛嵩朝著屏風後的人躬身一禮，方沉聲道：「靜王命王思禮為老太君殉葬，人……已經沒了。」

聞言，屏風後的人放下手中的木刀和泥人，長嘆一聲。

「唐公府的家產必須拿下。」屏風後的身影動了動，將酒水憑空灑下，祭奠道：「那件事，少不了銀兩。」

「臣再去想辦法。」薛嵩道。

話音剛落，忽聞門外一聲極輕的聲響。

「誰？」

薛嵩警覺，將門拉開一條縫。

手中的匕首堪堪停住，薛嵩眉頭一皺，肅然道：「你怎麼在這？」

「這句話，應該我問阿兄。」

匕首橫在頸項，薛岑喉結滾動，艱難道。

案几上散落著來不及收走的泥玩，而屏風後的人已不見蹤影。

靜王府巍峨靜謐，看不到一點上元新春的餘韻。

寢殿寬敞，掩上房門，虞靈犀就被籠罩在寧殷的影子中。

「你做什麼？」虞靈犀嗓子發緊。

不是說給她刻了枚私印麼，怎麼還脫起衣裳來了。

「看印章。」寧殷單手解了腰帶，墨眸中劃過微亮的笑意，「小姐這手，不是最會撩撥了麼？」

虞靈犀被抵在榻上，覺得他此刻的眼睛又瘋又漂亮，多半又是騙她在什麼難以啟齒的位置蓋章。

畢竟她今日身體特殊，自產自銷，興許連印泥都省了。

虞靈犀驚異於自己此刻的不正經，但在寧殷面前，再不正經都是合理的。

「這幾日真的不行。」她雙手抵著寧殷的肩頭，想了想，又放軟聲音輕輕道：「難受著呢，沒心思行樂。」

寧殷不輕不慢地揉著她的腰窩，沒有放手的意思。

「去湯池。」

他冷俊的面容看不出多少欲念，卻勾得人心癢癢。

「這幾日，也……不能泡澡。」

虞靈犀可不想來一個「滿江紅」，對身子也不好。

寧殷眉尖微挑，抓起虞靈犀的手貼在自己心口，極輕地哼笑一聲，「眼巴巴想要印章的是小姐，嬌氣的也是小姐。」

「我也不想的呀，身體的事誰能控制？」虞靈犀小聲嘟囔著，又起身道：「我去外間睡。」

她平時睡相乖巧，唯有特殊期間睡得不甚安穩，夜裡愛動。上輩子為了不招惹大瘋子，每月這幾日她都會自覺分床而睡。

還未完全起身，手腕就被拽住，她又跌坐回榻沿。

「坐好。」

寧殷嗓音淡淡的，但有著不容反駁的力度。

他起身拉開門，吩咐兩句什麼，不稍片刻，便有宮婢侍從陸續端著銀盆和熱水，捧著沐巾裡衣等物進來。

虞靈犀一瞥，甚至在疊好的衣物上看到兩條細軟工整的……月事布？

她輕咳一聲，別開了眼睛。

侍從們一溜兒擱下洗濯的物件，便躬身安靜退出，掩上房門，熟稔得彷若提線木偶。

寧殷慢條斯理解了外袍，挽起袖口，露出一截白皙緊實的小臂。

直至他往銀盆中灑入驅寒的乾花，單膝抵地半跪於裙裾旁，虞靈犀才反應過來他要做什麼。

太過驚訝，以至於她第一個反應是腳尖往後縮了縮。

「不必了，我自己來。」

寧殷略一抬眸，虞靈犀便不動了。

裙裾被推至膝蓋以上，露出裡衿和瑩白勻稱的小腿。繼而纖細的腳踝被溫熱的大手握住，褪去夾絨的繡鞋和羅襪。

虞靈犀的腳小巧精緻，宛若上等的軟玉雕琢而成，足尖帶著淺淡的粉，寧殷握了握，又和自己的手掌比了比，好奇般得出結論：「小姐的腳怎麼生的，還不如我的手掌寬大。」

他今日喚「小姐」喚上癮了，慵懶低沉的語調妖魔似的惑人。

虞靈犀蜷了蜷腳趾：「涼。」

「想吃蓮子肉了。」寧殷看著她的腳，忽而道。

虞靈犀疑惑，寧殷卻是笑了聲，捏了捏她的小腳趾。

虞靈犀明白過來，耳根一燙：「哪裡像蓮子？」

「是不太像，小姐的腳指頭可比蓮子白嫩多了。」

寧殷又使壞地撚了撚，這才戀戀不捨地將她的雙足沒入熱水中。

恰到好處的熱度包裹，虞靈犀舒服地輕喟了聲。

寧殷拿起一旁的帕子擦了擦手。

他的指節修長有力，恰到好處的筋絡生在他的手背上，微微凸起，硬朗而漂亮。不像他別處的青筋那樣可怕……

「小姐在想什麼，臉都紅了。」

寧殷保持著擦手的動作，乜眼看她。

他的眸子那樣幽深漂亮，虞靈犀彷彿被看透心思，下意識捂住臉頰。

而後聽聞一聲惡劣且愉悅的輕笑，從寧殷微彎的眸子中不難看出，這傢伙又在逗她。

虞靈犀放下手，赧然踩了踩銀盆中的水。

「嘩啦」一聲，幾滴水漬濺在寧殷的下頜上。

虞靈犀「呀」了聲，忙歉意地抬袖去擦，可眼底分明漾著狡黠的笑意：「打濕你了？」

寧殷眼也未眨，以指腹抹了抹下頜的水漬，慢悠悠道：「又不是第一次弄濕，習慣了。」

虞靈犀怔了怔，隨即蜷起腳趾，恨不能將一盆水都潑寧殷身上。

「快去沐浴更衣吧，別凍著自己了。」她撐著榻沿催促。

寧殷撚了撚手指上的水漬，一點一點蹭在虞靈犀的裙裾上，這才整袍起身，去了淨室。

虞靈犀將腳泡得熱乎乎的，擦洗乾淨身子，方取下髮間的白玉瑞雲簪，寬衣滾上床榻。

床頭擺著一個矮櫃，虞靈犀記得前世寧殷的床頭便有這樣的櫃子，裡頭也不知裝了何物。

虞靈犀下意識伸手，然而碰到抽屜時又微微頓住，縮了回來。

這兩日畏寒疲乏，她打了個哈欠，朝著寧殷枕頭的方向，安然闔上雙眸。

淨室中，燈影綽綽，波光如鱗。

寧殷墨髮披散，從齊腰深的湯池中緩步走出。水珠劃過刺白的胸口，熱氣氤氳，上頭的「靈犀」二字宛若鮮血般靡麗灼紅。

他簡單擦拭一番，披衣朝寢殿走去。

推開門，燭火搖曳，榻上的人裹著被褥熟睡，安靜得像是一朵含苞的花。

寧殷倚在榻頭，伸指按在她的嘴角，往上推了推。

「這麼傻。」他聲音低低的，帶著幾分憐惜，「居然去求虞煥臣。」

虞靈犀被鬧醒了，含混地握住他的手指道：「別鬧，睡吧。」

寧鍛悶笑一聲，咬了咬她的耳尖，掀開被褥躺下，將虞靈犀強硬地摟過來，按在懷中。

這個姿勢，虞靈犀直接從枕頭上掉下來，只好調整角度，往他懷裡蹭了蹭。

燈火繾綣，寧殷敞開的衣襟內露出一大片硬實的白，虞靈犀隱約瞧見一抹極淡的紅痕，似是什麼刻字。

然而等她費力從混沌中抽神，睜眼仔細去瞧時，那抹紅又消失了。

許是看錯了吧？

她枕著那片胸膛，半晌，又閉上眼。

一夜香甜無夢。

天剛濛濛亮，虞靈犀便醒了。

身側位置果然已經空了，摸上去一片冰冷。

「王爺呢？」

虞靈犀打著哈欠起身，墨髮雪膚，別有一番慵懶柔媚，連前來進門服侍的宮女們也看得心旌搖動。

「回姑娘，王爺卯時便入宮去了。」宮婢恭謹答道，一句不少，一句也不多。

虞靈犀撐著榻沿醒了會兒神，心想：莫不是殘黨的事還未解決？

禮部，廳堂肅穆。

欽天監監正與禮部尚書躬身分列兩旁，看著悠然坐在主位上的靜王殿下，擦了擦下頷並不存在的汗水。

欽天監監正率先開口，將千挑萬選出來的日子雙手奉上：「據、據老臣推算，八月十六花好月圓，天朗氣清，乃是十年難遇的吉日，宜娶親入宅……」

寧殷的手指有一搭沒一搭的叩著，挑眉道：「八月？」

「呃……」監正頓了頓，忙以食指往嘴中一沾，迅速翻了一頁道：「八月是、是遲了些，老臣還備了兩個日子，五月初九亦是吉日。」

見寧殷眼也不抬，監正又抖著鬍鬚道：「四月十二也可。」

靜王笑了聲。

明明是天人般俊美之人，笑起來卻莫名讓人背脊一寒。

禮部尚書使了個眼色，監正這才顫巍巍道：「或許，下月十八？」

十八麼？

寧殷估摸了番：一個月，足夠清理乾淨了。

輕叩的指節停下，禮部尚書立刻拱手道：「臣這就下去安排三書六禮之事，明日將禮單呈給殿下過目。」

「本王只成這一次親，有勞二位大人。」

寧殷起身，負手悠然出了殿門。

誰能擔當得起靜王殿下一句「有勞」呢？

名為客氣之言，實則施壓，敢搞砸靜王「唯一」的婚宴，便是十顆腦袋也不夠掉的。

禮部尚書和監正惶然跪地相送，齊聲道：「臣等必將竭力！」

陽春二月，城南曲江池畔楊柳垂絲，嫋嫋新綠。

稚童舉著風車跑過巷口，險些撞上迎面而來的馬車。

手臂被攥住，小孩愣愣抬頭，瞧見一張肅穆清雋的臉。

「一個孩童而已，不必緊張。」

馬車中傳來刻意沙啞的嗓音，很輕很沉。

薛嵩這才鬆手，朝車內道：「是，主……」

念及有外人在場，薛嵩止住了聲音。

馬車內伸出一隻女人般好看的手，上面還沾著些許木屑，將幾顆糖果輕輕擱在小孩的手中。

「去玩吧。」車內人道。

小孩兒得了吃食，歡歡喜喜地跑開了，車簾合攏，朝著北面緩緩駛去。

薛嵩四處看了看，讓侍衛留守門外把風，自己則進了一處僻靜的院落。

走到院落最裡層，他略一頷首，示意侍從打開門鎖。

「吱呀」一聲，刺目的光線傾瀉，窗邊那道月白的身影下意識瞇了瞇眼。

「楊柳抽條了是麼？風裡有早春的氣息。」薛岑轉過溫潤的臉來，看向薛嵩。

薛嵩關上了門，春日的豔陽轉瞬而逝，只餘下無盡的冷暗。

「我與父親和祖父說了，你外出遊學，要離家月餘。」薛嵩將檀木盒擱在案几上，看著上頭寫滿了「靈犀」二字的宣紙，皺緊眉頭，「家中一切安好，你不必掛心。」

「我竟不知，阿兄置辦了這樣一座別院。」即使被幽禁在這方寸之地，薛岑猶自保留著儒士的傲骨，輕聲道：「阿兄所做之事，到底會讓家中安好，還是永無安寧？」

「你不會理解我。」薛嵩頸上青筋鼓了鼓，沉聲道：「你這樣蜜糖罐裡長大的人，從小就被寄予厚望，當然不會理解被你踩在腳下的影子是何感受。」

薛岑一怔，看著眼前有些陌生的兄長，喃喃道：「你在說什麼啊，阿兄？」

「溫潤如玉是你，萬眾矚目是你，與虞家定下婚約之人也是你……從小什麼好處都是你得了，當然不會明白我之感受。」薛嵩冷漠道：「明明我才是薛府嫡長孫，可世人只知光風霽月薛二郎，何曾記得薛家還有個默默無聞的老大？我拼命入仕，憑藉自己的能力爬到戶部侍郎之位，父親、祖父們哪一個肯正眼瞧我，對我有過哪怕是半句的誇讚？」

「所以阿兄就瞞著薛府上下，另投靠山？」薛岑眼睛紅了紅，「阿兄從祖父那裡掌控廢太子的動靜，從我這兒刺探虞家的消息，這一切的一切都是為了給你幕後真正的主子提供便利……阿兄如此，可曾對得起那些被利用的親情與友情？」

薛嵩面上沒有一絲動容。

「大丈夫存於世，無非名與利。我就是要證明給祖父看，我的選擇是對的。」薛嵩轉身，一字一句道：「我才是，薛家的頂梁柱。」

「阿兄……」

「靜王寧殷，和虞靈犀定親了。」

薛岑未說完的話悶在喉中，臉色迅速白了白。

他早料到了會有今日，可真聽到消息，仍是宛若尖刀入懷，狠狠絞痛。

「你青梅竹馬未過門的妻子，即將和別人拜堂成親。」薛嵩嘴角掛著譏誚，「靜王和他那個昏庸殘暴卻又粉飾太平的父親一樣，只會搶奪別人的妻子。而你，阿岑，你只能像個懦夫一樣，躲在角落裡哭泣。」

「別說了……」

「你以後看著你的青梅竹馬，還得下跪叫她一聲『王妃娘娘』……不，你這樣軟弱無能之人，必定連見她一面都不敢。」

「別說了！」薛岑握緊雙拳，顫聲道：「別說了，阿兄。」

薛嵩如願以償看到薛岑瀕臨崩潰的神情，放緩聲音：「你就不想奪回這一切嗎，阿岑？」

宛如在心間落下一聲悶雷，薛岑倏地抬起赤紅的眼睛。

薛嵩打開檀木盒，露出裡頭一對成色極美的龍鳳琉璃杯，以及一個早已備好的黑色瓷瓶。

他道：「你去祝她新婚大喜，她不會對你設防。」

薛岑往後退了一步，踉蹌跌坐在椅中。

「不……」他明朗的面容已沒有一絲血色，不敢置信道：「你要做什麼，阿兄？」

「放心，她不會死。我的目標，是靜王。」薛嵩沉聲道：「靜王死後，你便帶她遠走高飛。」

薛岑仍是不敢置信地看著他，像是第一次認識這個和他一母同胞的兄長。

「你是我弟弟，我不會逼你。」沒有得到薛岑的回覆，薛嵩收起琉璃杯和藥瓶，「你既然不要她了，我便也不必留她。事成之後，我再放你出來。」

薛嵩抱著檀木盒朝門扉走去。

身後傳來桌椅傾倒的聲音，薛岑急切道：「阿兄……」

薛嵩停住腳步。

「你發誓，不會利用我害她。」薛岑的下頷顫抖。

「我發誓。」薛嵩毫不遲疑。

許久的沉默，薛岑緩緩閉目。

滾動的喉結吞下淚意，他的聲音宛若砂紙打磨過般粗啞：「……好，我應允你。」

長陽宮門窗緊閉，死氣沉沉。

陌生面孔的侍從將一尊新修補好的大肚金佛置入殿中，放在皇帝龍榻的正對面。明明是雙目悲憫的佛像，聳立在在晦暗中，卻顯出幾分詭譎的陰森。

龍榻上的皇帝嘴歪眼斜，雙手顫抖，已然顯露出中風之兆。寧殷慢悠悠拖了條椅子坐在半丈開外的地方，欣賞著皇帝的狼狽和無能為力。

稱帝二十載，御女無數，到頭來在無盡猜忌和殘殺中活下來的兒子，只剩下一個傻子、一個稚子，還有……

……還有一個瘋子。

皇帝渾濁的眼睛直愣愣地盯著那張和麗妃頗為相似的臉，眼中拉滿赤紅的血絲。

「殺……殺……」皇帝拼命蠕動著歪斜的嘴角，眼珠子如將死的魚一般鼓出。

「殺？不。」寧殷勾著唇線，嗓音特別輕柔，「我不會殺你的，至少不是現在。」

皇帝若死了，天下大喪，會給他與虞靈犀的婚事敗興。

他會讓皇帝「舒舒服服」地，殘喘到他大婚之後。

寧殷看夠了皇帝的醜態，這才悠悠抬手，立即有兩隊濃妝豔抹的女子魚貫而入，跪在龍榻兩側。

這些女子雖穿著宮女的服飾，但滿身風塵之氣，每一個都曾是吸精奪魄的刮骨刀，儼然不是什麼乾淨之人。

「皇帝喜歡美人，可又不好意思承認，妳們要盡心伺候。誰要是伺候得不周到……」寧殷悠悠掃視一圈，女子們立刻顫巍巍道：「奴家必定盡心服侍！」

寧殷滿意地笑了聲，視線落回龍床之上，起身道：「好好享受最後的快樂吧。」

他淡緋的薄唇微微張合，吐出兩個無聲的字眼。

皇帝雙目暴睜，看出他的嘴型是在說「父、皇」，一字一頓，冰冷又譏誚。

「殺……殺！」

皇帝如涸轍之魚般掙扎起來，歪斜的嘴角涎水直流，仍呵呵念叨著「殺」字，扭曲乾枯的手指顫抖著伸向那抹深紫的背影。

豔俗的女子們一擁而上，將他按回龍榻之上。

明黃的帷幔鼓動，宛若無形的巨獸，將那憤恨沙啞的嗚嗚聲盡數吞沒。

尚衣局日夜趕工，吉服裁剪好後便馬不停蹄送去靜王府。

「這麼快？」

虞靈犀正照著一本古譜煎茶，見尚衣局的宮人捧著套簇新的婚服進門，頗為訝異。

宮人笑道：「只是初步裁剪繡好，煩請姑娘紆尊一試。若是大小長短並無不當，尚衣局的繡娘還會再綴上珍珠寶石。」

虞靈犀起身去內間試了衣裳，對著銅鏡照了照。

儘管絳紅的嫁衣還未綴好寶石，但已是華美至極，質感極佳的柔軟布料葳蕤垂地，灼灼然宛若晚霞披身。

大小剛好，一寸不多，一寸不少，連給美人貴婦做慣了衣裳的尚衣局大宮女也忍不住驚嘆不已。

靜王府的銅鏡極為光滑清晰，試完嫁衣，虞靈犀忍不住多照了會兒。

披上衣裳轉身，便見寧殷優哉游哉坐在案几後，也不知在那看了多久。

虞靈犀忙將掛在臂彎上的外衣穿好，遮住那薄薄的肩背，淺笑著問：「何時回來的？」

「大概，從歲歲盯著自己的胸脯，掂量大小開始。」寧殷微妙地頓了片刻，而後頷首，「好像，是大了些。」

啊，這張惱人的嘴！

「胡說八道。」虞靈犀挽著披帛過去，坐在寧殷身側，「奇怪。尚衣局的人不曾來量身，如何知曉我的尺寸？」

寧殷墨眸一轉，問道：「我估量的尺寸，可還準？」

「……」虞靈犀反應過來，睜大杏眸，「你何時估量的？」

「既然之前有人將歲歲當做禮物贈與本王，本王自然要拆開查驗。」寧殷一副理所當然，看了看自己修長有力的手掌道：「一寸一寸，親自掐量了許久。」

虞靈犀深吸一口氣，沒臉想像他以手為尺丈量身軀該是怎樣的畫面。

「我說那幾日睡覺時，為何總感覺有什麼東西箍得慌……不對。」想起一事，虞靈犀問，「你竟是那麼早，就在籌備嫁衣之事了？那為何一開始，總是欺負我？」

害得她還以為，寧殷是在記仇報復呢。

「胡說，明明是在疼愛歲歲。」寧殷似是看穿了她的心思，緩聲笑道：「無論妳做什麼，我都不會恨妳。因為，妳是本王的寶貝歲歲啊。」

他習慣用玩笑的口吻說真話，越是輕飄飄的語氣，便越是真實。

虞靈犀猜想，哪怕實在傷心緊了，他也只會遷恨別人，毀了這個世間。

「小瘋子。」虞靈犀按捺住心間洶湧的酸澀暖意，偏頭枕在他的肩頭，輕輕道：「王令青知道你曾在虞府為僕的消息，也是你刻意放出去的對不對？你這樣聰明的人，若想隱瞞過往，王令青是不可能查到的。」

寧殷端起虞靈犀先前斟好的茶盞，嘶了聲，假模假樣道：「歲歲真聰明。」

「陰陽怪氣。」

虞靈犀含著淺笑，搶走了他手中的茶盞，一飲而盡。

寧殷看著空空如也的手，眉尖微挑。

「這杯裡面放了椒粉，你又吃不了辣。」

虞靈犀眨眨眼，重新倒了杯新的給他。

寧殷沒有接那盞新茶水，而是伸手將虞靈犀拽過來，抬指按住她的下唇拉了拉。

虞靈犀張嘴要咬他的手指，卻被他趁虛而入含住唇瓣。

半晌，寧殷氣定神閒地抹了抹豔色的嘴，回味道：「是有些許辣，不過滋味甚好。」

虞靈犀氣喘吁吁，抿了抿紅潤的唇。

「正經的茶不喝，都弄灑了。」

她手中的那杯新茶早已灑了個空，茶水順著手指淌了一臂，洇濕了袖口。

她欲尋帕子擦拭，卻被寧殷握住手腕。

「喜歡住哪座宅邸？」寧殷問。

虞靈犀下意識答道：「就這座吧。」

這處宅邸是前世攝政王府的雛形，樓臺亭閣都有熟悉的影子，生活在這，她總覺得能彌補許多缺憾。

寧殷沒說話，只垂眸俯首，一點一點認真地將沿著她的指間往下，將茶湯吻舐乾淨。

初春陽光和煦，他英挺的側顏鍍著一層淺淡的暖光，看上去安靜而俊美。虞靈犀蜷起了手指，任由酥麻沿著手腕漫遍四肢百骸。

寧殷最近突然忙碌起來，這幾日早出晚歸，虞靈犀連與他碰面的次數都少得可憐。

偶爾路過廊下，會看到官吏和侍從搬著一箱一箱的東西往裡走，似是準備布置什麼。

寧殷……打算什麼時候娶她呢？

興許得入秋吧。

虞靈犀掐著日子猜想，皇子大婚至少得提前半年準備，等一切禮節齊全，應是丹桂飄香的時節了。

秋天也很好，前世她被送到寧殷的身邊，就是在初秋之時。

二月十七，清晨。

虞靈犀迷迷糊糊醒來，在榻上翻了個身，而後滾進一個硬實的懷抱中。

她抬手摸了摸，忽地睜眼，撞見一雙墨黑清明的眼眸。

「寧殷？」

虞靈犀眨眨眼，有好些時日醒來時不曾見過他，一時以為自己尚在夢中。

她睡眼惺忪的樣子有些媚，眼尾鉤子似的撩人。

寧殷眸中暈開幽暗的笑意，伸指碾了碾她眼尾的小鉤子，輕聲道：「起來，用過膳本王送妳回虞府。」

「回虞府？」

小瘋子今天是轉性了？

虞靈犀梳洗用膳畢，帶著滿腔疑惑地登上了寧殷的馬車。

王府門前，幾名侍從正在撤下舊宮燈，換上簇新的紅燈籠。

宮婢們井然有序，捧著燭臺綢緞等物來來往往。

虞靈犀還未看仔細，寧殷便放下車簾，將她的腦袋輕輕擰過來，直至她眼裡心裡只看得見他一人。

虞靈犀也挺想爹娘的，可又捨不得小瘋子，眨眼笑道：「突然大發善心送我歸府，就不怕將來會想我？」

「歲歲未免高估自己了。」寧殷彎出一抹極淺的笑意，意味深長道：「一天而已，我還是等得起的。」

「一天？」

虞靈犀總覺得他神情捉摸不透，不知又在醞釀什麼壞主意。

但很快，當馬車停在虞府大門前時，虞靈犀總算知道那句「一天」是何意思了。

虞府上下熱鬧無比，虞辛夷親自指揮僕從將紅綢花掛在正門的牌匾上，不時後退端詳道：「歪了，再往左一點。」

見到妹妹從靜王府的馬車上下來，她叉腰笑道：「歲歲，回來了？尚衣局把吉服和鳳冠送過來了，快去瞧瞧合不合適！」

「阿姐，這是……」

虞靈犀望著滿府熱鬧的紅綢喜字，忽然猜到什麼，猛然扭頭看向身側笑得恣意的寧殷。

「他沒告訴妳？」虞辛夷被妹妹的茫然反應嚇到了，震驚道：「不是吧，明天就是妳大婚了，殿下真的沒和妳說？」

儘管已經猜到了，虞靈犀仍是止不住心臟狂跳，驚喜交加到了極致，便有了做夢般的虛幻感。

「你最近就在忙這些？」虞靈犀一時不知該笑還是該惱，憋了半晌，向前擁住寧殷道：「你何時定下日子的，為何不同我說呀？」

要命，眼眶竟然有點酸。

虞靈犀轉動腦袋，將那點甜蜜的濕意全蹭在他衣襟上。

虞辛夷摸著下巴看得正起勁，被虞煥臣給提開了。

寧殷輕撫著虞靈犀的背脊，對她此刻洶湧的驚喜與無措十分滿意。

溫水慢燉的甜蜜，永遠不如瞬間的刺激那般刻骨銘心。

他天生壞種，沒有多少道德觀，成不成親於他而言並無差別。

一紙婚姻對他並無約束，只要是他放在心尖上的人，即便不成親也會一直疼愛她；若是懶得理睬之人，娶進門也不過是件死物。

但是，想讓她開心。

想用盡一切或卑劣或正常的手段，將自己永遠地烙在虞靈犀的心上，讓她每每想起今日都會心潮疊湧，至死不休。

「只要是歲歲的願望，自是應該實現。」寧殷捏了捏虞靈犀的後頸，垂眸近乎溫柔道：「把眼淚收一收，留到洞房夜再給本王嘗。」

「沒哭。」

虞靈犀深吸一口氣抬首，彎彎的杏眸中湧著細碎瀲灩的光。

寧殷抬指蹭了蹭她微紅的眼角，緩聲道：「明日，我來接妳。」

這次，是真的接她回家了。

他們的家。

虞靈犀穿過熱鬧的庭院，滿目紅綢喜字。

回到閨房，亦是布置得煥然一新，桌上擺著成對的喜燭，窗扇上貼著大紅的窗花喜字，豐厚的嫁妝堆積盈地。

最中間的木架上，掛著一套絳紅繡金的吉服，鳳冠釵飾一字排開，琳琅滿目，比之前那場潦草應付的賜婚不知規格高出多少倍，每一件都是極致的珍品。

虞靈犀伸手撫了撫絳紅衣裙上的精美雲紋，嘴角不禁勾出一泓淺笑。

這是她等了兩輩子的，真正的嫁衣。

用過午膳，便有宮中的嬤嬤過來給虞靈犀講解婚宴流程和注意事宜。

等到一切安排妥當，已是日落黃昏。

虞靈犀累得一根手指都抬不起來了，可還是興奮，恨不能明日快些到來。

她坐在榻上小憩，看著屋中華美的嫁衣出神，便見胡桃快步而來，欲言又止道：「小姐……」

虞靈犀回神，問道：「何事？」

胡桃支吾了一會兒，回答道：「薛二公子來了，說是……有樣東西要給您。」

虞靈犀一頓，眼裡的笑意淡了淡。

「他在哪兒？」虞靈犀問。

「人來人往的，奴婢怕別人瞧見了傳出什麼不好的風言，就請他先去水榭坐著。」胡桃小聲問，「小姐，要奴婢將他打發走麼？」

虞靈犀垂下纖長的眼睫，望著杯盞中浮沉的茶葉，思忖許久。

「不必。」她擱下杯盞道：「妳去告訴兄長一聲……」耳語囑咐幾句，虞靈犀方起身出門，朝水榭行去。

春寒料峭，夕陽斜斜灑在平整的池面上，沒有半點波瀾。

虞靈犀站在棧橋盡頭，一眼就看見了水榭中那道佇立的月白影子。

水榭中還站了個陌生的小廝。

中間的石桌上，擱著一對包裝精緻的琉璃酒杯，並一壺清酒。

聽到輕巧靠近的腳步聲，薛岑頓了頓，方轉過身來。

四目相對，他明顯清瘦了些，溫潤的眉眼中有殘存未化的憂鬱，倒有幾分前世最後一次相見時的樣子。

「二妹……」意識到稱呼不妥，他喉結動了動，微笑著改口道：「聞二姑娘新婚大喜，特備薄禮登門道賀。」

第三十章 噩夢

「記得兒時，我與阿臣時常在此泛舟遊樂，談天說地。」薛岑看向水面尚未抽芽的嶙峋枯荷，像是憶及遙遠的過去，「彼時二姑娘身子不好，便在這水榭中遠遠地看著。」

虞靈犀以為薛岑多少會有點怨懟，或者像前世最後一次相見那般清高自傲，憤世嫉俗。出乎意料的，他很平靜，平靜得近乎哀傷。

「十歲那年秋，我見你們撐船穿梭在蓮葉之間，豔羨不已，鬧著要吃蓮蓬。可那時哪還有蓮蓬？兄姊們都哄騙推搪，只有你伸手去摘。」虞靈犀站在半丈遠的距離，輕聲道：「卻不料失足跌落池中，自此留下怕水的病根。」

薛岑笑了笑：「最是兒時歡樂，少年不計離愁。」

他挑了這個時辰前來，應該不只是敘舊這般簡單。

虞靈犀的目光落在那一對龍鳳琉璃酒杯上，酒杯宛轉流光，玲瓏剔透，看得出是上佳之物。

「這壺中裝的是埋了十年的『百歲合』，原是飲合巹酒用的。我如今用不上了，不如轉贈二姑娘。」薛岑的視線落在哪壺未開封的酒上，喉結幾番滾動，方溫聲道：「我……能與二姑娘小酌一杯，當做餞行嗎？」

虞靈犀問：「餞行？」

薛岑有些倉促地調開視線，苦澀道：「明日二姑娘出閣喜宴，我就不登門擾興了。」

他做了個「請」的手勢。

虞靈犀落座，吩咐侍婢去取新茶和吃食過來。再回首時，便見薛岑帶來的小廝向前，開了那壇珍藏了十年的「百年合」。

薛岑取了琉璃杯，親自斟了兩杯酒，虞靈犀只好將還未出口的話語咽下。

杯盞中琥珀金的酒水微微蕩漾，倒映著她澄澈的眼眸。

曲江池畔，僻靜院落中傳來叮咚叮咚的輕響。

「主上安心，我已命人改良了『百花殺』藥性，使其毒性更強，且可延長一日發作，以確保萬無一失。」薛嵩掩上廳門，朝屏風後那道影子道：「舍弟已帶此藥進入虞府，待明日洞房禮成，便是靜王暴斃之時。」

屏風後，撥浪鼓的聲音清脆傳來。

那個略微沙啞的聲音響起：「竟淪落到要靠連累一個女子來完成大業，我終究於心有愧。」

「主上仁德，然成大事不拘小節。」薛嵩道：「靜王府固若金湯，其人陰險詭詐，我們只能從虞府薄弱處入手。」

屏風後的人放下撥浪鼓，起身道：「此藥並無解藥，我聽聞令弟出門前特地嘗了一杯酒作為驗證，可會連累他性命？」

「舍弟雖單純，但也不會對臣言聽計從。那酒他必定要先嘗一口，確定無毒，才會安心答應去見虞靈犀。」薛嵩眉間凝著陰翳，道：「主上放心，那毒，臣壓根就沒下在酒水裡。」

「哦？」

「臣將『百花殺』的毒，抹在琉璃杯的杯口中。只要虞靈犀執杯飲酒餞行，哪怕只是輕沾一口，也必定中毒。」

「你如何知曉，令弟定會將有毒的杯盞給虞二姑娘？」屏風後的人長嘆道：「薛二郎滿腔癡情，並非三兩月能消弭的。若他下不去手呢？」

薛嵩似是早已料到如此，頷首道：「主上說得對，阿岑生性純良，他必定下不去手。」

屏風後凝滯片刻，那人問：「那為何還讓他……」

「正是因為知道，所以臣才告訴阿岑，一定要將鳳杯給虞靈犀，讓他自己執龍杯。」薛嵩沉默了一會兒，冷肅道：「阿岑心中起疑，必定偷換杯盞，代虞靈犀受過。」

他從來不相信自己那個一張白紙似的弟弟，他相信的，只有自己對人心的把控。

所以那毒，其實是抹在龍杯中。

虞府，水榭。

薛岑呼吸緊了緊，短促道：「等等。」

虞靈犀收回手，略微疑惑地看向他。

「二姑娘嗜辣，此酒味道稍淡。」

薛岑伸手去摸腰間掛著的小綢袋，大約心不在焉，小綢袋解了許久才解下。

薛岑歉意地笑笑，從袋中夾出兩顆椒粉甘梅，置於面前的琉璃酒杯中。

虞靈犀恍了恍神，這麼多年了，薛岑竟然一直隨身攜帶著她喜好的東西。

不過今日既是要分道揚鑣，他此舉是否太過親暱多餘了？

正想著，薛岑將那只雕龍紋的琉璃杯推至她面前，笑了笑：「二姑娘，請。」

他率先端起自己的那只鳳杯，鄭重一舉：「這一杯，敬過往兩小無嫌。」

說罷頓了頓，仰首一飲而盡。

薛岑本就端正克己，從不酗酒，飲得急了，嗆得他眼角濕紅。

他攔住想要勸解的虞靈犀，又斟了一杯道：「這一杯，敬未來春風萬里。」

虞靈犀總覺得，此刻他的眼底藏了太多東西，彷彿要溢出來似的。

她按捺心底的遲疑，面不改色地端起自己面前那只龍紋琉璃杯，與薛岑遙遙一舉。

小廝端著酒壺，目光一眨不眨地落在虞靈犀緩緩靠近唇瓣的杯沿上。

虞靈犀幾不可察地抿了抿唇，眼底映著酒水的波紋，浮光掠影。

在杯盞即將觸碰嘴唇的一刻，虞靈犀微微一頓。

繼而薛岑忽地伸手過來，奪走她手中的那杯酒，仰首一吞而下。

虞靈犀阻止不及，那名小廝也因驚愕而僵愣在原地。

趁著監管他的小廝沒反應過來，薛岑紅著眼嘶聲道：「酒裡有毒，別碰！」

須臾一瞬，那名小廝回過神來。

知曉壞事，他轉身欲跑，卻被趕過來的虞煥臣一掌擊翻在地。

這名小廝身手極為了得，一骨碌爬起來，迅速踩著假山攀上圍牆，朝外邊逃了。

虞煥臣欲追，又擔心水榭中的情況，遲疑了一瞬，還是將追擊的任務交給青霄等侍從，自己大步朝薛岑走去。

「把地上的琉璃杯收好，去叫太醫！快去！」想到什麼，虞靈犀眼中的詫異漸漸變成驚駭，向前一步道：「我那杯酒裡有『百花殺』是不是？快吐出來！」

「來不及了。」薛岑只是輕輕搖首。

從阿兄故意拿虞靈犀和靜王的婚事反覆刺激他開始，他便有了懷疑，被至親背叛的絕望擊破他殘存的希冀。

他沒有別的辦法，與其換別人來對付虞靈犀，不如他自己冒險一趟。

薛岑眼角微紅，撐起一個溫和的笑來：「若不這樣，我沒機會將消息告知妳。」

虞靈犀一時無言。

作為前未婚夫，薛岑此番登門有些突兀。

若是在上輩子，虞靈犀或許沒什麼心防。

她應約見面，只是想著薛家如果像前世那樣，借薛岑的手來害她和寧殷，她便可順勢而為揪住薛嵩用「百花殺」殘殺異己的把柄。

可她沒想到，薛岑竟會傻到自己吞下那杯毒酒。

虞靈犀被虞煥臣攙扶住的薛岑，勉強保持鎮定：「兄長，給他催吐。」

「阿岑，吐出來！」

虞煥臣面色冷峻，伸指按壓薛岑的腹部穴位催吐，可根本來不及。

沒人比虞靈犀更清楚百花殺的藥性有多狠。

「不……不必管我。」薛岑抓住虞煥臣的手，抬頭看向虞靈犀，倉促道：「他們做了兩手準備，在婚宴儀賓中亦埋了刺客，欲行刺靜王！此番我失敗，打草驚蛇，他們的行刺計畫必將提前……去幫他吧，快去。」

薛岑的眉眼溫潤依舊，只是多了幾分從容的決然。

虞靈犀後退一步，以眼神拜託兄長處理眼前之事，而後飛快轉身跑去。

夕陽收攏最後一絲餘暉，薛岑微紅的眼中湮沒著寧靜。

「幸好……」

幸好這一次，他沒有來遲。

馬車自靜王府而出，朝永樂門行去。

案几上薰香嫋散，寧殷屈指抵著額頭閉目小憩，垂下的睫毛在眼睫下投下一圈陰影。

他極少做夢，這兩天卻反覆夢見自己走在一條悠長的黑色密道中，像是永遠沒有盡頭。

但這一次，他觸碰到了終點。

像是一扇門，用力推開，幽藍的微光迎面而來。

是一間狹窄的斗室，螢藍的光的便是從斗室中的冰床上散發出來。而那藍光的中心，安靜地躺著一位烏髮紅唇的美人。

「靈犀。」

寧殷審視著冰床上熟睡的美人，伸手去觸碰她僵硬的嘴角，卻只碰到一片冰冷。

心臟驀地劇痛。

察覺到什麼，屋簷上的灰隼驟然撲飛，尖利的隼鳴伴隨著破空的凌寒聲刺破夜空。

寧殷倏地睜眼，略一側首，森寒的刀刃便迎面刺過來。

冷光映在眸中，一片霜寒。

片刻，行刺的儀賓手臂傳來一聲毛骨悚然脆響，繼而刺進馬車中的那柄刀刃飛出，貫穿了他的喉嚨。

刺客眼中還殘留著不敢置信，如破布娃娃般，晃蕩蕩被釘在坊牆上，綻開一片血花。

「總算上鉤了。」隱藏在暗處的沉風鬆了口氣，又曲肘頂了頂身側的折戟，「殿下為何不在王府裡處置這群刺客，而要費力將他們引來此處。」

折戟看了巷中的刀光劍影一眼，只說了一句：「因為王府明天大婚。」

殿下是絕不會允許這些雜魚將王府的磚瓦染髒，他要乾乾淨淨地迎娶虞二姑娘。

「上。」

折戟反手取出背負的重劍，瞧準時機率先衝了出去。

牆頭的桃花灼然綻放，一片粉紅霞蔚。

微風淺動，月影扶疏，桃花飄飄蕩蕩墜落在地，被汩汩蜿蜒的黏稠染成詭譎的鮮紅。

寧殷蹙了蹙眉，嫌惡地拭去手上沾染的一點血漬，睨向牆角四肢俱斷的刺客。

這是十名頂尖刺客中唯一的活口，卻也和死了差不多。

那刺客斷線木偶般癱坐在屍堆中，口鼻溢血，卻仍笑得張狂。

「死到臨頭了，還囂張什麼？」沉風嘀咕著，走向前道：「喂，你笑什麼？是不是還有什麼詭計？」

刺客「呵呵」兩聲，然後忽地噴出一口血箭。

血沫飛濺，有什麼畫面在寧殷腦中飛速掠過。

鮫綃榻上，有誰一口黑血噴出，染透了他雪色的衣襟。

歲歲。

心口刺疼時，他茫然踉蹌了一步。

「殿下！」

折戟下意識想攙扶他。

寧殷卻自己穩住了身子，壓下喉間湧上的腥甜。

猜到什麼，他徑直越過侍從，翻身上馬時，手中短刃狠狠刺入馬臀，就這樣帶著一身血氣朝虞府疾馳而去。

——「我曾做了一個夢。」

——「我夢見我因此而死，留你一個人孤零零活在世上。」

是夢嗎？

如果只是夢，為何他的心會這麼疼。

如果不是夢……

馬匹吐著白沫嘶鳴，人立而起，寧殷看到領著一隊侍衛準備出門的虞靈犀。

兩人隔著幾丈遠的距離對視，一時悄寂無聲。

「寧殷！」

看到他安然無恙地出現在自己面前，虞靈犀眼眸一亮，長鬆了一口氣。

但緊接著，她的心又提了起來。

因為寧殷的臉色實在太糟糕了，面頰在暗夜中近乎蒼白，下頷上濺著血珠，雙目深陷，是這輩子從未有過的蒼冷沉重。

他的眼睛那樣黑，蘊著暗色的紅，虞靈犀一時看不透他眼底翻湧的情愫是什麼。

她擔憂地小跑過去，仰首道：「你沒事吧？我方才聽說薛家買通刺客……」

話未說完，寧殷已翻身下馬，高大的身影將她整個罩在其中。

他垂眸盯著虞靈犀的面容許久，而後抬起擦拭乾淨的手指，如同確認什麼般，輕輕碰了碰她的嘴角。

「寧殷？」虞靈犀疑惑。

寧殷卻是低低笑了起來，沾著鮮血的笑靡麗瘋狂。

「是暖的啊。」

他撫著虞靈犀的臉頰，露出滿足的神情。

「寧殷。」虞靈犀順勢握住他的手指，讓他更直觀地感受自己的體溫，輕輕問道：「你怎麼了？」

牆下的燈影搖晃，寧殷的眼中吞噬著光。

「我夢見妳躺在黑屋的冰床之上，不會笑，不會說話。我觸碰妳的臉頰，卻只有僵硬的冰冷。」寧殷的嗓音一貫低沉好聽，優雅而偏執，「我的歲歲，怎麼可能變成那副樣子。」

虞靈犀心臟一緊，像是被人猛擊一拳，漫出綿密的疼。

寧殷和虞靈犀不太一樣。

許是巧合，又或許因為薛家故技重施的緣故，才促使他夢見上輩子的零碎片段。

這實在是匪夷所思。

但歷經重生後的種種，再匪夷所思的事也不過是久別重逢。

虞靈犀有很多話要說，她獨自背負著這個祕密走了太遠太遠，不曾有過盡情傾訴的機會。

可話湧到嘴邊，卻只化成一聲「撲哧」輕笑。

「那只是一個噩夢。」她牽著寧殷微涼的手掌走到無人的角落，輕輕重複了一遍，「只是夢，寧殷。」

夜風中花香沉浮，虞靈犀的眼睫上掛著一點濕，卻笑得溫暖而明麗。

「是個十惡不赦的夢。」寧殷的視線落在虞靈犀淺紅的眼尾，半晌，柔聲道：「懲罰我吧，讓我痛一點。」

彷彿只有她賜予的疼，才能蓋過夢醒時心尖的痛。

虞靈犀該懲罰他什麼呢？

告訴他前世自己死在他榻上，然後看著他發瘋自虐嗎？

好不容易走到這一步，大婚在即，該嘗嘗甜頭了。

於是她踮起腳尖，拉下寧殷的頸項，牆上一高一矮兩道影子便重疊在一起，鼻息交纏。

她閉上眼睛，艱難地碰了碰寧殷的唇。

他的唇那樣冷，沒有一點活人的熱度。虞靈犀貼得更緊些，小心地含住他的上唇，渡去最柔軟的暖意。

寧殷打開眼睛，幾乎是猛然撞吻回來。

他漆眸噙著繾綣的笑意，亮晶晶的，可唇舌卻野蠻得像是要讓人窒息。

侍衛還在遠處候著，虞靈犀憋紅了臉，背脊抵在粗糲的牆上，難受得下意識要推他。

可他的臂箍得那樣緊，指節泛白，虞靈犀的手抬在半空中，最終只得輕輕落下，如同他往常撫貓一般，改為輕撫他的背脊。

花香伴隨著鮮血的豔，盛開在這個安靜的春夜。

不知過了多久，寧殷漸漸溫和了下來，垂下眼瞼，在她下唇輕輕一咬。

虞靈犀緊緊扶著他的手臂，呼吸急促得幾乎說不出一句完整的話：「好受些了，小瘋子？」

寧殷撫她的臉頰，除了眼中染著幾分欲，臉色已恢復如初。

「你看，噩夢總會醒的。」她擁著寧殷的腰，聲音比二月的風還要輕柔，「我們還有很多個明天。」

許久，寧殷慢悠悠應了聲：「嗯，每天都換種疼法。即便是死，也要死在歲歲身上。」

很好。

虞靈犀只能紅著耳根安慰自己：有心情耍瘋，看來就是恢復正常了。

寧殷恢復正常的時候，便是薛家和他幕後之人覆滅之時。

夜深人靜，虞府依舊燈火如晝，往來熙攘。

虞靈犀回到花廳，便見虞夫人和蘇莞親自監督僕從準備明日催妝茶的布置，忙得不亦樂乎。

「夜深了，嫂嫂快去歇著吧，肚裡還揣著一個呢。」

虞靈犀將蘇莞拉到一旁坐下，不許她再跑來跑去。剛轉身，便見虞煥臣大步走了過來。

「他那邊，都解決好了？」虞煥臣嘴裡的「他」，自然是寧殷。

虞靈犀「嗯」了聲，笑道：「他早有準備，好在虛驚一場。」

「薛岑呢？」她又問。

「那毒極難驗出，只好連人帶證物送去大理寺。」虞煥臣微微擰眉，抱臂道：「不過已及時給他服藥催吐過，太醫院正在大理寺會診。若薛岑所中之毒真是『百花殺』，具體毒入幾分、能活幾日，都未可知。」

蘇莞看了沉默的虞靈犀一眼，悄悄拉了拉夫君的袖口。

虞煥臣也反應過來，么妹馬上就要出嫁，不適合再說這些話題。

虞靈犀尚在思慮，想了想道：「有位藥郎或許有法子，只是現在他不在京中，不知能否來得及。」

「知道了，此事哥哥去處理。」虞煥臣按了按妹妹的鬢髮，低頭笑道：「現在歲歲要做的，就是好好睡一覺，等候明日的出閣禮。」

心中擁堵的沉重彷彿有了宣洩之口，虞靈犀也笑了起來：「兄長，這一輩子真好。」

二月十八。

大吉，宜嫁娶。

平旦雞鳴，天邊一線魚肚白，出閣禮如期而至。

天剛濛濛亮，虞靈犀便下榻梳洗，沐浴更衣。

靜王府派了好些個手巧的梳妝宮女來，從濯髮到修甲，綰髻到上妝，皆各司其職，直至臨近正午，才妝扮齊整。

虞靈犀看著銅鏡中的自己，鳳冠璀璨，紅裙曳金，腕上金玉鐲子「叮噹」作響，烏黑的鬢髮襯著雪膚紅唇，嬌豔得近乎陌生。

不管做了多少次心理準備，看見自己穿著嫣紅嫁衣等候心上人迎親時，仍是心潮澎湃難以停歇。

這一次，是真的要嫁人了。

虞靈犀百感交集，眨了眨眼，嘴角卻毫不吝嗇地朝上翹起。

黃昏吉時，靜王府的迎親隊伍準時趕到。

寧殷沒有親友充當儐相，他是親自領人來迎親的。

按照禮制，原本還有攔門催妝的流程，但因寧殷的身分實在太過威儀顯赫，賓客對他的畏懼刻在骨子裡，一時沒人敢攔親。

虞靈犀手執卻扇，搭著虞煥臣的臂膀一步一步踏過綿延的紅毯，兩輩子的歲月在這一刻交織，圓滿。

朦朧的視野中夕陽流金，她看到了長驅直入進門的寧殷。

隔著面前晃蕩的鳳冠垂珠，可見靜王殿下一身袞冕吉服，長身挺立，俊美強悍得宛若高山神祇，貴氣天成。

他身後，彩綬飛舞，華蓋燦然，烏壓壓跪了一片望不到盡頭的迎親宮人。

可他的眼睛始終望向她，透著輕鬆的愉悅。

「嫁過去後，受了委屈不必忍著。」在將妹妹交給靜王前，虞煥臣借著喜樂的遮掩低聲道：「記住，虞家永遠在妳身後。」

虞靈犀眼睛一酸，朝著爹娘所在的方向深深一拜，這才轉身，將指尖搭在寧殷伸出的掌心。

男人的指骨修長硬朗，給人安定的力量。

迎親冊封禮之後，還要承輿車入宮朝見帝后。

但皇后因獲罪罷黜，皇帝中風在榻，寧殷便直接將虞靈犀送去王府。禮部和光祿寺的人皆視若不見，無一敢置喙。

儘管懾於寧殷的狠絕，許多冗長的流程皆已精簡，但還是折騰到了晚上。

寧殷沒有親友，故而靜王府不似虞府那般嘈雜，有的只是滿庭火樹銀花，張燈結綵，是前世攝政王府從未有過的喜慶。

「小姐……不，王妃娘娘。」一同跟過來服侍的胡桃拿著兩個長條形的檀木盒，請示道：「這兩樣東西，給您擱在哪兒？」

盒子裡放的，是寧殷贈的剔紅毛筆和簪子。

本來也想將那隻油光水滑的花貓一同帶過來的，無奈她實在一碰就起疹子，只好作罷。

虞靈犀偷空吃了兩口粥食，想了想道：「擱在桌子上吧，回頭再收拾。」

胡桃脆生生「哎」了聲，又忍不住絮叨：「奴婢聽禮部的人說，此次靜王迎娶您的規制，比東宮娶太子妃有過之無不及。當真是京城百年難見的，轟轟烈烈的一樁盛事。」

說到這，胡桃又有些唏噓。

誰能想到當初野狗般傷痕累累的「乞兒」，竟然會成為權勢煊赫的靜王殿下呢？

正聊著，寧殷便踏著一地燈影推門進來了。

胡桃慌忙將卻扇遞到虞靈犀手中，隨著其他侍從一同斂首跪拜，大氣不敢出一聲。

寧殷換了身殷紅的常服，玉冠玉帶，襯得面容俊朗無儔。虞靈犀從未見有哪個男人如寧殷一般，明明兩輩子見過千百次，換個場景再見，仍是會被他驚豔到。

他旁若無人地走到虞靈犀面前，伸手取下她手中的卻扇，抬指將她額前的垂珠撩至耳後，端詳了許久。

離得這樣近，虞靈犀甚至能看到他眼底倒映的，小小的自己。嫣紅嫣紅的，像是兩團烈焰跳躍在他漆黑的眸中。

「真好看。」他慢悠悠得出結論。

虞靈犀眼中蕩開細碎的光，小聲笑道：「還沒到時辰呢，怎麼不去晚宴上？」

「一群雜魚，也配讓本王親自招待？」

寧殷索性在對面的椅中坐下，光明正大欣賞嬌豔如花的新婦。

司儀的掌事宮女是個人精，見靜王等得不耐煩了，立刻捧出紅繩繫著的合巹酒，恭敬道：「請殿下和王妃娘娘飲合巹酒，百年好合。」

那合巹酒用瓠裝著，好大一碗，虞靈犀抿了一小口便開始發熱。

寧殷倒是不上臉，無論飲多少酒也是冷白的面孔，只是眼尾會有些許淺緋，看上去多了幾分冷豔。

兩人交換瓠，飲下對方剩下的半杯酒。

寧殷烏沉的眼睛看著虞靈犀，勾著笑意，刻意對著她留在杯沿的口脂印，壓唇飲了下去。

「……」

岔神間，虞靈犀一口酒水含在唇中，險些嗆著。

那口酒到底沒有飲下，至少有一半捲入寧殷的唇舌間。

虞靈犀身上發燙，面頰緋紅，也不知是酒意上湧還是因為方才那個帶著清冽酒香的醉吻。

宮女們已經不在了，沒人膽大到敢來鬧靜王的洞房。

偌大的寢殿內，只聽得見彼此交纏的呼吸。

妝容洇了汗便有些不適，虞靈犀撫了撫散亂掛在鬢邊的鳳冠垂珠，小聲道：「還未沐浴更衣呢，我先去卸妝。」

說罷用殘存的理智推開寧殷，一溜煙轉去屏風後。

拆下鳳冠和髮髻，洗去脂粉，虞靈犀披散長髮，抬手拍了拍濕漉細膩的臉頰醒神。

想了想，她又將嫁衣一併寬去，只穿著緋色的中衣中裙暈乎乎走出屏風。

寧殷已經寬去外袍和腰帶，一襲鬆散的同色袍子，正倚在榻上翻閱著什麼。

他的姿勢閒適而優雅，眼也未抬，拍了拍身側的位置，喚道：「過來。」

見他翻閱得這般認真，虞靈犀勾起了好奇。

她提裙坐在他身側，撐著榻沿，好奇地探頭道：「看什麼呢？這麼認……」

話未說完，便被小冊子上白花花大喇喇的圖畫驚得一愣。

按照京中傳統，女子出嫁時壓箱底的陪嫁中會有一份避火圖，做曉事之用。

寧殷竟將這物件拿了出來，還看得這麼……這麼面不改色。

「生米都煮過了，還怕幾張圖？」寧殷睨著故作鎮定的虞靈犀，笑了聲，咬了咬她緋紅的耳尖道：「今夜新婚燕爾，歲歲最大，來挑幾頁。」

虞靈犀又愣了一會兒，才明白他所說的「挑幾頁」是什麼意思。

她才不會乖乖往陷阱裡跳，欲別開視線，卻被寧殷輕輕捏住下頷，溫柔又強硬地讓她學習選擇。

「這個，還是這個？」他翻了頁，隨即自顧自搖首道：「這個不好，鞦韆那麼晃蕩，容易傷到歲歲。」

真是夠了！

虞靈犀面紅耳赤，索性拉下他的衣襟，以唇封緘。

冊子落在地上，明燭繾綣，照亮溫柔的夜。

虞靈犀一直覺得，寧殷的膚色冷得近乎蒼白，是很適合著紅色的。

可當視線晃蕩，虞靈犀眼睜睜看著他心口的刺青浮現，由淺淡轉變成血一般的深紅時，仍是驚到心臟顫慄。

原來，這就是寧殷為她刻下的印章。

獨屬於她的印章。

湯池熱氣氤氳，蕩碎一池波影。

虞靈犀眼睫濕潤，依靠在寧殷懷中，伸出纖細的手指細細描摹寧殷心口鮮豔未褪的「靈犀」二字，啞聲請問：「何時刺下的？」

「第一次煮飯後，沒有假借他人之手。」

對於瘋子而言，死玉刻的印章不如「活玉」美好，所以寧殷將她的名字刻在心口的傷痕上。

他拉著虞靈犀的手，引她觸碰那抹鮮紅，吃吃低笑道：「喜歡嗎？」

虞靈犀能說什麼呢？

喜歡他喜歡到心口痠脹，久久不息。

「很疼吧？」

她將臉頰貼在他濕漉的胸口，聆聽他強健的心跳。

寧殷攬著她纖滑的腰肢，揚了揚唇線。

疼麼？不記得了。

他只記得有關虞靈犀的一切烙在他身上時，那股無與倫比的興奮。

「下次，給我也刺一個好了。」虞靈犀哼道：「要疼一起疼。」

一片玫瑰花瓣順著水流起伏飄蕩，沾在她的胸口上，有些癢。

她伸手欲摘去，卻被寧殷握住了腕子。

他仔細看了許久，方垂眸俯首，用牙輕輕叼走那瓣馥鬱的花。

虞靈犀渾身一顫，抬起頭來，便見嫣紅的花瓣含在他淡色的薄唇間，豔麗無雙。

他怎麼捨得虞靈犀受疼呢？

寧殷伸出舌尖一捲，將花瓣捲入嘴中，慢慢嚼碎。

他睇了睇眼道：「下次用赤血在歲歲胸雪上畫個花吧，也是一樣的效果。」

虞靈犀醒來時，腰還痠著。

衣裳和小冊子凌亂地散落在地，寧殷難得沒有早起，側躺在榻邊小睡，鬆散的衣襟下隱隱露出緊實的輪廓。

虞靈犀垂眼仔細瞧了瞧，那抹瑰麗的刺青已經褪去，重新化作蒼冷的白。

她沒忍住伸出食指，剛碰了碰心口處，就被寧殷抬手攥住，包在掌心。

「想看印章？」他打開眼睫，漆眸中一片精神奕奕的笑意。

虞靈犀動了動痠麻的腰肢，識相地抽回手指道：「不了不了，今日還要去行廟見禮呢。」

寧殷無動於衷，低低道：「本王倒是想看歲歲的印章。」

說罷慢慢撩開被褥，俯身吻了下去。

宮婢進來收拾時，虞靈犀簡直沒眼看。

好在王府的宮人侍從訓練有素，不該看的絕不多看，不該問的絕不開口，她這才找回一點前世以色侍人的厚顏。

違論她如今是正經的女主人，慢慢也就坦然了。

辰時，虞靈犀梳妝打扮畢，換了身莊重的褕衣，金釵花鈿交相輝映，與寧殷一同乘車前往太廟祭拜。

禁軍負責護送開道，而虞辛夷則率著百騎司守護在輿車兩側。見到妹妹被照顧得服服帖帖的，臉上的嬌豔更甚往昔，這名英姿颯爽的女武將眼中流露出贊許的笑意。

上車前，虞靈犀借著與姐姐打照面的機會問了句。

「阿姐，薛岑如何了？」

「今早吐了一次血，不過沒死，虞煥臣和太醫日夜輪值為他診治呢。」一說到這事，虞辛夷便滿肚子氣，「那傻子將所有罪責都攬在自己身上，咬死下毒之事皆是他一人所為，一心求死謝罪。手無縛雞之力的薛二郎殺人，誰信？這種時候還在為真凶開脫，真不知腦袋裡裝的什麼。」

虞靈犀壓了壓唇線。

她知道，從薛岑飲下那杯毒酒開始，他就沒打算活下去。

奪妻之恨的情殺與行刺皇子是兩碼事，前者只需一人償命，而後者則會殃及滿門。

薛岑是想用自己的死，來保全薛家上下。他總天真地以為，世間會有兩全其美的法子。

「歲歲這小眼珠亂轉，又在想什麼？」

輿車一沉，是身穿檀紫王袍的寧殷坐了上來。

虞靈犀回神，抬眸笑了笑：「天有些陰沉，不知會否下雨。」

浮雲蔽日，風吹得輿車垂鈴「叮噹」作響。

寧殷掀開眼皮，隨即勾了勾唇線：「是嗎？本王瞧著，陽光挺耀眼。」

虞靈犀看了宮牆外晦暗的天色一眼，好笑道：「又哄我了，陽光在哪兒？」

寧殷沒說話，看了她許久，而後抬指，隔空點了點她明媚的眼眸。

眼睫輕抖，盛著碎光，恍若星河流轉。

太廟莊穆，排排靈位如山林兀立，明燈如海，映出寧殷波瀾不驚的冷淡臉龐。

他對這些東西表現不出絲毫的敬畏，睥睨靈牌時，甚至帶著些許散漫的譏嘲。

若不是為了向天下詔告虞靈犀是他的妻，為了讓百官於她裙裾下匍匐叩拜，寧殷約莫都懶得賞臉涉足此地。

在太廟走了個過場，輿車便啟程回宮。

按照禮制，廟見禮後，王妃還需去長陽宮拜見皇帝。

「老皇帝會享受，御花園和蓬萊池春景都不錯。」寧殷卻道：「歲歲若無事，可去那處轉轉，長陽宮就不必去了，不乾淨。」

敢嫌惡皇帝居所不乾淨的人，寧殷是第一個。

「你不入宮了麼？」虞靈犀忙問。

「這麼捨不得為夫？」寧殷似是極慢地笑了聲，嗓音優雅低沉，「去抓魚，只能委屈歲歲自己消遣會兒了。」

那魚，自然是漏網之魚。

薛嵩麼？

想了想，虞靈犀勾了勾寧殷的手掌，含笑道：「夫君，我和你說件事，你別生氣。」

寧殷乜過眼來，眸色幽深平靜。

虞靈犀總覺得寧殷定是知曉她要說什麼了，這雙漂亮清冷的眼睛，總能望穿一切心思。

「如果可以，我想讓你饒薛岑一命。」

她眸光清澈，還是坦然地說出了口。

寧殷挑了挑眼尾，無甚表情道：「歲歲該知曉，我並非大度之人。」

「因為知道，所以才不想有任何瓜葛。可薛岑若以死成全一切，便將永遠橫亙回憶之間，或許多年之後，我仍會記得他飲下的那杯毒酒。」虞靈犀借著袖袍的遮掩，捏著他的手指道：「我不想這樣。」

她與寧殷之間，無需任何人成全。

而利用薛岑癡傻的真凶，也不該逍遙法外。

寧殷反手扣住她的指尖，不說行，也不說不行。

「這金鈴聲好聽嗎？」他問了個毫不相關的問題。

虞靈犀愣了愣，順著他的視線望去，華蓋下兩串細碎的金鈴隨著輿車的行動輕輕晃蕩，發出悅耳的聲響。

她彎了彎眼睛，柔聲道：「好聽的。」

寧殷一副高深莫測的正經模樣，緩緩瞇起眼眸，不知在盤算什麼。

「日暮前，我來接妳。」下車前，他道。

寧殷換乘馬車，去了一趟大理寺。

處理公務的正殿之中，一個滿手髒兮兮的男人縮在角落，呆呆摳著手中的木頭人。

安王在皇子中排行第三，是個十足的傻子。

去年太子逼宮，靜王以雷霆之勢肅清朝堂，皇帝大概覺察出什麼，便將這個傻子三皇子一同封王賜爵，遷居宮外王府。

三皇子算起來也有二十四五歲了，卻還像個十七八歲的少年般纖弱，臉頰瘦瘦的，看上去有幾分陰柔女氣。

他笨手笨腳的樣子，突然被「請」來這個陌生的地方，看起來頗為膽怯茫然，指甲裡摳得全是木屑，鮮血淋漓。

寧殷饒有興致地看著他擺弄木頭人，半點焦躁也無。

「三皇兄送來的新婚賀禮，本王收到了。」他淡淡道：「現在，該本王還禮。」

「你是誰？」三皇子好像不明白他的話，略微偏了偏頭。

他的眼睛很黑，黑到幾乎沒有光澤，整個人呈現出木偶泥人般的傻氣。

「你手中的木人不好玩。」寧殷叩了叩指節，「本王送你一個會動的，如何？」

他略一抬眼，便有侍從押著一個人上來。

是薛嵩。

他被人綁在木樁上，視線避開三皇子，憤憤然望著寧殷。

「有本事你殺了我！」薛嵩怒斥道。

「殺？你還不夠格。」寧殷理了理袖袍，「本王新婚燕爾，不宜見血。」

「你……」

很快，薛嵩一句完整的話也說不出來了，只能發出痛苦的嘶吼。

兩刻鐘後，薛嵩的手腳關節俱是軟綿綿地垂下。寧殷以鞭子抬起他的手，他的手便軟軟提起，碰碰他的腿，他的腿便微微晃蕩，彷彿只要加幾根絲線，就能操縱他做出任何想做的動作。

「這人偶，喜歡嗎？」寧殷丟了鞭子，滿意地問。

三皇子看著宛若水中撈出的薛嵩，呆了半晌，囁嚅道：「喜……喜歡。」

寧殷點點頭：「三皇兄能活到最後，是有原因的。只可惜……」

他笑了聲，抬手探向三皇子的腦後穴位：「可惜，若一輩子都是傻子，才能活得長久。」

「你幹什麼？」薛嵩睜大了眼睛，赤目嘶吼起來，「你放開他！」

回憶掠過腦海，薛嵩想起年少時依偎著走過的那段歲月，想起所有的忍辱負重和徹夜長談。

他在薛家默默無聞，活在影子中。主上是唯一一個相信他的能力，並將以性命相托的人。為了這份信任，他可以犧牲一切。

可他現在，只能眼睜睜看著那道羸弱的身影軟軟跌倒在地，目光漸漸化作木人一樣的空洞茫然。

「啊！啊！」

絕望的哀鳴響徹大殿，又在某刻戛然而止，歸於平靜。

寧殷接過侍從遞來的帕子，順帶去了牢獄一趟。

大概是虞煥臣打過招呼的緣故，薛岑並未受到苛待，單獨一間房，打掃得很乾淨整潔，吃食衣物一應俱全。

見到寧殷從陰暗中走出，薛岑病氣的臉上掠過一絲訝異，隨即很快釋然。

「不必審了，我都招供了，一切都是我私自為之。」他靠牆閉目而坐，唇色呈現詭譎的紅，「斬首或是等我毒發而亡，悉聽尊便。」

寧殷審視薛岑的狼狽許久，彷彿在觀察什麼人間奇物。

而後得出結論：「你腦子不行，臉皮倒挺厚。」

薛岑氣得嗆咳不已，蒼白的臉上浮現出羞辱的紅。

寧殷趕著去接虞靈犀，沒時間廢話，將藥郎留下的最後一顆百解丹取出，命人給薛岑強行灌下去。

「你給我吃……唔唔！」

薛岑抵抗不能，噎得雙目濕紅，捂著喉嚨跪在地上嗆得滿眼是淚。

「百花殺」目前沒有解藥，這顆藥丸也只能壓制毒性，勉強留他一條性命。

寧殷悠然輕嗤，緩步出了牢獄。陰暗從他無暇的臉上一寸寸褪去，半眯的眼眸中浮現出淺淡的笑來。

死亡是弱者的解脫，有些罪活著受才有意思。

所以從一開始，他就沒打算讓薛岑死。

歲歲未免小看他了，竟然還為這種小事開口相求。

「殿下，接下來去何處？」大理寺門口，侍從請示道。

寧殷看了天色一眼，還早著。

他想了想，方道：「去市集金鋪。」

想聽歲歲搖鈴鐺。

剛過酉時，寧殷果然來接虞靈犀了。

逛了半日，虞靈犀一回府便累得倚在榻上。

「嬌氣。」

寧殷嘴上如此說著，可到底撩袍坐在榻邊，將她一條腿擱到自己膝頭，撩開裙裾，握住骨肉勻稱的細膩，輕輕揉捏起來。

男人的掌心熨帖著小腿肉，熱度順著緊貼的皮膚蔓延，虞靈犀不服氣地翹了翹腳尖，道：「還不是因為你昨晚……」

寧殷加大些許力道，故意問：「昨晚什麼？」

他一動的時候，衣袖中便傳來細微的「叮鈴」聲，像是蟬鳴，又比蟬鳴清脆。

虞靈犀瞋他，額間花鈿映著紗燈的暖光，明豔無比。

想起一事，她目光往下，順著寧殷骨節修長的手落在他一塵不染的袖袍上，沒有看到血跡。

「薛家的事，處理得還順利麼？」虞靈犀撐著身子問。

寧殷像是看穿她的心思，勾出散漫的笑意：「和歲歲新婚七日內，本王不殺人。」

至於自己尋死的，那便管不著了。

虞靈犀「噢」了聲，若有所思道：「那薛岑也還活……唔！」

寧殷不輕不重地捏了捏她的大腿內側，不悅道：「這等時候還念叨別的男人，該罰。」

虞靈犀揚了揚豔麗的眼尾，並不上當。

小瘋子真生氣時是不會表現出來的，越是看起來不悅，便越是在找藉口使壞。

果然，寧殷的手繼續往上，虞靈犀立刻軟了目光，併攏膝蓋抵住他的手臂。

「叮鈴」，他袖中又傳來似蟬非蟬的輕鳴。

虞靈犀忙不迭轉移話題：「你身上有東西在叫。」

寧殷不為所動。

身影籠罩，虞靈犀身體都繃緊了，短促道：「真的有聲音。」

寧殷將手撤出，從袖中摸出一個四方的錦盒。

打開一看，卻是紅繩串著的兩支金鈴鐺。

鈴鐺約莫桂圓大小，做得十分精緻，浮雕花紋纖毫畢現。寧殷晃了晃鈴鐺，立刻發出似蟬非蟬的清脆聲。

「倒忘了這個。」

寧殷握住虞靈犀想要縮回的腳掌，將綴著金鈴的紅繩繫在虞靈犀的腳踝上。

紅繩鮮豔，金鈴璀璨，襯得她瑩白的皮膚宛若凝脂，綺麗無比。

但很快，虞靈犀便發現這對金鈴比普通的鈴鐺聲音更低些，稍稍一動就如蟬聲嗡嗡，腳踝癢得很。

「歲歲說喜歡鈴鐺的聲音，我便為歲歲打造了一對。原是要咬在嘴裡的，可惜裡頭的銅舌還未安裝齊整……」寧殷抬指撥了撥鈴鐺，如願以償地看到她身子顫了顫，眨眼道：「可還喜歡？」

虞靈犀咬著唇說不出話來。

金鈴響了半宿。原來小瘋子白天問她金鈴的聲音好不好聽，竟是在籌畫這事。

第三十一章 立儲

虞靈犀搖了半宿的鈴鐺，累得陷進被褥中，半晌回不過神來。

她纖細白皙的腳踝垂下榻沿，紅繩精緻，上頭的兩支金鈴仍在微微顫動，於朦朧的燭火中拉出橙金的光澤。

記得前世被寧殷半逼著跳舞，也曾戴過一次金鈴。只不過那時金鈴不是戴在腳上，而是繫在身上，咬在……

兩輩子過去，小瘋子的癖好倒是一點也沒變。

虞靈犀紅著臉頰腹誹，還沒來得及合眼休息片刻，又被寧殷撈進懷中禁錮住。

「聲音真好聽。」

寧殷墨眸上挑，抬手撥開虞靈犀洇濕的鬢髮，不知是在誇鈴聲，還是誇她。

挨得那樣近，虞靈犀可以看見他心口紅到刺目的「靈犀」二字，呈現出與他冷俊面色截然不同的靡豔。

「說什麼不願聽到別的男人的名字，佯做生氣。」虞靈犀額間花鈿暈染，有氣無力道：

「你就是找藉口欺負人。」

「是。」寧殷承認得乾脆，一副有恃無恐的模樣，「又怎樣？」

「還能怎樣？」虞靈犀咬了咬唇，哼道：「只能陪你一起瘋了。」

寧殷怔愣，隨即摟緊她低低悶笑起來，胸腔跟著一顫一顫。

虞靈犀「唔」了聲，險些窒息，忙扭了扭身子道：「要沐浴。」

寧殷這才大發慈悲地鬆開她，下榻披衣，寬大的袍子如雲揚落，遮住了冷玉般矯健的高大身軀。

而後順手抓起一件大氅罩下，將虞靈犀連人帶大氅抱去隔壁淨室。

墨色的大氅下擺中只露出一點瑩白帶粉的足尖，喑啞的金鈴聲隨著他的步伐「叮鈴、叮鈴」，酥麻入骨。

虞靈犀竟睡迷了過去，一覺醒來不知今夕何夕。

夜裡下過雨，天色還陰著，晝夜不息的花枝落地燭盞旁，寧殷閒散坐著，指腹劃開一頁名冊。

他穿著一身正紅的常服，濃烈的顏色沖淡了他身上的陰寒壓迫，更顯得黑髮如墨，面頰白皙俊朗。

虞靈犀瞧著他這身打扮，想起來新婚第三日需回門謁見父母，忙問道：「幾時了？」一開口，聲音竟綿軟到近乎嬌哼。

不由難為情地清了清嗓子，將手臂縮回被褥中。

寧殷將名冊合攏，滿眼饜足的慵懶：「剛過午時。」

「何時？」虞靈犀震驚。

「午時。」寧殷又平靜地重複一遍，起身捏了捏她的臉頰，「午膳吃什麼？」

虞靈犀哪還顧得上午膳吃什麼？

按照約定她該辰時歸寧拜謁，竟是遲了整整兩個時辰！

「慌什麼？」寧殷伸手按住虞靈犀匆匆穿衣的手，慢悠悠道：「我已命人傳信給虞府，將歸寧宴推遲。」

「真的？」虞靈犀亂糟糟披衣的手一頓，有些狐疑，「你如何說的？」

寧殷回憶了一瞬，古井無波地複述：「歲歲酣眠未醒，讓他們等著。」

「沒了？」

「沒了。」

如此強勢冷漠，倒是寧殷的風格。

「歸寧無故延期，爹娘等急了又會亂想，還是快些回去吧。」虞靈犀頓住的手又飛快穿衣起來，轉著澄澈的眸子瞥了寧殷一眼，「以後可不許如此了，傷身。」

不過唬人的話，虞靈犀就沒見寧殷傷過。

「好沒道理。」寧殷倚在榻沿看她，無辜道：「明明是歲歲貪玩，求著本王……」

宮婢捧著衣物陸續進門了，虞靈犀忙不迭伸手捂住寧殷那張可惡的嘴。

寧殷挺拔的鼻尖抵在她的小拇指尖上，漆眸含笑，張嘴極慢地舐了舐她的掌心。

回虞府的歸寧宴，改為了晚宴。

酉時，暮色四合，虞府上下已等候在階前。

虞靈犀一下車，便直奔虞夫人的懷抱，笑吟吟喚了聲：「阿娘！」

虞夫人見女兒氣色紅潤，矜貴明麗，這才將提了一整日的心放回肚中。

寧殷穿著與她同色的紅衣，玉帶皂靴，緩步邁上石階，坦然接受虞府上下的拜禮。

虞府顯然準備了許久，晚宴十分豐盛，布菜的侍從魚貫而入，席上卻安靜得只有碗筷碰撞的細微聲響。

寧殷雖曾寄居虞府大半年，卻從未有過與虞家人同席宴飲的機會，再次登門，已是高高在上的靜王。

難怪爹娘的神情都有些許克制，不太自然。

虞靈犀親手給爹娘斟了茶，笑著道：「這道芙蓉蝦，一看就知道是阿娘親手做的。」

她一開口，宴上便氣氛便活絡起來。

虞夫人溫聲接上話道：「知曉歲歲要回來，特地準備的。」

說罷，她剝了一碟蝦仁，準備讓侍婢送去給女兒嘗嘗。

可碟子還未端過去，便見主位之上的寧殷淡然地剝了一尾蝦，擱在虞靈犀的碗中。他做得十分自然，彷彿又回到了做衛七的那段時歲。

虞靈犀記得寧殷雖然遇見鮮血便格外興奮，卻不太愛吃肉，便順手將自己面前的碧粳粥遞過去給他。

虞夫人與丈夫交換一個眼神，終究將蝦仁收了回來，沒去打擾新人的甜蜜。

用過晚膳，新人還需在娘家留宿一晚，翁婿交談，母女敘話。

虞靈犀隨著母親去花廳小敘，再回來時，便見寧殷與虞將軍各坐一邊，相對無言。

「聊完了？」

虞靈犀笑吟吟提裙進來，視線在阿爹和寧殷那張淡漠的臉之間轉悠了一圈。

寧殷有一搭沒一搭轉動手中的茶盞，而後輕輕一扣：「既然將軍與小婿話不投機，便不必強行陪敘了。」

說罷起身，旁若無人地扣住虞靈犀的手指。

虞靈犀眸中劃過些許訝異，捏了捏寧殷的手指示意稍安勿躁，這才轉身朝虞將軍行禮道：「操勞一日，阿爹早些休息。」

虞將軍喟嘆一聲，擺擺手。

虞靈犀頷首，這才跟著寧殷出門去。

「阿爹和你說什麼啦？」兩人比肩走在燈火明亮的廊下，虞靈犀看著寧殷喜怒不形的俊美臉頰，輕聲問。

寧般轉過眼來，唇角動了動：「令尊問我今後打算，我的回答，不盡如人意。」

今後打算……是和奪嫡繼位有關麼？

虞靈犀張了張唇，便聞急促的腳步聲靠近。

靜王府的親衛快步而來，低聲道：「殿下。」

寧殷處理事情並不避諱虞靈犀，親衛便也沒迴避，壓低嗓音道：「宮裡出事了。」

寧殷的神情沒有絲毫變化。

他含笑望向虞靈犀，撚了撚她的尾指：「自己先睡，乖。」

虞靈犀知道，若不是十分要緊的事，親衛也不會挑這個時候打擾。

她點點頭，依舊眉眼彎彎：「好。」

她鬆開手，朝廂房走了兩步，又頓住。

未等寧殷開口，她已迅速轉身，撲進寧殷懷中，動作一氣呵成。

「夜行在外，注意安全。」虞靈犀拍了拍寧殷的後背，給他一個溫軟的擁抱。

寧殷唇線微揚，垂在身側的手抬起，圈住她的腰肢。

目送虞靈犀回房，寧殷眼底的淺笑沉寂下去，凝成深暗的涼薄。

馬車徑直朝著宮門而去，無人敢攔。

長陽宮，殿中那座突兀的佛像呈現詭譎的悲憫，俯瞰龍床上垂死嗚咽的老者。

當初叱吒風雲的帝王，如今像是抽去脊骨的敗犬一般，流著涎水苟延殘喘。

他面色青紫，乾瘦的手指抽搐扭曲著，儼然沒有幾分活氣了。

負責服侍的宮人跪伏在地，隨著寧殷的腳步聲靠近而激起一陣陣極端的恐慌顫慄。

燭火鋪地，寧殷坐在殿中唯一的交椅中，拿起案几上未完成的衣帶詔，嗤地一笑。

那笑很輕，在死寂的殿中顯得格外突兀。

「都這副模樣了，還不肯消停點。」寧殷抬眸，笑得格外溫柔，「現在不妨說說，是誰給了你垂死掙扎的勇氣呢？」

寧殷一夜未歸。

虞靈犀醒來時，身側的被褥仍是冰冰涼涼的。

用過早膳，便有王府親衛前來接虞靈犀回府，為首的那人正是折戟。

上車前，蘇莞挺著五個月的孕肚，特地送了剛做好的糕點過來。

「一盒荷花酥，一盒紅豆糕，都是歲歲平日愛吃的東西。」蘇莞臉頰豐潤了些許，聲音輕輕柔柔的，「比不上王府的手藝，就當做路上解饞的零嘴吧。」

「多謝嫂嫂。」虞靈犀接了食盒，視線落在蘇莞日漸隆起的肚子上，好奇道：「昨夜聽阿娘說，小傢伙會踢肚皮了？」

蘇莞捂著肚子頷首：「偶爾會鬧騰那麼一下，活潑勁兒倒像個小子。」

「真好。」

虞靈犀想像一番兄長的英武和蘇莞的秀氣靈動，那必定是個極出色的孩子。

蘇莞掩唇一笑：「別說我了，歲歲打算何時添喜？」

「我？」虞靈犀給問住了。

她沒想過這個問題，兩輩子都不曾想過。

上輩子寧殷脾氣陰晴不定又病態強勢，自然不會允許她隨意有孕生子。這輩子麼，除了最開始的那一次，寧殷也不曾留下痕跡。

虞靈犀並不在意，她總覺得生子是件遙遠且模糊的事，想像不出寧殷的孩子會是什麼樣。回到靜王府，她很快將這個問題拋諸腦後。

虞夫人準備了十二件首飾花釵，作為回門宴的回禮，寓意女兒生活富足、婚姻美滿。

胡桃和侍婢在一旁收拾，虞靈犀倚在榻上，瞧見了案几上擺放的兩個檀木長盒。是在虞府時衛七送的那支剔紅毛筆和白玉螺紋簪。

虞靈犀打開檀木盒摸了摸，目光溫柔下來。

她打算將這兩樣東西放在觸手可及的顯眼之處。然妝奩臺的屜中已經裝滿了新進的首飾，虞靈犀四下環顧一眼，目光落在榻邊的那個小矮櫃上。

矮櫃抽屜沒有落鎖，應該是可以使用的吧？

虞靈犀想了想，坐在榻沿輕輕拉開第一層抽屜。

裡面有幾瓶顏色各異的藥瓶，還有一把短刃、一本壓箱底的冊子、一對金鈴鐺、一罐……

虞靈犀臉頰一熱，沒人比她更清楚那罐白玉般細膩馨香的脂膏是做什麼用的。

毛筆和簪子定然不能和這些物件擺在一起，她合上抽屜，又拉開了第二層。

而後一怔。

這一層裡沒有什麼奇怪的物件，只疊放著一條杏白的飄帶，一塊墨玉雕成的美人印章，一條五色長命縷，兩顆油紙都黏連成一團的、融化了的飴糖，寫了字的楓葉，還有……

還有平整擱在屜子底部的，修補完善的青鸞紙鳶。

——「傳聞，紙鳶可以將壞心情和厄運帶到天上去。」

——「心情好些了？」

虞靈犀認出來，這支紙鳶是去年第三次毒發後，她與寧殷一起放的那支。

那時因為爹娘急著給她議親，寧殷脾氣古怪得很，她便拉著他一同放紙鳶取樂。

結果人沒怎麼哄好，風箏線還斷了，紙鳶飄飄蕩蕩墜去了遠方。

沒想到，竟然會再出現在寧殷的抽屜中。

是他偷偷將紙鳶撿回來了嗎？還用漿糊修補得這麼漂亮。

虞靈犀望著滿滿半屜子的東西，目光柔和起來。

原來，她所送的每一樣東西，哪怕只是隨手送出、轉頭就忘的小物件，寧殷都好好收藏在祕密的角落。

明明是那樣一個狠辣涼薄的人，卻有這樣的耐性和細緻，真是……真是要命了。

虞靈犀撐著下頷，嘴角泛起淺淺的笑意。

正看得出神，忽見一片陰影自身後籠罩。

「看什麼？」寧殷的嗓音響起。

虞靈犀如夢初醒，下意識去關抽屜。

然而已經晚了，寧殷的手臂自身後伸來，以一個半圈禁的姿勢按住她關屜子的手，隨即淡淡「哦」了聲。

「被發現了啊。」他將下頷擱在她肩頭，拉長語調道。

虞靈犀忙收回手，回首道：「我只是想放個東西，並非刻意要窺探什麼。」

寧殷笑了聲，一夜未眠的臉頰有些蒼冷，眼底卻盡是縱容。

「我整個人都是歲歲的，還不至於被看兩樣東西就生氣。」

他目光在屜中巡視一圈，似乎在挑揀什麼。

而後修長的手指勾住那條杏白的飄帶，溫柔道：「我們的親密是從這條飄帶開始的，不如，就用它來重溫當初。」

重溫……當初什麼？

虞靈犀來不及質問，那條飄帶便輕飄飄落在她的眼上，一片朦朧。

飄帶遮目，虞靈犀眼前一片模模糊糊的白，所有感官被無限放大。

「怎麼啦？」

紅唇微微翕合，她摸索著觸碰寧殷的臉頰。

他的臉還有些冷意，唇倒是染了熱度，隔著飄帶淺啄她濕潤的眼睫。

「夠、夠了，哪來這麼多精力？」虞靈犀按住他輾轉往下的手，輕聲道。

好說歹說，總算把寧殷按回了榻上。

還沒來得及喘口氣，腰上一緊，她被拗進了硬實的臂彎中。

繼而眼前的飄帶一鬆，光線傾瀉湧入，虞靈犀略微不適地打開眼睫，視線聚焦，寧殷近在咫尺的眸有著令人心動的深暗。

虞靈犀恍了恍神，忍不住想去年在金雲寺下的密室中時，飄帶解開後寧殷睜眼所見，也是同她此刻所見一樣耀眼嗎？

「有這麼好看？」

寧殷勾出一抹極淡的饜笑，伸指按了按她的眼尾。

折騰一番後，遍身的清寒倒是消散了不少。

「好看。」虞靈犀誠實地點點頭，眼尾染著笑意，「看兩輩子都不夠。」

「一輩子尚長著，就開始惦記下輩子。」

寧殷一副輕描淡寫的模樣，可胸口的淺淡紅痕儼然出賣了他此刻的興奮。

「忙了整夜，睡會吧。」虞靈犀以指尖碰了碰他眼瞼下的暗色，而後將枕邊的杏白飄帶撈起，輕輕覆在寧殷眼前，「我陪著你。」

飄帶下，他的眼睫動了動，終是妥協，極慢地合上了眼睛。

待他呼吸綿長起來，虞靈犀便小心翼翼地調整姿勢，抬眸看著他安靜的睡顏。

溫柔的飄帶遮住了他壓迫感極強的淡漠眼睛，挺鼻薄唇，整個人呈現出一種安靜無害的乖順。

虞靈犀翹了翹嘴角。

「安歇。」小瘋子。

寧殷並未睡多久。

虞靈犀小睡醒來時，他已能精神奕奕地對著麾下之人發號施令，目空一切的強大，不見半分疲色。

監察信使來來往往，虞靈犀估算了一番時日，大概猜出宮裡出了什麼事。

果然，夜間剛用過晚膳，便聽宮中喪鐘長鳴，哀哀響徹皇城。

老皇帝駕崩了。

以一種不可言說的難堪方式，死在了長陽宮的龍床上。

一個不平靜的夜。

皇帝猝死，並未立儲，朝中亂成一片。

宮裡的人陸陸續續前來稟告國喪事宜時，寧殷那張完美涼薄的臉上沒有絲毫觸動。

「死也不會挑日子。」大概對皇帝擅自提前的死期不滿，寧殷輕淡的聲音帶著些許嫌惡，「平白毀了本王的新婚喜氣。」

跪在階前的宮人將身子伏得更低了些，沒人敢質疑他這番大逆不道的話。

回到寢殿，虞靈犀已褪下新婚後的緋衣，換上一身素白的裙裾。她的髮髻用寧殷送的那支夾血絲的白玉簪鬆鬆綰著，素面朝天，卻別有一番天然嬌美之態。

寧殷坐在妝檯後看她，沒忍住伸指，輕勾住她束腰的素絹。

「白色太刺目，歲歲適合鮮妍的妝扮。」

寧殷手上稍稍用力，虞靈犀便跌進他懷中。

她知道寧殷對老皇帝的恨，那是他冒著殺父弒君的惡名也要報復的仇人。

麗妃待寧殷不好，可虞靈犀從未聽寧殷流露過半點對生母的恨意，有的只是冷淡的漠然。

因為他知道，龍椅上那個男人才是一切罪惡的根源。

但皇帝新喪，虞靈犀總要穿一身白做做樣子。

不是愚忠於皇帝，而是怕行為乖張給寧殷添麻煩。畢竟帝崩而無太子，正是動亂之時。

「何時進宮？」虞靈犀將額頭抵在寧殷肩頭，柔聲問道。

「長陽宮太髒，等他進棺材了再說。」寧殷捋了捋她冰涼的髮絲，散漫道：「昨夜老皇帝想立衣帶詔，可惜被我毀了……呵，妳真應該看看他當時的表情，氣得眼珠都快滴血。」

前世的寧殷比現在的寧殷做得更瘋更絕，虞靈犀並無多少意外。

皇帝借著英主的名號做了多少混帳事，也算是罪有應得。

她輕輕「嗯」了聲，問道：「沒有遺詔，夫君打算下一步如何呢？」

她鮮少主動喚「夫君」，偶爾叫一聲，尾音像是帶著鉤子似的撩人。

寧殷撫著她頭髮的手慢了下來。

半晌，他捏了捏虞靈犀嬌嫩的後頸，示意她轉過臉來。

「讓歲歲做皇帝，好不好？」他笑吟吟問，眸色瘋狂又溫柔，「只要歲歲想，我便可以做到。」

語不驚人死不休。

虞靈犀嚇到了，她這樣胸無大志之人，竟被小瘋子寄予如此厚望。

她甚至懷疑寧殷是不是說錯了名字，亦或是在開玩笑。

但很快，她看出來寧殷並非在說笑。

記得婚前在虞府，寧殷於她腰窩寫情詩後，曾面不改色地反問她：「想做皇帝？」

虞靈犀當時便覺得這句話有哪裡不對，還以為他問的是「想讓我做皇帝？」

……現在看來，寧殷壓根沒有問錯！

荒唐，匪夷所思。

但敢冒天下之大不韙，的確是小瘋子敢做的事。

「怎麼傻了？」寧殷捏著虞靈犀的下頷晃了晃，笑道：「呆愣愣的模樣，看得本王想咬上一口。」

事實上，他也的確如此做了。

腮肉被牙齒輕輕叼住，帶著悶笑的鼻息拂過她的耳廓，虞靈犀總算回過神來。

「你真是要嚇死我。」

虞靈犀白皙的臉頰很快浮現一點極淺咬痕，像是淡淡的桃花映在冰肌之上，連慍惱起來的樣子也是美麗至極。

她捧住寧殷瘦而英挺的臉頰，凝望著他眸底的瘋意，認真道：「我沒想過做皇帝，也不適合，這種話不可以亂說。」

虞靈犀生來就不是操控權勢、享受生殺的人，所求之事不過為白首偕老，親友俱歡。

何況讓一個毫無皇室血脈的女子登上帝位無異於倒行逆施，遍地屍骸血海不是會埋葬天下，便是會反噬她與寧殷。

寧殷看了她片刻，頷首道：「換虞煥臣，或虞將軍也可。」

「阿爹和兄長也不想！」

虞靈犀沒忍住揉了揉寧殷的臉頰，真不知這顆腦袋裡都裝著什麼驚世駭俗的東西。

寧殷皮膚緊致且臉頰略瘦，虞靈犀揉著不盡興，便悻悻然道：「我家沒有謀權篡位的心思，夫君還是認真考慮一番，大喪之後該扶誰上位吧。」

話雖如此，虞靈犀心中基本有底了。

若寧殷要走前世的老路，那必定是拎小皇子上位。

稚子還不會說話，連龍椅都坐不穩，最適合掌控。只是如此一來，前世那些明槍暗箭終究難以消弭，攝政王的位子並不會坐得很輕鬆。

隨著小皇子年歲漸長，朝中臣子更迭，誰也無法預知十年之後是什麼境況。

除非另從宗室中擇選成年的賢良郡王，寧殷做完自己想做的事，便可與她安安穩穩度過往後餘生。

亦或是……

虞靈犀抬眸，仔細端詳著寧殷的臉。

寧殷大大方方任她看，側首咬了咬她的指尖：「想說什麼？」

虞靈犀咽了咽嗓子，試探般，問出了心中長久的疑惑：「寧殷，你就不曾想過，自己做皇帝嗎？」

她的聲音很輕，眼眸乾淨柔軟，不見半點陰翳。

和他手下的那些幕僚侍從不同，甚至，和同樣問過這個問題的虞淵不同。

寧殷知道，他麾下越來越多的人死心塌地跟著他，不是因為忠誠，而是因為對他的敬畏和有利可圖。

有很多人希望他即位，以便雞犬升天，可他偏不如人意。

「歲歲，我和你們不一樣。」寧殷很平靜的回望著她，勾著淺淡的弧度，「我並非情感氾濫之人，今日這裡災荒，明日那裡死人，不能激起我心中半點憐憫。你確定要讓我這樣的……」

他頓了頓，懶洋洋拿出一個合適的辭藻：「……怪物，去做皇帝？」

「你是我夫君，不是怪物。」虞靈犀神情添了幾分凝重，可聲音卻一如既往地輕柔，「你只是不能像愛我一樣，去愛天下蒼生。」

寧殷的眸色微動。

奇怪，明明這樣冷硬的心腸，在面對她的寬慰時總會不經意間柔軟起來。

「是啊，指甲蓋那麼一點乾淨的良心，都捧給歲歲了。」他漆眸中暈開些許笑意，「我這般唯恐天下不亂的性子，還是做壞人來得舒坦，實在沒耐心守護什麼江山社稷。」

他想守護的，自始至終只有一人。

歲歲瞧不起那皇位，那便虞煥臣也好，小皇子也罷，誰做傀儡皇帝都可以。

只要，不擋他的道。

「殿下。」門扇上投出親衛的身影，稟告道：「您吩咐的事，皆已準備妥當。」

寧殷這才鬆開虞靈犀，悠然道：「今晚不能陪歲歲睡了，可惜。」

「有甚可惜的？夜裡欠下的，白天早就預支過了。」虞靈犀小聲嘀咕，而後恍然大悟，「你不會早料到如此，所以白天寧可不睡也要……」

寧殷忽地低笑起來，滿眼的壞性。

「乖。」他屈指刮了刮她漂亮的眼睫，低聲道：「睡不著，就自己搖會鈴鐺。」

那金鈴的銅舌已經裝好了，在三十丈範圍內搖動其中一支，另一支也會跟著「嗡嗡」共振。

虞靈犀剛要道別溫存的話瞬間堵在嘴邊，無奈地惱了他一眼，在他愉悅低沉的笑聲中跑開了。

待虞靈犀沐浴歸來，寧殷果真走了。

偌大的寢殿彷彿一下變得空蕩起來。

虞靈犀坐在鏡臺前，仔細回憶了一番前世皇帝崩殂時有無發生什麼大事件。

然而那時她困居趙府後院，消息閉塞，即便有什麼立儲之爭，也傳不到她的耳中來。

寧殷成為攝政王後，除了「殺兄弒父」的罵名一直存在，其他的細節都湮沒在歲月中，諱莫如深。

不過新帝登基之事，也得等到先帝停靈出殯之後了，尚且早著。

如此想著，虞靈犀輕鬆了些許。

思緒飄飛了片刻，她的視線鬼使神差地落在榻邊的矮櫃上。

遲疑了一會兒，她終是沒擋住好奇，走過去悄悄拉開了上層的抽屜。

紅繩已經散開，只剩一支金鈴鐺孤零零躺在錦盒中，另一支已然不見了蹤跡。

誰帶走了呢？

「小瘋子。」虞靈犀托腮拿起那支鈴鐺，搖了搖。

喑啞酥麻的輕震傳來，她眼中彎出一泓笑意，將紅繩的長度鬆了鬆，而後將鈴鐺掛在脖子上，藏進衣襟裡。

這東西到底不太正經，可不能讓人瞧見。

第二日要進宮守靈。

天剛濛濛亮，便有宮婢陸續進門，伺候虞靈犀梳洗寬衣。

因大喪期間不許妝扮豔麗，倒省去了描眉敷粉的繁瑣步驟，素淨的髮髻上只斜斜插了支寧殷所贈的白玉簪，不到兩刻鐘便準備妥當。

坐上去宮裡的軟轎，虞靈犀摸了摸素白衣襟中藏著的金鈴。

按照禮制，皇子王孫與郡王等人在奉先殿內守靈，而王妃則與妃嬪一同在奉先門外跪候。虞靈犀算了算，從奉先門至寧殷所在的地方，相距約莫十丈遠。只要寧殷一動，她這邊必定察覺得到。

轎子停下，到了宮門前便不能再繼續前行，所有的王府侍從和宮婢都將留守宮門外。前來迎接虞靈犀的是一個陌生的小太監，還有一名有些眼熟的宮女。

虞靈犀記得，這名臉圓圓的小宮女是在靜王府當差的，湯池之後為她收拾衣物的人中就有她。

「王妃娘娘，小奴引您去奉先門。」小太監恭敬道。

虞靈犀頷首：「有勞。」

她跟在兩人身後，走了約莫一盞茶的時間，漸漸察覺不太對。

她記憶出色，前天才逛了皇宮，宮殿方位大致清楚。

見虞靈犀停下腳步，小宮女有些緊張，細聲問：「娘娘，怎麼了？」

虞靈犀看了宮道盡頭一眼，不動聲色。

這不是去奉先門的方向。

虞靈犀是被冷醒的。

入宮後發現小太監帶領的方向不對，她便起了疑心，強自鎮定道：「王爺交代的玉佩落在馬車中了，我去取來。」

她轉身，還未走出兩步，便聞一股異香襲來。

映入眼簾的最後一幕，是那小太監陰暗的臉。

睜開眼，入目先是一間不大的斗室，壁上油燈昏暗。她躺在角落裡，靠著一堵石牆，絲絲縷縷的冷氣從牆下的縫隙中漏出，涼入骨髓。

虞靈犀手腳被粗繩縛住，挪動身形，費力地蹬開角落裡堆積的稻草和毛氈，露出了裡頭四四方方堆積的冰塊。

若沒猜錯，她是被關在了某間冰窖裡。

皇城的冰窖。

是那太監和圓臉宮女將她綁來的？他們是誰的人？

寧殷知道靜王府的宮婢中，混入了細作嗎？

思緒雜沉，趁著密窖中無人看管，虞靈犀側首，抬起被縛住的雙手在髻上摸了摸，只摸到了那支冰冷的白玉螺紋簪子。

因入宮守靈，她未戴多餘的釵飾，連割破繩索的利器都沒有。

正思索間，頭頂傳來一陣沉悶的聲響。

虞靈犀警惕，忙將手中的玉簪藏在角落的冰塊間。

與此同時，笨重的青石板被人挪開，冷光傾瀉，一名身披斗篷看不見臉的男子在內侍的攙扶下，緩慢地邁下石階。

男子似乎有些弱症，身量瘦而纖細，若不是偶爾蹦出的嘶啞咳嗽，虞靈犀幾乎以為斗篷下罩著的是個女人。

他站在虞靈犀面前，兜帽的陰影下只露出些許尖尖的下頷，手指習慣性地摳著一塊木頭。片刻，低啞遲鈍的聲音傳來：「無奈之舉，冒犯靜王妃了。」

他的語氣有些虛弱，明明是成年人的嗓音，卻學著孩童的說話方式，一板一眼。

「閣下何人？想要做什麼？」

虞靈犀的記憶裡，並無這號人物。

隱在斗篷中的男人道：「寧殷隻手遮天，想請他入甕並非易事。所以，在下只能出此下策，借靜王妃一件信物使使。」

說著，男人瞥見虞靈犀藏在冰塊上的玉簪，簪身被凍得凝了一層冰霜，更襯得那絲絲嫋嫋的紅暈格外冷豔。

虞靈犀心思飛速轉動，故作怯弱道：「這簪子是王爺親手為我做的，不知可否用來贖我一命？」

男人似是在考量她這番話的真實性。

身後那名圓臉的宮婢小心翼翼向前，說了句什麼，男人這才略一側首，示意內侍將簪子拾起。

「拿去給寧殷，告訴他，王妃在我手裡。」他從袖中摸出一紙密箋，壓低聲音吩咐，「若不想新婚變新喪，便讓他按照我說的做，一人前來。」

內侍下去安排了，男人卻沒有走。

他在小窖唯一的一張案几後坐下，拿出一把小銼刀，專心致志地削刻起木頭來。尖銳的木屑扎破了他的手指，指尖血肉模糊，他卻恍若不察。

冰窖裡很冷，背後的石牆幾乎像是冰冷的刀刃，刺入虞靈犀單薄的脊背。

她蜷了蜷身子，在一片死寂中觀摩著削木頭的男人，半晌，試探喚了聲：「三皇子殿下。」

男人削木頭的動作明顯一頓。

他緊繃的瘦弱身形漸漸鬆懈下來，長舒一口濁氣，抬手摘下寬大的兜帽。

他轉過一張陰柔女氣的臉來，漆黑沒有光彩的眼睛看了虞靈犀許久，方問：「王妃是如何認出我來的？」

「如今天下，敢直呼寧殷名號的人並不多。」

虞靈犀視線下移，目光在男人纖瘦腰間懸掛的玉佩上微微駐留。

她活了兩輩子，竟然不知三皇子並非真傻。

也對，生在吃人不吐骨頭的帝王家，不學會藏拙遮掩鋒芒，恐怕早和其他幾位皇子那般英年早夭了。

虞靈犀眼睫掛霜，呼出一團白氣道：「我們可以談談。」

「王妃想談什麼？本王為何裝傻，還是何時在寧殷身邊安插了人手？」三皇子手下動作不停，將木頭細細削出人形來，「那名宮婢，不是本王的人。」

「什麼？」虞靈犀頗為懷疑。

那名圓臉的宮女如果不是在為三皇子做事，那為何要背叛寧殷，助紂為虐？

「要怪就怪寧殷太狂妄。」似是看透了虞靈犀的疑慮，三皇子道：「他把控朝野，卻遲遲沒有登基的打算，手下之人難免會有幾個動搖的。對於某些人而言，攝政王權勢再大也只是臣，與其做臣子的臣，不如做帝王的臣，妳說是不是這個理？」

虞靈犀最擔心的事還是發生了。

「所以三皇子殿下便挾持我，讓寧殷利用手中權勢推舉你登基？」虞靈犀微微一笑，鎮定道：「用一個女人換江山，傻子都知道是虧本的買賣，他不會來的。」

「但王妃別忘了，瘋子和傻子做事，是不講究對等的。」三皇子挫了一會兒木頭人，方慢慢遲鈍道：「拿不到皇位也沒什麼，反正我也活不長久了。」

虞靈犀哆嗦著打量那張陰柔的臉，試圖從他臉上看出此言的虛實。

三皇子轉過頭，視線和她對上。

那空洞漆黑的眼睛，讓虞靈犀背脊一麻。

好在他很快調過頭去，背對著虞靈犀，反手撥開了後腦勺披散的頭髮。

油燈晦暗，照亮了他髮絲間隱約可現的，一點冰冷的銀光。

光線實在太暗了，虞靈犀看了許久，才發現他後腦上的那點銀光是一根針——一根幾乎齊根沒入穴位中的銀針。

「這是……」

她看得渾身發麻，猜測是誰將這根針凶狠地插入了他的腦袋中。

「這針，是我讓人插的。」

三皇子平靜地放下手，髮絲合攏，遮住了那點森寒的銀光。

「三殿下為何要如此？」

虞靈犀咬著凍得哆嗦的唇，竭力通過說話來保持清醒。

三皇子嘴角動了動。

虞靈犀猜想他想笑，但不知是裝傻多年的後遺症，還是那根銀針的緣故，他連這麼細微的表情也做得十分奇怪。

「前兩日寧殷說，若一輩子都是傻子，才能活得長久。」他的聲音慢慢的，「可裝傻是件很痛苦的事，我寧願作為一個皇子清醒地死，也不想作為一個傻子混沌地活。」

所以他倒行逆施，不惜以銀針入腦，也要抵抗寧殷施加在他穴位上的禁錮，換取短暫的清明。

「我有必須要完成的事。」說到這，三皇子的聲音輕柔了幾分，「王妃不必害怕，我只要寧殷一人的性命。」

「為何？」虞靈犀絞緊了手指，「就因為皇位唾手可及，而寧殷擋了你的路嗎？」

三皇子沉默了很久，方很輕地說：「因為少巍死在他手下，那是我唯一的至交好友。」

少巍，是薛嵩的字。

所以前世薛嵩之所以費盡周折，給她下毒來暗殺寧殷，其實是為了……三皇子？

所有一切串聯起來，虞靈犀恍惚間有些明白，薛嵩為何對三皇子死心塌地了。

他是所有蟄伏奪權的人中，唯一一個願意與下屬交心的人。

前世今生，兜兜轉轉，竟然還是這兩人撐到了最後。

「刻好了。」三皇子顯出幾分孩童似的靦腆，將木頭人擱在虞靈犀腳邊，「送給妳。」

那木頭人雲鬢花顏，竟與虞靈犀的模樣一般無二。

奉先殿，棺槨孤零零躺著。

寧殷一襲雪色袍子，黑冷的眸子瞥向階前跪候的沉風：「本王問你，人呢？」

二月底的天有些陰涼，沉風鼻尖卻滴落老大一滴汗，連一貫的笑意也沒了，垂首道：

「聽護送的侍衛說，是一名小黃門和小滿主動向前引路，將王妃娘娘帶走了。」

「小滿？」

「是咱們府上負責浣衣梳洗的宮婢。若非有熟人，王妃也不會輕信……」

凌寒的殺意壓迫，沉風咽了咽嗓子，聲音低了下去。

這片死寂中，一名小太監躬身而來，顫巍巍將手中的密箋和玉簪奉上。

「殿、殿下……」小太監抖著奸細的嗓子道：「有人要、要小奴將此物，給、給您……」

見到那枚熟悉的螺紋瑞雲白玉簪，寧殷的眸色驀地一沉。

他伸手拿起玉簪，簪身冰冷，上面還凝著細碎的水珠，鮮血染就的一縷紅如雲霞嫋散在簪身。

寧殷輕輕撚去簪身上沾染的一點稻秸碎，展開密箋一看，笑出聲來。

國喪哀戚，殿中氣氛沉重無比，這聲笑便顯得格外不合時宜。

寧殷將密箋丟在燒紙錢的銅盆中，起身朝太監走去，笑得平靜無害。

「辛苦你了。」

冒險前來送信的小太監鬆了一口氣。

兩軍交戰尚不斬來使呢，看來靜王殿下再狠戾無情，也是個講道理的人。

小太監剛要起身，卻見一道高大的陰影籠罩。

繼而他整個人飛了出去，撞在殿門棺材上，濃稠的殷紅噴灑在靈堂的喪幡，濺開一片血花。

殿外白花花跪了一片人，誰也不知道發生了什麼，但誰也不敢問。

披麻戴孝的朝臣和妃嬪俱是膝行挪動，自動讓開一條道來，讓那雙濺著鮮血的鹿皮靴大步從他們眼前踩過。

寧殷抽了沉風的佩劍，朝北宮行去。

他本給自己定了規矩，新婚七日內不沾血，要乾乾淨淨地陪著歲歲。

但現在什麼規矩，什麼乾淨，他全顧不上了，腦袋裡只剩下最原始的殺、殺、殺。

「叮鈴」，喑啞的鈴聲隨著鮮血的潑灑顫動。

屍首一具具倒下，他生平第一次後悔，後悔為了這個狗屁的規矩，那天在大理寺沒有殺了寧玄。

寧玄安排下來的那點雜魚根本難以抵擋，殺到落雲宮時，寧殷的袖袍已全被鮮血染成透紅。

推開殿門，血衣飛舞，豁口的劍尖抵著地面，寧殷的眸底浸潤著鮮血的紅。

三皇子正將酒罈的裡的酒水潑在殿中的帷幔上，見到寧殷帶著滿身血氣殺進來，他有些詫異的樣子。

「你來得這樣快。」

他道，取下案几上的火燭。

燭火跳躍，在他空洞的眼中映不出半點光澤。

「她在哪？」

寧殷拖著長劍向前，順手掐滅了案几上的毒香。

「她在一個，你永遠找不到的地方……呃！」

燭火墜地的一瞬，火舌迅速沿著帷幔竄起，燒上房梁。

寧殷恍若不察，衣袍在熱浪中鼓動飛舞，染血的臉頰宛若墮神般死寂陰寒。

「她，在哪？」他收攏手指，一字一句輕聲問。

滔天焰火將人的面孔扭曲，三皇子口鼻溢血，斷續道：「不妨……看看……是你先燒死，還是她……」

他顫抖抬手，摸到後腦的那根銀針。

而後猛地一拔，朝寧殷刺去。

銀針穿透手掌。

三皇子的眼睛也在銀針取出的一瞬重新變回呆滯，嘴角動了動，斷線木偶般跌倒在地。

有細微的輕煙從頭頂的青石板中滲進來，方才還冷入骨髓的狹小空間，漸漸變得潮熱起來。

冰窖裡聽不到一點聲音，虞靈犀不知道外面發生了什麼。

她努力站起身，艱難蹣跶著去取壁上的油燈。

燈盞為黃銅所製，燒得滾燙，虞靈犀顧不得燙傷的手指，將油燈取下後便以微弱的火苗燎燒腕上的粗繩。

「快些，再快些……」

她不住祈禱，終於在燎燒的劇痛中，粗繩應聲而斷。

她飛快解開腳上的繩索，提裙跑上石階，試圖打開壓在冰窖入口處的青石板。

但那青石板實在太重太重，僅憑她一人之力根本無法從內打開。

而且燙，很燙。

虞靈犀嗅了嗅縫隙中漏進來的淺淡煙味，便知外頭定然著火了。

「寧殷……」

她心臟揪緊，不知寧殷此時有無牽涉其中，眼下最緊迫的事，就是趕緊逃出去向他報平安。

可是石板這般重，外頭又著火了，該如何逃出去？

想到什麼，虞靈犀紅唇一咬，飛快跑回冰窖中，將手放在石牆的底部。

果然，絲絲嫋嫋的冷氣從石縫中滲出。

如果沒猜錯，石牆後還有一間冰室。

皇家冰窖采冰量極大，一般都有暗道與護城河和皇城池沼相連，以便冬季運冰方便。若是運氣好，找到暗道便能逃出。

虞靈犀起身，飛速在牆上摸索機關。

摸到一塊略微凸起的青磚，她用力一按，石牆果然轟隆打開，露出一間極大的藏冰室。

虞靈犀眼睛一亮，下意識邁進那片望不盡盡頭的冰雪之中，剛走兩步，頸上便一陣酥麻。

她停下腳步，捂著胸口仔細聽了聽。

沒錯，是金鈴在震動！

寧殷在附近！他在火海中！

心口像是被一雙無形的手絞住，虞靈犀搖了搖自己的鈴鐺，又搖了搖。

聽到回應後，她掉頭往回跑去，三兩步上了石階，用盡吃奶的力氣死命去頂那塊青石板。

「寧殷！」虞靈犀拍了拍石板，「我沒事，你聽見沒？」

然而只是徒勞。

金鈴震得越發急促，似乎在回應她方才的搖動。

小瘋子沒有走，他還在找她。

在火海裡找她。

「給我……起開……」石板烤得越發滾燙，她指甲縫裡滲出鮮血，整個人朝上頂著，帶著哭腔道：「衛──七──」

轟隆，青石板磚被人大力拎起。

下一刻，滾燙的熱浪撲面而來。

寧殷臂上青筋突起，逆著嗶剝燃燒的烈焰，與滿身是汗的虞靈犀四目相對。

「叮鈴」，兩人的鈴聲合二為一。

第三十二章　開花

刺目的火光裹挾著熱浪迎面砸來，將虞靈犀汗津津的臉映成瑰麗的紅。

寧殷看著她，如同身處煉獄，滿身鮮血。

來不及寒暄，屋頂火舌肆虐，虞靈犀眼睜睜看著房梁下壓，發出不堪重負的「咔嚓」聲。

「小心！」

虞靈犀下意識抓住寧殷的手腕一拽，幾乎同時，厚重的青石板合攏，燒塌的房梁帶著火星砸下。

兩人滾落石階，落地時並沒有想像中的疼痛，虞靈犀被寧殷緊緊地護在懷中。

虞靈犀忙撐起身子，顫聲道：「你沒事吧，寧殷？」

寧殷抱得那樣緊，幾乎要將她整個人嵌入身軀中，用骨血為她築起一道屏障。

他笑了起來。

兩人的鈴鐺也隨著胸腔的起伏震動，如同兩顆緊緊相貼的、顫動心臟。

「妳的玉簪上沾著冰氣，我便知道妳在這……」寧殷的嗓音帶著煙燻後的暗啞，低低響在耳畔，「……還好，找到妳了。」

「是，找到我了。」虞靈犀摸索到他的臉頰，輕聲回應，「一切都結束了，寧殷。」

他的臉很燙，這間密窖離火場太近了，角落裡的冰都化成了水灘，又熱又悶。

「這裡太危險，我帶你去裡面的藏冰室。」

說著虞靈犀起身，拉著寧殷朝裡間冰庫走去，尋了個乾淨涼爽的地方讓他坐下。

徹骨寒冷的冰雪之室，很好地抵擋了大火焚燒帶來的燥熱和刺痛。

寧殷眸色黑沉，蒼白的臉頰幾乎和冰塊融為一體。

滿室淡藍的冷光包裹著虞靈犀窈窕纖細的身軀，讓他想起了那個可怕的噩夢，胸口一陣窒疼。

虞靈犀劫後餘生，並未發現他此刻過於安靜的異樣。

她將手擱在堆積成山的冰塊上貼了貼，再將冰涼的手掌捂在寧殷滾燙的臉頰上，給他降溫。

「嚇死我了。」她心有餘悸，「知道麼？聽到鈴聲震響的時候，我第一個反應並非開心，而是害怕。」

火勢那麼大，她無法想像兩人間的默契若是再晚一步，會釀成什麼後果。

寧殷抬手，似乎想摸摸她的鬢角。

然而看到滿手滿袖浸染的鮮血，又若無其事地垂下手去，低啞一笑：「抱歉啊，歲歲。」

虞靈犀呼吸一窒。

兩輩子了，她第一次聽寧殷說「抱歉」。即便當初誤會她送香囊的用意後，寧殷也只會沉默著擁緊她。

「大婚初始，本不該見血。」寧殷將手往旁邊的冰塊上拭了拭，直至剔透的冰被染成瑪瑙般的紅，方問，「恨我嗎？」

虞靈犀訝異地睜大眼，退開些許看他。

「寧殷，你在胡說什麼？」她蹙著眉頭，用微涼的指尖撫平他眼尾的赤紅。

「歲歲應該恨我。」寧殷掛著淺笑，將那支螺紋玉簪重新插回虞靈犀髻上，「我生而不詳，屢次去見妳，總帶著滿身髒臭的鮮血。」

是他連累，毀了他們一生一次的新婚甜蜜。

虞靈犀喉間發哽，半晌說不出話來。

那個見到鮮血就異常興奮的小瘋子，竟開始嫌棄死亡帶來的髒臭。

「你屢次來見我，都是披荊斬棘、捨命相護。」虞靈犀輕啞地糾正他，「你用盡力氣才走到我身邊，愛尚且不夠，何來怨恨？」

他本可以離開火場，就像她本可以從冰窖逃離。

愛如同懸崖上的橫木，一端的分量輕了，另一端就會墜入深淵。虞靈犀覺得無比幸運，因為聽到鈴聲的一瞬，他們都不約而同地選擇了奔赴彼此。

她呼出一口白氣，索性將額頭也抵了過去，與他鼻尖對著鼻尖。

在大火中搜尋那麼久，寧殷的袖袍焦黑了不少，嘴唇也被烘烤得乾燥開裂，滲出絲絲血痕。

虞靈犀便湊過去，在這片冰寒之中小心地，溫柔地含住了他的唇，細細輾轉，濡以甘霖。

冰室淡藍的冷光鍍在他們相抵的側顏，安靜柔和。

靈犀的唇舌是熱的，溫軟的，不似噩夢中那般冰冷死寂。

寧殷張開了嘴，開始回吻她，像是獻祭生命般交纏奪取，至死不休。

虞靈犀咳了聲，剛升騰起的熱度迅速褪為蒼白。

冰室裡到底太冷了，寧殷唇舌撤離時，寬大的袍子已罩在了她身上。

「有些髒，歲歲將就著用。」他道。

虞靈犀恍然，記得去年春末她被趙須關在倉房中，寧殷也是這般解下袍子裹住她，神色如常道：「小姐將就著用。」

「這裡，或許有通往采冰場的密道。」虞靈犀收攏思緒，提醒道。

寧殷點點頭，彎腰單膝而跪，試圖抱她。

「不必。」虞靈犀的視線從他帶傷的掌心收回，輕而堅決地搖搖頭，「我能自己走。」

越往裡走，冰塊越多越冷，凍得人腦仁疼。

她牽住了寧殷的手，不管他如何忌憚指間的骯髒腥臭，緊緊地握著。

蟬鳴般的鈴鐺震顫呼應，他們一起走過長而曲折的密道，不管多崎嶇坎坷，黑暗泥濘，都不曾再鬆手。

* * *

虞煥臣和沉風他們都快急瘋了。

火勢那般大，裡頭的人根本沒有生還的可能，虞煥臣依舊領著禁軍一桶一桶地朝著火的宮殿中潑著。

直到血染白衣的寧殷攬著虞靈犀從北苑而來，虞煥臣赤紅的眼中才迸射出一線生機，丟了桶子便衝上去道：「歲歲！妳沒事吧，傷著不曾？」

「我沒事，兄長。」

虞靈犀扣緊了寧殷的手，睫毛上還有未化的霜寒，雖然狼狽，卻不見一絲陰霾怯意。

虞煥臣看了寧殷一眼，壓下遷怒，沉聲道：「哥哥送妳回府。」

虞靈犀病了一場，回靜王府便起了高燒。

這不能怪她，火燒大殿時密窖那麼熱，入冰庫後又那般冷，如此極端的溫度交替間，便是鐵打的身子也難以扛住。

意識模糊間，有誰溫柔地摟著她，將苦澀的湯藥一點一點哺進她的唇間。

「歲歲。」他岑寂的聲音穿過混沌的黑暗，低啞輕喚，「快好起來。」

衣襟中藏匿的金鈴急促震顫，一如他壓抑到近乎失控的呼吸。

黑暗如潮水般褪去，虞靈犀睜開了黏膩的眼睫。

夜已經極深了，寧殷近在咫尺的面容在晦暗中呈現出一種蒼白的俊美，合攏的眼睫下一片陰暗的疲青。

虞靈犀眨了眨眼，才確認面前這個蒼冷凌寒的男人，是那個無堅不摧、高高在上的小瘋子。

她才剛剛抬了抬手指，寧殷便倏地睜開了眼睛。

四目相對，虞靈犀還未來得及說句什麼，就被寧殷按進懷中。

「歲歲的眼睛很漂亮。」他揉著她單薄的肩頸，很久，才繼續說，「如此漂亮的眼睛，卻過了這麼久才睜開。」

他沒了往日一貫的逗趣壞性，冷沉到近乎嘶啞。

「讓你擔心了。」虞靈犀抬起久病綿軟的手臂，環住寧殷的腰肢，「我睡了多久？」

「一整日。」

寧殷開始吻她，從額頭到眼睫再到嘴唇，呼吸滾燙輕柔。

乾淨而憐惜的吻，像是迫不及待確認什麼，不帶絲毫欲念。

「沒梳洗。」虞靈犀抿了抿唇，阻止他繼續往下，「嘴裡都是藥味。」

寧殷什麼也沒說，披衣下榻，抱著她往隔壁淨室行去。

淨室的湯池四時常熱，水霧氤氳。

褻服褪去，堆疊在軟榻上。剛入水時，虞靈犀被青石板磕破的指尖傳來細微的刺痛。

寧殷也沒好到哪兒去，右手掌纏著紗布，屈腿坐在池邊，端起一旁溫好的粥水慢慢餵著坐浴水霧中的嬌嬌美人。

借著繾綣的燈火，虞靈犀看見寧殷赤著的心口上浮現的殷紅刺青，不由一愣。

奇怪，寧殷還未下湯池泡澡，也不曾和她……那個，為何刺青會突然浮現？

虞靈犀下意識摸了摸他的胸口，問道：「你這個怎麼……」

而後指尖一頓，這溫度不太對。

「嘩啦」，她從水池中站起，雙手捧住寧殷的臉頰，十分凝重地將臉湊了過去。

寧殷愣了愣，而後順從地擱下手中的粥碗，抬手扣住她的後腦。

「來興致了？」他問。

「你在發熱。」虞靈犀將額頭抵在他額頭上，眉頭擰得更緊，「你發燒了，寧殷。」

「是嗎？」他一副無所謂的樣子，蒼白的臉頰因發熱而浮現幾分豔色，微瞇眼眸道：「聽聞發熱之時，能讓對方更舒服。」

「……」

很好，看來他又恢復了常態。

虞靈犀滿腔的心疼變成了惱惱，從湯池中出來，抖著手裹上衣裳，吩咐外頭候著的宮婢去叫太醫來。

太醫很快來了，熟稔地把了脈，捋鬚道：「殿下正在排毒，有些高熱也正常，不必過於驚慮。」

「毒？」

虞靈犀下意識看向寧殷。

寧殷披衣而坐，見虞靈犀盯得眼眶都泛紅了，才勉強解釋一句：「寧玄準備的毒香，沾了一點。」

他捏了捏虞靈犀的尾指：「下三濫的東西，不至於要我命。」

一旁的太醫盡職盡責：「雖處理及時，但長此以往，毒素堆積，絕非好事……」

寧殷涼涼乜眼，太醫識相地閉緊了嘴巴。

想起什麼，虞靈犀倏地起身，往裡間的屜中翻找了一遍，著急道：「藥郎留下的百解丸呢？」

「沒了。」寧殷起身，將她拉了回來。

「沒了？」

虞靈犀張了張嘴，然而想起薛岑曾中「百花殺」，卻至今沒有毒發身亡。她只需稍加揣測，便能猜出最後一顆百解丸去了哪裡。

鼻根一酸，她呆呆坐了會兒，而後抬眸道：「拿紙筆來。」

侍從奉上紙筆，虞靈犀閉目回憶了一番，落筆默出一份藥方。

前世寧殷的身子幾乎可以用來養蠱了，並不比現在的寧殷好。他研究藥方時，從來不避諱虞靈犀。

是以常年磨墨陪侍左右，虞靈犀知道不少和百解丸同等效用的藥方。

將藥方交給太醫核驗過，便命人趕緊去抓藥煎湯。

回到寢殿，寧殷正笑吟吟倚在榻上看她。

「真的不趁熱試試？」他問。

虞靈犀一臉莫名，剛想問「試試什麼」，便聽寧殷病態的笑聲傳來：「本王不常生病，下次想使用滾燙的，指不定得幾年後了。」

虞靈犀眨眨眼，又眨眨眼。

「你少作些吧。」反應過來，她氣得想揍人，「自己的身體，自己愛惜些。」

他不心疼，有的是人替他疼。

寧殷笑著將虞靈犀拉入懷中，他喜歡她靈動鮮活的樣子。

哪怕是對著他生氣，罵他打他，也比躺在榻上一動不動要強。

「你給我躺下休息，安分點。」

虞靈犀輕輕掙了掙，卻聽炙熱的呼吸噴灑在耳畔。

他掛著笑，漫不經心道：「我的身體，只有在妳好好活著的時候才有價值。」以前欲界仙都尚在時，就常有癖好特殊的恩客刻意給花娘餵食五石散，使其渾身高熱，享用起來欲罷不能。

寧殷的想法很簡單，旁人覺得好的東西他都想給虞靈犀，哪怕是他的身體。

「夫妻相愛，同氣連枝。」虞靈犀嘆了聲，扭頭看著寧殷燒得緋紅的眼尾，「你生病受傷了，我心裡也會跟著難受許久，一點享樂的興致都沒有。」

去年賑災糧之事後，在虞府中她曾告訴寧殷：那些重要之人就活在她心裡，每殺一個，就如同在她心間捅上一刀。

「你是我心裡最重要的人，寧殷。」她貼了貼寧殷的額頭，「所以，要快些好起來。」

寧殷好像花了很久才明白這個道理，一向落拓不羈的小瘋子，忽然就安靜了下來。

他什麼也沒說，只是將下頜抵在她肩窩，極慢極慢地收攏手臂，攬住她纖軟的腰肢。

寢殿靜謐，兩道影子靜靜依偎。

熬好的湯藥送過來，還冒著滾燙的熱氣。

虞靈犀讓侍從先退下，自己捧著藥碗攪了攪，「這藥也是祛毒固本的，想來應該有些用。」

「無妨。」寧殷毫不遲疑地伸手接過她的藥碗，約莫生病的緣故，嗓音顯得緩慢低沉，「歲歲開的就算是毒藥，我也高高興興地喝。」

寧殷表達情緒的方式總是有些偏激瘋狂，但虞靈犀能明白他的心意。

「好好的情話，非要說得這般可怕。」

她嘀咕了一聲，安靜地注視著寧殷，猜想他又要提出一些奇怪的「餵藥」方式，譬如用嘴。

但出乎意料的，寧殷這回安分的不像話，自個兒仰首將苦藥一飲而盡。

直到他將空碗擱在案几上，虞靈犀才回過神來，伸手擦了擦他薄唇上沾染的淡褐色藥汁。

「苦嗎？我給你夾塊蜜餞。」

她彎了彎眼睛，知道他這會兒定然捨不得折騰自己。

寧殷按住她的手，湊近些許。

頓了一頓，方將滾燙的唇輕輕印在她的眉心，低啞道：「夠甜了。」

天都快亮了，高熱過後的疲乏湧上心頭。

虞靈犀縮入被褥中，嘴角仍是翹著的，回擁住寧殷道：「安歇吧，明日就會好的。」

寧殷側身，散毒發熱的身軀並不好受，呼吸帶火。

不過他早已習慣了，盯著她纖長合攏的眼睫看了許久，才依依不捨地閉上眼，不顧滿身焚燒的熱痛，與她相擁得緊些，更緊些。

寧殷身強體壯，休息兩三日便不再發熱。

倒是虞靈犀才退了高燒，又開始咳喘，反反覆覆折騰了十來日才漸漸平息。

虞靈犀臥榻病了這十日，寧殷便守了十日，一干要務皆是由親信侍從捧到眼前來處理。

三月初的時節，恰逢殿試放榜，禮部主持瓊林御宴宴請前及第進士。

幾經動亂的朝堂空缺無數，而此番大量新貴湧入朝堂，是個極佳地培養己方羽翼的時機，故而這樣的宴會，寧殷必須親自入朝甄選把關。

虞靈犀本也想去宴上賞花散心，無奈大病初癒，寧殷說什麼也不願她出門勞累。

虞靈犀知道，之前三皇子從寧殷眼皮子底下綁人，他嘴上不說，心裡終究是在意的。

寧殷不在，她便去書房翻閱消遣。

書案上放了一份名冊，是今年殿試及第的士子名錄，看來寧殷還在斟酌該扶植哪些人。

虞靈犀坐在案几後，拿起一旁的朱砂筆，憑記憶勾選了七八個名字，其中就包含探花郎周蘊卿。

若無意外，以周蘊卿為首的這批人，在不久的將來會成為寧殷麾下忠實的肱骨擁躉。

剛放下筆，便聽侍從來報：「娘娘，虞夫人與虞大小姐赴約前來。」

見到母親和阿姐，虞靈犀很是開心。

侍從說她們是「赴約」前來，那必定是寧殷出門前交代過，怕她獨自在府中無聊，特地將親人請來陪伴她的。

不由心中一暖，走路都帶著輕快的風。

「歲歲，身子可大好了？」一見面，虞夫人顧不得落座，只擔憂地看著女兒，「聽聞妳生病了，阿娘心裡真是難受。」

「只是小小風寒，已經好啦。」虞靈犀扶著虞夫人坐下，又問一旁颯爽的戎服女將道：「阿姐，阿爹和兄長怎麼沒來？」

虞辛夷道：「近來軍務繁忙，阿爹和虞煥臣軍營朝堂兩邊跑，忙得腳不沾地。」

往年春夏軍務並不多，虞靈犀敏感道：「是發生什麼事了嗎？」

「北境燕人崛起，正是需要糧草擴充的時候，趁著大衛新喪無主，屢次南犯。朝中主戰和主和兩派已是吵翻天，就看靜王如何發令，虞家軍自然要做好上前線應戰的準備。」

說到此，虞辛夷有些奇怪，「歲歲在靜王府，竟不知道這事？」

隨即她點點頭，自顧自道：「也對，妳這些時日都在病中。」

虞靈犀知道這場戰役。

前世寧殷成為攝政王，扶植周歲的小皇子登基。燕人欺負衛朝大權旁落，國主又是個斷奶的稚童，故而屢次進犯，寧殷不顧主和派的反對極力應戰。

那時虞家軍已不復存在，朝中武將匱乏，此戰打了整整兩年，幾乎耗空了財力人力。

戰役雖勝，卻也給寧殷添上了新的罵名：好戰喜殺，殘暴不仁。

天子年幼，背鍋之人自然成了寧殷，虞靈犀不願重蹈覆轍……

得想個法子。

見女兒思慮深沉，虞夫人笑了笑，岔開話題道：「妳嫂嫂給妳做了金蕊酥，快嘗嘗。」

虞靈犀這才重新笑了起來，撚起一塊奶香金黃的糕點，放入嘴中。

母親和阿姐用過午膳，便要歸府了。

臨出門前，虞辛夷想起什麼似的，回頭揉揉鼻尖道：「對了歲歲，妳若不為難，便替阿姐向靜王求個情。讓他別折騰寧子濯了，成麼？」

這又扯上了南陽小郡王什麼事？

虞靈犀獨自在書房的小榻上靠了會兒，沒想明白阿姐那番話從何而來。

昏昏沉沉睡去，只覺胸口冰涼微癢。

她下意識伸手去抓，卻被一隻大手握住，迷迷糊糊睜眼，便見一張俊美放大的臉龐近在咫尺。

虞靈犀嚇了一跳，抖了抖柔軟的眼睫，茫然道：「你何時回來的，怎麼都沒聲兒？」

她這副春睡慵懶的模樣格外嫵媚，依靠在榻上，玲瓏的身形妙曼無比，襯得一張臉也如桃花般靈動嬌豔。

「剛回來一刻鐘。」寧殷手中撚著一支紫玉羊毫筆，沾了沾案几上的紅色染料道：「瓊林宴上見桃花甚美，便折了一枝歸來，畫給歲歲看。」

他這麼一說，虞靈犀才發現榻邊體貼地生了炭火，案几上的瓷瓶中插了一枝豔麗的桃紅。而她的衣襟褪下些許，半邊薄肩酥雪都露在外面。

她眨了眨眼，忙要起身道：「你做什麼……」

「別動。就剩這麼點赤血，蹭花了可就沒有了。」

寧殷按住她的身形，筆鋒穩而不亂，遊走在她大片白皙幼嫩的肌膚。

「赤血？」這個名字耳熟。

寧殷畫得凝神，淡淡「嗯」了聲。

「我心口刺青的染料。」他垂眸，漆黑的眼底暈開輕淺的笑意，「本王說了，捨不得歲歲挨針刺之痛，畫個花也是一樣。」

所以他將春日宴會上最美的一枝花帶回來，畫在她的肩頭。

他用自己獨特的方式縱容虞靈犀，虞靈犀又何嘗不是在縱容他？

譬如她此時嘴上罵著「小瘋子」，卻乖乖放軟了身體，打著哈欠看他胡作非為。

寧殷的手極巧，大片的桃花沿著她的肩頭斜生往下，灼灼綻放。

虞靈犀讓寧殷拿來鏡子，左右照了照，贊許道：「還挺好看。夜間沐浴就要洗掉，可惜。」

「無礙。」寧殷拿起綢帕拭了拭手，緩聲道：「能在歲歲身上開上兩次，已是它莫大的造化。」

「兩次？」虞靈犀沒多想，往毯子裡縮了縮道：「對了，南陽小郡王是怎麼回事？他惹著你了？」

寧殷都不用問，知道定是虞辛夷來向她求了情。

他沒直接回答，反問道：「歲歲想不想遠離朝局，去過尋常夫妻的閒散日子？」

他突然提及此事，反倒把虞靈犀問住了。

前世不可一世的攝政王，今生不瘋魔不成活的小瘋子，竟然萌生了退隱的心思？

「若能逍遙度日，白首到老，自然是好的……」

「所以，本王沒耐心等那個吃奶的娃娃長大。」寧殷輕聲打斷她，「而寧家的宗室子裡，只有寧子濯勉強有幾分人樣。」

「什麼？」虞靈犀猜不透了，「你想放棄小皇子，扶植南陽小郡王？」

「原是做兩手準備，可寧子濯竟敢當朝頂撞本王，說無意皇位。」寧殷大言不慚，「本王向來睚眥必報，容不得旁人跳腳說『不』，賞讓他吃點小苦頭。」

「小郡王竟是這樣視權勢如糞土的人嗎？」

虞靈犀想起初次見面時那個幼稚張揚的少年紈褲，再想想他敢與寧殷對峙的勇氣，不知為何，莫名肅然起敬起來。

「哪有妳想的那般偉大？不過為了一個女人罷了。」看出了虞靈犀的心思，寧殷嗤了聲，「他想娶虞辛夷為妻。」

「哈？」虞靈犀睜大眼。

而後仔細想想，阿姐幾次危難，寧子濯都慷慨相救，這一切似乎也合情合理。

「若他當了皇帝，娶阿姐為後，阿姐就不能再馳騁沙場了。」虞靈犀喃喃道：「他是為了這個理由，才鼓起勇氣反駁你的嗎？若是如此，我倒有些欽佩他。」

放棄萬里河山無邊權勢，只為成全一人的勇氣，不是人人都有的。

見她為別的男人感慨，寧殷的眸子晦暗下來。

他輕輕扳過虞靈犀的臉，視線往下巡視一圈，忽而道：「淡了。」

「什麼……」

虞靈犀順著他的視線往下，目光一頓。

那片嫣紅灼然的桃花隨著溫度的下降，已然消失了蹤跡。

她嗅到了危險，忙攏緊衣裳往後縮了縮。

「等等，我還有話與你說。北境燕人之事，你……」然而已經晚了，話題兀地轉了個彎，「你作甚？」

「開花。」他含著笑輕咬。

春日繾綣。休養了十來日，花期怒放，嫣然盛開在上等的淨皮「白宣」之上。

虞靈犀總算知道，這桃花為何能開兩次了。

陽光將枝條投射在窗紙上，影子逐漸西斜。

瓷瓶中那枝桃花凋零幾瓣霞粉，而虞靈犀鎖骨下赤血繪就的桃花卻在寸寸綻放，灼灼其華。

虞靈犀的面頰也如同身上的桃花一般，浮現出嬌豔的紅，呼吸得太急促，扭頭咳了兩聲。

寧殷立刻抬眸看她，薄唇淺緋，微挑的眼眸染著繾綣的幽暗。

四目相對，虞靈犀眼波瀲灩，故意道：「頭暈，沒力氣了。」

倚躺在錦繡堆裡的美人大病初癒，眼尾紅紅一副弱不勝衣之態，頗為可憐。

若是以往，寧殷必將懶懶調笑一句：「好沒道理，歲歲的花開了，就不管夫君死活。」

但今日的他竟然沒去分辨此言的真假，看了她片刻便緩緩起身，將吻落在她濕潤的眼睫，扯來毯子裹住薄肩上浮現的花繪。

他垂著眼睫，冷白修長的指節慢條斯理地撫著，將她裙裾上的褶皺一寸寸抹平。

寧殷衣物齊整，依舊優雅至極，質感上佳的深紫王袍一絲不苟地垂下榻沿，白玉腰帶下……

好吧，看來也沒有那麼優雅。

虞靈犀有些不好意思，半晌又看了一眼，小聲道：「你……沒事吧？」

「沒事。」寧殷面無表情地捏了捏虞靈犀的後頸，揉得她縮起了脖子，方輕笑道：「能憋死在歲歲懷中，也不失為一樁美事。」

虞靈犀想堵他的嘴。

炭火漸漸熄滅，窗外的斜陽變得穠麗厚重。

寧殷下榻濯手，以帕子擦拭乾淨，坐下時瞥見書案一旁半攤開的及第進士名冊，便順手拿起來翻了翻。

上面用圈畫了不少人名，有幾個重要的，還用朱批貼心地寫上了此人適合的職位及能力如何。

寧殷看了許久，饒有興致道：「歲歲識人的眼光，倒與我如出一轍。」

虞靈犀有些心虛：這些人都是他前世的左臂右膀，能不合他心意麼？

「這個周蘊卿的文章我見過，針砭時弊，大開大合。」寧殷點了點那個加重圈畫的名字，「當初受惠於唐公府的窮酸秀才能有這般見解，有些意思。」

「他沉默少言，卻秉公清正，可去大理寺任職。」花痕淡去，虞靈犀思緒清醒了些，沒骨頭似的倚在榻上笑道：「這幾個人都是知根知底的，興許能幫到你。具體怎麼用，還需夫君自個兒排查挑選……」

隨即想到什麼，她的聲音微不可察地輕緩下來。

若寧殷真打算與她避世退隱，遠離廟堂，這些人才自然也不可能再屬於他。

那段眾臣俯首、睥睨天下的歲月，終將留在遙遠的前世。

不知為何，心中竟隱隱生出一縷惋惜。

寧殷決策下得精準且快，虞靈犀走神的這一瞬，他已起身喚來侍從。

「周探花與狀元、榜眼一同打馬遊街後，便不知蹤跡。」親衛道：「屬下打聽過了，他並未回客舍……」

寧殷合攏名冊，涼涼乜眼。

親衛反應過來，繃緊身形，立刻改口道：「屬下這就命人去請！」

虞靈犀從榻上起身，想了想，淺笑道：「或許，我知道他在哪兒。」

唐不離最近甚是煩悶。

祖母去世才兩個月，孝期未過，就陸陸續續有媒人上門說親，儼然仗著她是一介孤女無人做主，眼饞唐公府殷實的家底。

若是高門大戶的庶子也就罷了，出身名門，多少有幾分教養。

但最近托媒人議親的這些，越發上不得檯面。

「……雖是娶鄉君做續弦，但俗話說得好，死過老婆的男人是個寶，會疼人。何況李郎君今春剛中了進士，第十一名呢！將來任了官職，必飛黃騰達。」媒人捏著帕子，昧著良心將對方吹得天花爛墜，「真正是才貌雙全的人物，鄉君嫁過去能住宮殿般的大宅子，吃飯有人用金勺子餵，出門有人用琉璃轎子抬，一輩子享不盡的榮華富貴，還有個知冷知熱的人陪著，豈不比一個人苦苦支撐家業強？哎，咱們女兒家，生得好不如嫁得好，自古如此。」

唐不離聽得窩火不已。

這姓李的都能做她爹了，她如花似玉十八歲，為何要嫁給一個中年人做續弦？她素來不是個軟弱的性子，解下腰間長鞭一甩，將媒人手中的杯盞「吧嗒」擊碎，凜然道：「唐叔，送客！」

媒人嚇得呆若木雞，隨即面色變得僵硬起來，尷尬地站起身。

「鄉君眼界高，可惜朝中王爺就那麼一個，即便有個王妃做手帕交，也沒有做王妃的命了。」媒人賠著笑，可說出來的話卻是句句往唐不離肺管子上戳，「新科進士都入不了您的眼，以後京中誰還敢給您說親哪！」

唐不離冷笑一聲，拽拽鞭子道：「說什麼呢？再陰陽怪氣，本鄉君把妳的舌頭拔了！」

媒人對她的鞭子心有餘悸，撇撇嘴往外走。

直到出了唐公府的門，才悄悄「呸」了聲，嘀咕道：「沒爹沒娘的破落戶，還想嫁三鼎甲的新貴不成？」

正叨叨咕咕，便聽一旁的轎中傳來清冷的聲音：「按本朝律令，誹謗他人者，輕則掌嘴二十，重則連坐滿門。」

媒人驚異地轉過頭，打量著這頂簇新的小轎，不知裡頭是哪位貴人。

轎子落了地，隨即兩根溫潤的手指挑開布簾，一位朱袍墨帶的年輕郎君躬身邁下轎來。

這年輕人算不上十分俊美，但勝在白淨挺拔，氣質清冽乾淨，一看就知是飽讀詩書的清正之人。

媒人識人無數，一眼就認出了他簪著銀葉絨花的烏紗帽，和那一身只有進士前三才有資格穿的紅袍……

而進士前三名中，只有探花郎是這般年紀。

知道自己方才得罪了這名新貴，媒人澈底變了臉色，匆匆一福禮賠罪，便逃也似的離去。

唐叔出門倒茶渣，瞧見門口這一幕，駭得立刻回府稟告。

「小姐，他……他來了！」唐叔腆著發福的肚子，跑得上氣不接下氣。

「誰來了？」唐不離一臉莫名，「那亂嚼舌頭的媒人又回來了？」

「不……不是！」唐叔撐著膝蓋，深吸一口氣道：「探花郎周蘊卿，周公子來了！」

唐不離一口茶水噴出。

她愣了愣，才反應過來這個名字屬於誰。

「什麼？」唐不離倏地起身，莫名有些難堪，「我如今是這般境地了，他還來作甚？」

想起當初趕走他時的決然，她又有些心虛。

那是七夕第二日。

她讓他趕緊收拾東西走時，周蘊卿什麼也沒說，只是埋頭瘋狂地謄寫策論，一張又一張的白紙飄滿了整間陋室，他的眼睛沉默而孤寂。

「莫不是記恨當初將他掃地出門，所以來奚落尋仇了？」唐不離不可抑制地想。

「我也擔心如此。」唐叔嘆了聲，好脾氣地勸道：「當初小姐做事，應該留幾分情面。」

「現在說這些何用？」天不怕地不怕的清平鄉君這才慌了起來，忙吩咐道：「唐叔，去把門關上！不許他進來！」

唐叔領命退下，不稍片刻又滿頭大汗地跑了回來，苦著八字眉道：「來不及了，周探花立在正門，看樣子非要見小姐一面。」

唐不離跌坐椅中。

她能忍受親人的算計、旁人的嘲諷，揮舞著鞭子將他們統統趕出府，唯獨對周蘊卿……中邪似的，唯獨對他露了怯。

當初祖母病重，她心情不太好，的確將事做得不太厚道。

幾經猶豫，唐不離握緊了腰間的鞭子。

罷了，伸頭一刀縮頭一刀，探花郎再威風也不就是個書生嗎？罵不過他還打不過？下定決心，唐不離咬了咬牙，大步朝門外走去。

周蘊卿果然站在府門前，站得標直，沒有絲毫不耐。

那一身探花紅袍褪去了他曾經的窮酸氣，顯得面如冠玉。

唐不離頓了頓腳步，才繼續向前，戒備道：「你想幹什麼？」

見她語氣不善，周蘊卿有些詫異，但很快垂下眼睛，恢復了曾經那副低眉順眼的模樣。

他不善言辭，一句話要老半天才說出口。然一旦說出口，必一針見血，鋒利無比。

周蘊卿張開了唇，唐不離立刻繃緊了身子。

她氣呼呼揣摩，周蘊卿是會先炫耀他如今的功績，還是先嘲諷她眼下的落魄。

「鄉君資助深恩，周某沒齒難忘。今衣錦還鄉，特來拜謝。」

說罷，周探花鄭重攏袖，行大禮一揖到底。

「……」

風過無聲，四周悄寂。

唐不離：「咹？」

虞靈犀今日停了藥，太醫說趁著春日晴好，應該多出去走走。

寧殷便安排了車馬，親自帶她入宮賞花。

去宮中的路並不遠，卻十分擁擠。各大米行店前擠滿了人，皆是在爭搶米麵。

虞靈犀知道，朝中新喪無主，人心惶惶，與燕族的交戰一旦開始，糧價必然飛漲，故而京城的百姓家家戶戶都在屯糧。

似乎誰也對如今的衛朝沒有信心，畢竟這個朝廷，連國主都不曾定下。

正看得心驚，視線遮擋，車簾被身後之人放下。

寧殷伸手，將虞靈犀的腦袋輕輕轉過來。滿街吵亂，那雙漆黑的眸子依舊平靜涼薄，不見半點波瀾。

虞靈犀疑惑，柔軟的眼睫輕輕一眨：「怎麼了？」

寧殷半眯著眼，看了她半晌，才輕慢道：「嘴花了。」

虞靈犀下意識抬手摸了摸嘴角，指尖果然染了一抹淺淡紅，是方才寧殷不管不顧咬吻的傑作。

她忙拿起帕子用力擦著唇角，輕聲惱道：「都怪你。」

她方才撩開車簾朝外看了那麼久，竟然沒發現口脂花了，若被人看見，未免太丟人了。

寧殷笑了聲，一點歉疚也無，反而側首靠得更近些，用唇將她剩下的那點口脂印也一同清理乾淨了。

皇宮北苑有一座觀景極佳的樓閣。

登上七樓，可見蓬萊池碧波萬頃，繁花如簇，萬千梨雪壓得枝頭沉甸甸下垂，隨波飄落厚厚一層白。

樓閣中備了美酒佳餚，獸爐焚香。

虞靈犀憑欄遠眺，只覺心胸開闊，思潮疊湧。

寧殷沒有種花的喜好，連帶著靜王府裡也沒有一點春色。虞靈犀正尋思著要不要移栽幾株梨花、桃花入府，便覺腰上一緊，寧殷從背後貼了上來。

虞靈犀放軟了身子，搖扇無奈道：「不熱麼？」

寧殷反攬得更緊了些，好像兩人熱得越難受，他就越開心。

「喜歡梨花？」他的嗓音壓在耳畔，低沉酥麻，「可惜，世上沒有白色的赤血。」

得，原來靜王殿下也在想著如何「栽花」呢。

「喜歡。」虞靈犀深吸一口帶著花香的空氣，想了想道：「等我們的頭髮都和梨花一樣白了，還要攙扶著一起來此觀花。」

寧殷很少想「以後」，他曾是一個沒有未來的人。

但此刻聽虞靈犀說起以後的設想，他卻莫名覺得，那定是極美的畫面。

老太太歲歲，挽著老頭寧殷，一步一步慢慢地走，夕陽在他們身後拉出長長的影子，難分彼此。

寧殷笑出聲來。

虞靈犀不知他在笑什麼，正凝神間，遠遠見著一名英姿颯爽的武將背負弓矢，領著下屬巡邏而過。

陽光下的的女武將，走路帶風，英氣得讓人挪不開眼睛。

虞靈犀眼睛一亮：「阿姐！」

春末的陽光已有些曬人，虞靈犀猜想阿姐要在這豔陽下跑上大半日，定然十分辛苦。她伸指撓了撓寧殷的掌心，正要命人給阿姐送些涼湯過去，便見宮門外有位錦袍少年快步而來。

寧子濯喚了聲什麼，阿姐轉過身。

風吹落雪，梨花如雨，寧子濯手忙腳亂地舉起衣袖，替阿姐遮擋紛紛揚揚的落花。明明是性格不著調的兩個人，站在一起卻有種如畫般的和諧雋美。

虞靈犀嘴角翹了翹，打消了前去送涼湯的想法。

寧殷伸指按了按她上揚的嘴角，問：「想什麼？」

虞靈犀深吸一口氣清新的空氣，輕輕轉過頭來，認真地看著寧殷。

她想起了囂張的燕族騷亂，想起了混亂的京城，還有方才梨花下笨拙守護的少年……

思緒在那一刻歸攏，逐漸清晰。

她的眼中映著湖波萬頃，流雲如畫，也映著寧殷俊美的容顏。

風停，滿樹搖曳的梨花平靜，而虞靈犀眼中的光並未消失。

她輕聲道：「寧殷，你稱帝吧。」

寧殷指尖微頓，漆眸深暗無底，沒有說話。

結局

虞靈犀出此提議，並非一時興起。

前世寧殷有腿疾，乃不治之症，自然失去了登基為君的資格，但這輩子不同。

兄長也說過：「寧殷走到今天這個位置，離皇位只有一步之遙，即便他自己沒心思做皇帝，他所處的位置、麾下的擁躉也會為了前途利益推舉他即位。」

天下熙熙，皆為利往。與其做臣子的臣，不若做帝王的臣。

三皇子寧玄死前能將手伸到靜王府來，已然證明了兄長的話並非恫嚇。

虞靈犀深思熟慮了很久，才將這話說出口。

寧殷看著她的眼睛，像是在回味她那短短六個字的份量。

「喝醉了？」他若無其事地嗅了嗅，只聞到了淺淡的女兒香。

讓一個瘋子稱帝，還有比這更瘋狂的事嗎？

「沒有，我很清醒。」

樓閣雕欄旁，虞靈犀面容沉靜。

寧殷總說他沒有憐憫之心，天生涼薄。

一開始，虞靈犀並沒在意。但提的次數多了，她才反應過來，寧殷反覆的剖解之下，或許是近乎自虐的自厭。

何況最近經歷了許多，她漸漸發現，其實百姓不在乎皇位上坐的是誰。只要能讓他們填飽肚子，解決戰亂凍餒之患，那麼一個涼薄卻有手段的帝王，也比一個偽善卻無能的君主要強得多。

浮雲掠過清影，虞靈犀仰首望著天邊的暖陽：「寧殷，你看這輪太陽。」

寧殷掀起眼皮，沒有看太陽，而是扭頭欣賞陽光下虞靈犀明麗的笑顏。

她俯身撐著雕欄，輕聲道：「大家敬畏金烏，並非因為它多美、多耀眼，而是因為它足夠強大，強大到能驅散凜冬黑夜。」

寧殷始終側首，深沉的眸中也暈開些許光亮。

「歲歲變著法誇我，良心不痛？」他輕嘖了聲，「可惜本王是煉獄的修羅惡鬼，做不了眾人矚目的太陽。」

「修羅惡鬼也挺好啊。」虞靈犀自然地接過話茬，「不懼宵小，斬盡惡徒。就連大慈大悲的佛殿裡，都會擺著幾尊凶神惡煞的怒目金剛呢。」

寧殷怔了怔，隨即低低笑出聲來。

她想要誇人的時候，就連石頭也能誇出花。

「笑甚？」虞靈犀微微偏頭，「覺得我太聒噪了？」

「恰恰相反。」寧殷瞇著眼愜意道：「本王倒是覺得歲歲說甜言蜜語的聲音，比那次戴鈴鐺的哼唧聲還好聽。」

虞靈犀無言。

明明在一起這麼久了，仍是會被寧殷的口無遮攔弄得面紅心跳。

「少轉移話題。」她哼了聲，認真道：「你說要與我退隱，一生一世一雙人。可是寧殷，那真的是你想要的生活嗎？」

虞靈犀清楚地記得，前世的寧殷如何將權利玩轉得爐火純青，將天下人的敬畏和恐懼踩在腳底。

他只是，站錯了位置。

大概看出虞靈犀沒有開玩笑，寧殷收起了面上的悠閒玩味。

他薄唇微張，可虞靈犀卻輕輕捧住他的臉頰，讀懂了他即將脫口而出的輕慢話語。

「攝政王身處朝堂漩渦中，亦要苦心經營政務、平衡朝堂，可到頭來卻是為他人做嫁衣，將你的功績算在小皇帝頭上不說，還要時刻被人提防功高震主。」想起前世寧殷日日帶血的袍子，虞靈犀蹙蹙眉，「等小皇帝長大了，交權還是不交權呢？不交權必然有人反，有人罵，換個傀儡皇帝也不過是換批對手，於是世上還會有第二個寧玄、第百個薛嵩。他們師出有名，標榜正義，用毒，行刺，乃至於口誅筆伐群起攻之，日日夜夜永不安寧。而我……」

她靜默了片刻，輕嘆道：「而我除了在王府裡心疼不甘，什麼也幫不上你。」

就像前世一樣。

虞靈犀道：「我可以站在你身邊，而非身後。」

如同當初想要護住將軍府那般，與她此生最愛之人並肩而行。

虞靈犀說了這麼多，寧殷只是靜靜地聽著，側顏嵌在湖光反射的淺陽中，宛若無暇的冷玉。

「妳將為夫想得太好了，歲歲。」他微瞇著深暗的眸，伸手撫了撫虞靈犀的眼尾，彷彿要沾一沾她杏眸中璀璨的光，「這江山入不了我的眼。」

「如果，這江山裡有我呢？」虞靈犀將他微動的神色盡收眼底，遲疑片刻，終是輕而溫柔道：「寧殷，你是否並非不想君臨天下，而是……怕我失望？」

寧殷的指腹微不可察地一頓。

「可笑。」他溫柔道。

因為太過好笑，所以才笑不出來。

虞靈犀倒是彎了彎眼睛，將目光重新投向岸邊的梨花林。

風吹落雪，美景依舊，紅色戎服的女武將與金白錦袍的小郡王已行至遠方。

因要巡邏，寧子濯沒敢跟得太近，隔著一丈遠的距離慢悠悠陪著虞辛夷將北苑巡查一遍，間或聊上兩句。

不知聊到什麼有趣的話題，虞辛夷一掌拍過去，將寧子濯拍了個趔趄。虞辛夷又化掌為拉，扶了寧子濯一把，誰知反被對方逮著機會，將早就藏好的梨花往虞辛夷官帽上一別，嘻嘻笑著跑遠了。

虞辛夷喝令下屬不許笑，抬手嫌棄地扯下帽上的梨花，然而轉身猶豫了很久，也沒捨得將那枝梨白丟棄。

皇城之外，萬里江山如畫。

「寧殷。」虞靈犀喚他，「衛七。」

寧殷撚了枚酸梅，乜眼相視。

「小瘋子。」她笑了起來，對他的名號如數家珍，「夫君……唔！」

尾音一轉，被盡數堵回腹中。

虞靈犀嘗到梅子的酸，也嘗到了無聲縱容的甜。

「寧殷，與其一輩子防著那些人，不如名正言順，讓他們統統都閉嘴。」虞靈犀靠著寧殷喘息，閉目輕而堅定道：「我想陪著你站得更高。若朝堂秩序容不下你我的桀驁，便創造屬於我們的秩序。」

輕軟的嗓音擲地有聲，沸騰的血液如汪洋澎湃。

她看出他的自我厭棄，接納他的涼薄與瘋性，欣賞他的強悍與手段，卻從不要求他捨棄自我，成為老皇帝那樣偽善的「英主」。

她說她想站在他的身旁，而非身後。

她說要讓所有人都閉嘴，以能力創造一個屬於他們的秩序。

寧殷輕啄她的眼睫。

若虞靈犀此刻睜開眼，便能看到他的眼眸是怎樣的興奮與瘋狂。

他可以心甘情願溺在她的溫柔中，死在她的身上。

風鼓動樓閣的輕紗，梨花雨隨風而落，逐流飄蕩。

天高雲淡，斜陽的金紅將上等的白玉染得穠麗無雙。

寧殷玩著虞靈犀散落的長髮，深深看了她半晌，低啞道：「記得歲歲曾誇我生得好看。」

虞靈犀有氣無力地抬起眼，不明白他突然提及此事是為何意。

「歲歲最喜歡我身上哪個地方？」寧殷輕揚唇線，溫柔道：「把它割下來做得美觀長久些，送給歲歲可好？」

「……」

小瘋子宣洩愛意的方式總是這般與眾不同，樂於將身體乃至靈魂的一切，當做示愛的籌碼。

她習以為常，故意將目光往下，停在他緊實的腰線下。

寧殷愣了愣，隨即摟著她大笑起來，笑得雙肩顫動不已，沉沉道：「這東西不可，還是活著時較為好用。」

他心情真的很好，虞靈犀兩輩子也鮮少見他笑得這般肆無忌憚。

於是不再計較他的胡言亂語，往他懷中拱了拱。

過了很久，久到眼皮沉重，虞靈犀以為寧殷已經睡著時，卻聽他低而強勢的嗓音傳來。

「陪著我。」他道。

「好。」虞靈犀聽懂了他的意思，「我會努力，追上你的腳步。」

寧殷捏了捏她的後頸，低啞道：「說錯了，該罰。」

是影子追著光，他追著歲歲。

今日新科進士領職入朝，填補空缺，朝中前所未有的熱鬧。

「今賢才入殿，不可無明主。臣等叩請靜王殿下登基，綿延國運！」

幾個眼觀六路的文官聯名，再三拜請寧殷登基為帝。大多為附和客氣之詞，畢竟寧殷往日都是對他們視若罔聞。

但今日靜王殿下坐在金鑾殿中唯一的一把血檀交椅上，漫不經意地掃視烏壓壓跪拜的新舊朝臣一眼，竟是破天荒開了金口。

這回他既不是抄誰的家，也不是革誰的職，而是涼涼道：「那還跪著作甚？登基封後大典，要本王親自操辦不成。」

殿中霎時安靜下來。

未料寧殷這次答應得這般爽快，光可鑑人的地磚上，映出各位文武重臣各異的神情。

尤其是暗中想站小皇子，好借機操控朝局的那幾位，面色頗為驚慌複雜。

「殿下臨危受命，乃我朝之福！」

幾位御史臺的言官最先站出，控制朝中風向。

禮部尚書也接上話茬：「臣即刻安排祭天登基大典！」

大將軍虞淵和兒子虞煥臣交換了眼神，短短一瞬，思緒疊湧，又歸於平靜。

彷彿做出了重大的決定，父子二人出列再跪，朗聲道：「臣等願追隨殿下，匡扶社稷！」

眾臣如夢初醒，紛紛附和：「臣等願追隨殿下，匡扶社稷！」

一樁大事，就這樣在朝臣的揣測中落下帷幕，無人敢置喙。

虞靈犀抽空，去了大理寺一趟。

前來迎接的年輕官吏穿著一身松綠官袍，面白目朗，自帶一身清正之氣。

他朝虞靈犀一拱手道：「文書核對無誤，娘娘稍候。」

惜字如金，內斂肅穆。

虞靈犀認出了這張古板清秀的臉，不由微微一笑：「是你，周蘊卿。」

周蘊卿面上劃過些許訝異，頷首道：「娘娘還認得在下。」

「自然認得。」虞靈犀記憶裡向來不錯，去年七夕時就對他的相貌留有印象，「周大人以後，會成為大理寺中最出色的少卿。」

周蘊卿年輕，即便得靜王賞識，初入朝堂也不過領了從六品的寺丞一職，距離大理寺少卿的職位還遠著……

然而虞靈犀是誰？那是靜王藏在心尖上的人，當初挾持她的三皇子殘黨餘孽，至今還在大理寺牢獄的底層受著生不如死的酷刑。

她的一句誇讚，自是比聖旨還靈驗。

得了讚賞，周蘊卿亦無半分沾沾自喜，不卑不亢道：「娘娘謬贊。」

「對了，清平鄉君雖然性子不拘小節，行事大咧了些，但極為重情重義，是個不可多得的好姑娘。」虞靈犀點到為止，「周寺丞若不嫌她處境窘迫，還請念在當初資助之恩，待她寬厚些。」

提及唐不離，周蘊卿寡淡清冷的面容才多了幾分恭敬：「臣明白。」

話剛落音，兩名吏員親自領著一道素白的身影入殿。

虞靈犀從座上抬首，看見了站在兩名吏員後的薛岑。

在大理寺中關了近一個月，他看上去瘦了一些，風華絕代的溫潤褪成蒼白的憂鬱，如同明珠蒙塵。

但他的眼睛依舊溫良乾淨，看著明麗無雙的雲鬟美人半晌，乾燥的唇幾番翕合，撩袍行禮道：「罪民見過二……王妃娘娘。」

稱呼在嘴邊拐了個彎，顯得格外乾澀。

「薛二公子請起。」

虞靈犀抬臂，虛扶起他。

薛岑轉過頭輕咳一聲，兩家浮現些許淺紅，是百花殺的殘毒在他體內作祟。

虞靈犀轉頭，命侍從將早就準備好的包裹奉上。

見到那滿滿當當塞滿包裹的珍貴物件，薛岑一愣，隨即搖首道：「將死之人，不敢承娘娘恩惠。」

他的眼睛，始終不敢望向虞靈犀的方向。

明明她那麼溫柔耀眼，耀眼到只需遠遠瞥上一眼，就能逼出他的淚光。

「我也承過你的恩惠。」虞靈犀起身，將包裹中的物件一樣一樣打開給他看，「這是我讓人煉製出來的解毒丸，有足足一年的份量，可暫時壓制你體內毒性。這是通關路引，還有我親筆所寫的引薦信，從京城往北一路去雁城，按照信上的地址找到藥郎，他會幫你……」

聽到這，薛岑才明白虞靈犀的意思。

「娘娘這是，要放我走？」薛岑胸膛起伏，艱澀道：「我罪孽深重，唯有以死謝罪，娘娘怎可……」

「是夫君的意思。」虞靈犀刻意搬出寧殷。

薛岑一愣，心中苦味悠長。

「何況罪孽深重之人，已受到應有的懲罰。薛二公子若消極尋死，死如鴻毛之輕，那才真真叫人瞧不起。」虞靈犀淺淺一笑，溫聲道：「就當是登基大典前的大赦天下，去吧。人總要為自己活一次，願山高海闊，任君遨遊。」

人總要為自己活一次。

輕柔的話語，卻有著振聾發聵的力量。

薛岑回想起自己短短二十一年的人生，活於父輩庇護之下，永遠都是被家族被動裹挾著前行。當家族露出華麗外表下的骯髒黑暗，信仰崩塌，他好像一下就失去了活下去的方向。

飲下毒藥，既是為了向虞家贖罪，也是為了挽救岌岌可危的薛家。

他從未想過活著解決問題，以大義凜然的行徑，來掩飾內心以死逃避的懦弱，何其可笑！

心中迷障散去，薛岑濕紅了眼眶。

他還未來得及收攏薛嵩的骸骨，還未來得及看革職出京、病危的祖父一眼，他還有許多許多的事可以做……

薛岑抬起眼來，像年少時那般溫和地望向她，緩緩攏袖躬身道：「薛岑，多謝娘娘！」

「那麼，再見。」

虞靈犀點點頭，與他錯身出了大殿，走入萬丈斜陽之中，鍍著金粉的身姿挺拔窈窕，隱約搖曳著耀目的威儀。

出了大理寺，便見一輛馬車停在階前。

車簾半開，裡頭深紫王袍的俊美青年閒散斜倚，正撐著腦袋看她。

虞靈犀眼睛一亮，鬆開搭扶著著胡桃的手，笑吟吟提裙上了馬車：「你怎麼來了？」

「接人。」寧殷挪動手指，點了點身側的位置。

於是虞靈犀挨著他坐下，膝蓋有意無意隔著衣料輕蹭他的腿彎，笑得無瑕：「夫君朝中事務繁忙，還要抽空來接妾身，真是體貼。」

話為落音，人已到了寧殷懷中。

「歲歲去見了討厭的人。」他眸色深深，俯身啄了啄她的眼睫。

「有本王討厭之人的味道。」他往下，咬了咬她精緻凹陷的鎖骨。

虞靈犀覺得寧殷特別有意思。

他要瘋時對他自己的身體極狠，割頭髮、刺青乃至於割掌放血，眼都不眨一下。然而對她吃味，話說得再狠，也只敢用嘴懲罰她。

因為知道他異於常人的珍愛方式，虞靈犀才格外心疼。

「有些事因我而起，自然也要由我結束。」虞靈犀癢得打了個哆嗦，止住寧殷繼續往下的嘴，「何況釋放薛岑之事，不是你昨晚親口答應了的麼？」

寧殷眼尾一挑：「我昨晚何時說過？」

「……」

虞靈犀滿腦子都是急促的金鈴聲和寧殷胸口鮮紅的刺青，不由臉頰一熱，軟軟惱了他一眼。

寧殷笑得愉悅，讓她看著他，就像昨晚一樣。

「不如，歲歲幫本王回憶一番？」馬車搖晃，他低沉好聽的嗓音卻四平八穩，「今夜想搖鈴鐺，還是印章？」

虞靈犀不想理他。

入夜，寢殿燈影明媚，榻上美人烏髮及腰，斜倚而坐。

是和美人璽上一樣的妝扮姿勢，只是溫香軟玉，白得耀眼。

「墨玉印章哪有真人有意思？」虞靈犀打了個哈欠，忍著春末的涼意，望著身披一身清冷水汽而來的寧殷，「像嗎？」

寧殷在榻前頓了頓。

因他習慣掌控一切，習慣虞靈犀的溫柔縱容，倒忘了當初她才是那個最擅撩撥的人。

寧殷嘴角揚了揚，傾身欣賞。

虞靈犀卻是按住他：「這章，自然是由我蓋在你身上。」

她刻意加重「上」字，大有馴服馭龍的野心。

寧殷瞇起了眼眸，壓迫感漸漸侵襲。虞靈犀卻是一咬唇，大著膽子蓋章，然而畢竟沒有以下犯上的經驗，蓋得磕磕碰碰。

許久，寧殷發出一聲低啞的悶笑，慢條斯理道：「不如我跪妳？」

容不得拒絕，視線陡然翻轉。不敬鬼神、不拜天子的靜王殿下，為她跪了半宿。

四月初，登基大典如期舉行。

天高雲淡，皇旗獵獵，百官宮人肅穆而立，恭迎登壇祭天地社稷。

虞靈犀烏髮高綰，鳳冠花釵，畫著精緻大氣的妝容，一身織金鳳袍葳蕤拖地。而她前方，一襲玄黑冕服的寧殷挺拔俊美，淡漠的側顏透著睥睨天下的威嚴。

按照禮制，皇后應落後於天子一步。

然而在登上長長的白玉階前，寧殷卻是停住了腳步，當著百官禁衛的面牽起虞靈犀的手，與她並肩踏上石階。

虞靈犀一緊，隨即明麗一笑，扣緊了他硬朗修長的指節。

邁上最後一級石階，旋身而望，天地浩瀚，江山殿宇盡收眼底。

雄渾的號角吹響，眾臣叩首，山呼陛下萬歲，皇后千歲。

呼聲迴盪在宮中，震耳欲聾，虞靈犀以餘光瞥著身側的寧殷，眸色是從未有過的明亮。

前世那個陰鷙的瘋子終於站在了陽光下，站在頂峰，堂堂正正的接受眾臣叩拜。

冗長的祭祀過後，便要入金鑾殿接受百官的朝拜。

巍峨的大殿漆柱殷紅，金龍盤旋而上，最前方的龍椅已經置換過全新的，因為寧殷嫌髒。

老皇帝用過的臣，使過的物件，他都嫌髒。

虞靈犀坐在龍椅旁邊的位子，百官井然入殿，再拜叩首。這麼近的距離，虞靈犀看到了最前排的阿爹，他望向自己的目光是那樣的慈愛而有力。

新帝登基當日，通常都會頒布一道聖旨籠絡民心，譬如大赦天下，亦或是減免三年賦稅。

連戶部尚書也建議道：「如今燕人屢犯我朝邊境，引起百姓恐慌而至糧價飛漲。若陛下能減免賦稅，澤被眾生，乃天下福祉！」

一些人點頭附議，俱是等待座上看似閒散，實則極具凌寒壓迫的年輕新帝開口定音。

「燕人南下殺人劫掠，你們不想著怎麼把東西搶回來，卻讓朕減免賦稅。」寧殷呵笑一聲，「揚湯止沸、粉飾太平這一套，倒讓諸位玩得挺明白。」

此言一出，戶部尚書惶然下跪：「老臣愚鈍，求陛下指點！」

寧殷叩了叩龍椅扶手，抬眸道：「殺回去。」

此言一出，滿堂皆驚。

新帝登基第一件事便是驅逐外患，這可是建朝以來頭一遭！稍有不慎，則會被扣上「窮兵黷武、好戰喜殺」的帽子。

這……這實在是一個劍走偏鋒的決定。

只有虞靈犀知道，寧殷是要用燕人的血來立威。

減免賦稅只能讓百姓稍稍好過三年，而三年避戰，足夠將剛剛崛起的燕人養得膘肥體壯，更加難以對付。而此戰若勝，震懾天下，才是激起士氣、一勞永逸的法子。

仗要打，但不是前世那般的打法。

「燕人今日劫掠糧草，明日便是攻奪城池，殺我子民。步步蠶食，永不饜足。」虞靈犀端坐鳳位之上，一字一句清越道：「他要戰，我便戰。我衛朝沒有懦夫！」

寧殷瞥過眼，望著她的眸中蘊著恣意的笑意。

她說她要站在他身邊，而非身後。

原來，不知是說說而已。

殿中，大將軍虞淵主動出列，聲音渾厚道：「臣願請纓，為蒼生一戰！」

緊接著，虞煥臣出列：「臣請隨父親出征，驅逐燕人！」

聲音迴盪在殿中，振聾發聵。

寧殷慢條斯理道：「難得有虞將軍這樣的聰明人。」

一錘定音，朝中不少觀望之人紛紛跪拜，齊聲道：「陛下聖明！皇后英明！」

接下來的日子忙碌而充實。

虞靈犀做靜王妃時，整日除了散步看書，便是休憩烹茶，日子清閒得近乎無聊。而此番剛做皇后，許多東西都要慢慢學，忙得腳不沾地，別說烹茶，便是坐下來好好喝口茶都是奢侈。

可虞靈犀並不後悔，她的每一句話，每一個決策，都有著莫大的意義。

因要出兵迎戰，軍費開支極大，虞靈犀便著手裁減了一半宮人數量，遣散未生育的先帝妃嬪，開源節流，為寧殷分擔壓力。

正吩咐女官去辦此事，便見殿中走進一人。

不上朝時，寧殷不常穿龍袍，只穿著一身殷紅的常服負手踱來，襯得面容冷白清冷，深邃俊美。

「你來啦，奏摺都批閱完了？」

虞靈犀親手給他斟茶，展開明媚的笑來。

寧殷嘖了聲，撩袍坐下：「歲歲不關心我，倒關心奏摺？」

虞靈犀以名冊遮面，只露出一雙杏眼：「哪有？」

寧殷瘋是真的，聰慧也是真的，堆積如山的奏摺在他面前就像捏泥一般輕鬆，再難的問題熬上半宿也能解決。

雖然他時常批閱到一半就摔了奏摺，盤算去抄個不聽話的大臣全族，亦或是將「拖下去砍了」掛在嘴邊，將身邊人嚇得夠嗆。

但不可否認的是，虞靈犀對他的手段欽佩到近乎嫉妒的地步。

她自恃不笨，但在寧殷面前終究差了些火候。

若有他一半的雷厲風行，也不至於光是裁減宮人便忙了近十日。

見寧殷看著自己，虞靈犀忙將手頭的事情彙報：「出征北燕之事，有阿爹和兄長在，你不必擔心。」

前世寧殷手下沒有能行軍打仗的出色武將，所以一場戰爭才拖了兩年，耗盡人力財力，引來罵聲無數。

這輩子有父兄在，且朝中奸佞已拔除，必定不會再步前世後塵。

寧殷似乎對此事並不關心，依舊看著她。

虞靈犀又道：「我將宮人數量裁減為一半，每年可省下至少七萬兩開銷。有幾位沒生育的老太妃不願出宮，小鬧了一陣，不過已經擺平了。」

見寧殷還望著自己，虞靈犀有些心虛了，反省了一番，方拉了拉他的衣袖：「怎麼了，寧殷？」

莫非哪位大臣做事說話出了錯，惹著他了？

正想著，眼前一片陰影落下。

寧殷伸指碰了碰她眼底淺淡的疲色，而後將她手中的名冊抽出來一扔。

「吧嗒」一聲輕響，將殿中立侍的宮女駭得一顫。

虞靈犀眨眨眼：「怎麼……」

話未說完，寧殷已攥住她的手腕，拉著她出了大殿。

外面陽光正好，雲淡風輕。

空氣中浮動著暮春的花香，沒了料峭的寒意，卻又不顯得燥熱。虞靈犀被寧殷拉著走過長長的宮道，淡金的裙裾飛揚，直到御花園的海棠霞蔚鋪展眼前，她才明白寧殷是特地帶她出來散散心。

虞靈犀本不喜歡海棠，前世趙府就種著大片海棠花。

「不喜歡？」寧殷看出了她那一瞬的遲疑，隨即了然的樣子，「砍了。」

侍從動作很快，真的開始伐樹掘花。

眼看著海棠花要慘遭毒手，虞靈犀哭笑不得：「別！砍了重新栽種，又得花上千兩銀子。」

她好不容易才省出來的銀子呢！

怕寧殷真的將海棠苑夷為平地，虞靈犀只好拉著他繼續往前。

前面是一片山茶，大朵大朵層層疊疊，開得極美。

沿著花苑走了兩刻鐘，隱隱露出一座凋敝陰冷的宮殿，以高牆圍攏，密不透風。

身側的寧殷目光一頓，緩下了步伐。

虞靈犀並未察覺，抬手遮在眉前道：「前面是什麼宮殿？怎麼如此荒蕪？」

「朝露宮。」寧殷道。

「什麼？」虞靈犀覺得這個名字有些耳熟。

「朝露宮。」寧殷又淡淡重複了一遍，「它還有個名字，叫冷宮。」

虞靈犀想起來了：這裡是先帝關押寧殷母親的地方。

寧殷在此處過了十二年煉獄般的生活，然而逃離煉獄，又墜入另一個煉獄。

虞靈犀一時看不懂寧殷眼底的黑寂是什麼，她只感到了綿密的痛意。

「我們換條路走吧。」

她體貼地握著寧殷的手指，朝他淺淺地笑。

寧殷眼底重新浮現出光來，勾著興致的笑：「想不想進去瞧瞧？」

虞靈犀搖搖頭：「不想。」

「撒謊。」寧殷捏了捏她的尾指。

虞靈犀的確想，有關寧殷的一切，她都想瞭解。

但她知道這是寧殷不堪回首的往事，她不想他受傷。

她可以往後偷偷前來看看，獨自心疼一會兒，再回去用力地抱抱他。

但，虞靈犀低估了寧殷那股近乎自虐的狠絕。

當他下定決心放下心防時，是願意將心底的傷口血淋淋撕開，然後捧到她眼前展示的。

「這是那個女人關押我的小屋。」寧殷指了指側殿耳房，「每次我不聽話，便會鎖在這裡頭關上一夜。」

當然，如果老畜生來找她過夜，他也會被關進這裡面，聽著外頭斷續傳來的難堪哭喊，絕望地捂住耳朵。

「有一次那個女人被折騰得發病了，忘了我還在黑屋裡，我在裡頭待了一天兩夜才被人發現。」

寧殷用若無其事的嗓音，說著令人毛骨悚然的話語，伸手推了推，腐朽的門板應聲而倒，揚起一地塵灰。

他抬袖遮住虞靈犀的口鼻，將她攬入懷中，朝逼仄的黑屋裡望了一眼，意外道：「竟然這麼小？兒時待在裡面，總覺得又黑又空蕩。」

「小孩的身形小，所以才會顯得屋子空蕩。」

虞靈犀說著，已能想像幼年的寧殷如何蜷縮在黑暗的角落裡，縮成小小一團顫抖的模樣。

呼吸一窒，她拉著寧殷往外走。

可院子裡的記憶也並不美好。

「七歲從此樹上摔下來過，為了撿別人不要的紙鳶。」他望著院中那株枯死的歪脖子槐樹，瞇著眼道：「真蠢。」

再往前走，便是落滿塵土枯葉的石階。

「這裡，是那個女人罰我下跪的地方。」寧殷又指著階前一塊嵌滿鋒利碎石的地磚，笑著給她介紹，「捲起褲管，跪上半個小時，膝蓋就會紅腫。跪上一個時辰，皮開肉綻，跪上一日，人事不省。」

「別說了，寧殷。」虞靈犀再也聽不下去，壓抑道。

而回憶如淩遲，施加在寧殷身上的痛苦只會比她更甚。

寧殷撫去她眼角的濕痕，過了許久，才湊過來低沉道：「那個女人一定羨慕我。」

他的聲音是輕鬆的，帶著些許得意。

「是的，她羨慕你。」虞靈犀抱住寧殷，將臉埋入他的胸膛，「因為你比她幸福，因為……我愛你。」

咬字很輕，但寧殷聽見了。

他瞇著晶亮的眸，像是贏了一個看不見的敵人，像是贏了小黑屋中那個狼狽又無助的自己。

牆邊有一抹紅，走近一看，是一株羸弱的鳳仙花。

莖瘦葉蔫，瘦弱得彷彿風一吹就倒，但它依舊在石縫中活了下來，還開出了一朵火紅的花。

「有花。」虞靈犀笑道。

這座壓抑的囚籠裡，有生命在苟延殘喘，在熱烈綻放。

「你知道嗎，鳳仙花是有蜜汁的。」她小心地摘下那朵即將枯萎的花，遞到寧殷面前，「不信你嘗嘗。」

寧殷垂眸看著那朵著實算不上美麗的花朵，片刻，傾身俯首，就著她的手叼住那朵花，輕輕含住。

豔紅綻放在他的薄唇間，涼涼的，有些苦澀。

虞靈犀輕巧一笑，拉著他的衣襟踮起腳尖，仰首吻住了他唇間的花。

風起，樹影婆娑。芳澤輾轉，淡紅的花汁順著唇瓣淌下，又很快被舐淨。

風停，陽光越過高牆灑落他的眼底。

寧殷抬指抹了抹她如鳳仙花一般豔麗的唇，附耳道：「這蜜汁，不如歲歲的甜。」

虞靈犀眸光瀲灩，氣喘吁吁道：「陛下，注意言行。」

寧殷笑得很是愉悅。

鬧了這麼一通，虞靈犀累了，便拉著寧殷尋了快乾淨的石階坐下，將頭靠在他寬厚的肩頭。

片刻，只聞涼風拂動積葉的窸窣聲響。

寧殷垂眸，靠在肩頭的美麗皇后已然輕淺睡去。陽光越過高高的牆頭，鍍在她的上半張臉上，眼睫和髮絲都在發光。

寧殷記憶中的冷宮，只有無盡的黑暗和陰冷。

但現在，有光。

在這裡睡覺會著涼，寧殷索性抄住她的膝彎，將她整個抱起，往坤寧宮的方向行去。

紅牆金瓦，宮人紛紛避讓叩拜，一襲朱袍的年輕帝王抱著他的皇后跨過伏地的宮人，旁若無人，一步一步穩穩走過漫長的宮道。

微風拂面，金色的披帛長長垂下，如同金霧飄散。虞靈犀腰間的龍紋玉佩與寧殷腰帶上垂掛的瑞兔香囊相碰，輾轉廝磨。

輕微的顛簸中，虞靈犀迷迷糊糊哼了聲。

「寧殷。」

「嗯。」

「別怕。」

「……嗯。」

斜陽照在他們身上，長長的影子合二為一，雋美如畫。

事事皆如意，歲歲常安寧。

日日復年年，直至永恆。

——《嫁反派》正文完——

番外一、歲月悠長

新帝登基做的第一件大事，便是迎戰北境燕國，驅外敵平邊境。

四月中，虞家父子奉旨領兵出征。

長龍蜿蜒，隊伍最前的虞煥臣一身白袍銀鎧，胸口貼著妻子所贈的護心鏡，手中扶持的戰旗在風中獵獵張揚。

這面戰旗，是臨行前歲歲親手遞給他的。

十七歲的妹妹一襲織金鳳袍立於宮門下，眉目明麗澄澈，噙著笑對他說：「斬敵祭旗，靜候父兄凱旋。」

虞煥臣知曉，她要讓敵人的血染透戰旗，讓疲敝已久的王朝震懾四方。

她要讓虞家借此機會立功揚名，永遠屹立於朝堂之上。

多麼宏偉的願望！

當初妹妹與天下最危險的男人互通心意時，虞煥臣曾心懷憂慮。

他告訴妹妹，希望她永遠不要捲入權利的漩渦。

而今方知，竟是錯了。

歲歲有淩駕於權力之上的勇氣與眼界，不知不覺中，由懵懂少女變得璀璨耀眼，光芒萬丈。

既如此，虞家願做星辰拱衛明月，永遠守護在她身後。

永遠。

初夏在潮熱的雨水中悄然來臨，虞靈犀遷了宮殿。

坤寧宮畢竟是馮皇后住過的地方，寧殷每次來都頗為嫌棄，正好昭月宮收拾好了，她索性搬了過去，更寬敞也更安靜。

雨下得這樣大，不知父兄出征的隊伍到哪裡了。

戰爭從來不是一件簡單的事，可若不立威，往後數年乃至於十數年，定會騷亂不斷不得安寧。

仗要打，民心也要收攏，虞靈犀花了一晚上與寧殷「徹夜交流」，總算減了百姓三年賦稅，恩威並施才是長久之道。

只是如此一來，國庫便略微緊張，裁減宮人節省下來的銀兩並不夠龐大的軍費開支。

瑞獸爐中一線白煙嫋散，宮婢輕輕搖扇。

虞靈犀正倚在美人榻上思索法子，便聽殿外遠遠傳來些許爭執聲。

「何人在說話？」虞靈犀問。

胡桃出去瞧了一眼，不稍片刻回來，稟告道：「娘娘，是翠微殿的乳娘在外頭跪著，好像是小皇子生病了。」

虞靈犀忙了這些時日，倒忘了宮裡還有個剛周歲的稚童。

她起身出門，便見乳娘遠遠地跪在雨幕之中，衣裙盡濕，佝著背努力用紙傘護住懷中高熱不醒的小皇子。

見到一襲織金宮裳的美麗皇后，乳娘立刻膝行向前，小心翼翼道：「求娘娘開恩，救救小皇子吧！」

眾人皆知新帝並非良善之人，沒有處死小皇子已是莫大的恩惠，哪還敢來他面前晃悠？是故稚子燒了一天一夜，乳娘焦急之下，只能鋌而走險來求皇后。

虞靈犀將乳娘和小皇子帶去了偏殿，又命人去請太醫。

灌了湯藥過後，小皇子的呼吸總算不那麼急促，臉上的潮紅也漸漸褪了下來。

「妳去將濕衣換了，讓小皇子在本宮這兒睡會兒。」虞靈犀對乳娘道：「等雨停了，妳再帶他回去不遲。」

難得皇后人美心善，乳娘千恩萬謝地退下。

虞靈犀端詳著榻上安睡的小皇子，剛周歲的孩子什麼都不懂，脆弱得像是一折便斷的葦草。

她順手給小皇子掖了掖被角，起身繞過屏風，便見一條高大的身影負手跨入殿中。

寧殷今日穿了一件玄色的常服，更襯得其人俊美冷白，不可逼視。他帶著閒庭信步的散漫，拉著虞靈犀坐下，開始慢慢捏她的腰窩。

寧殷下裳有些濕了，暈開些許暗色，靴子上也濺著幾點不太明顯的泥漬，不知從哪裡回來的。

虞靈犀坐在他腿上，按住他青筋分明的手，咬著氣音質問：「你去哪兒了？一身水汽。」

「挖墳。」

寧殷的聲音輕輕落在耳畔，伴隨突然炸響的雷電，頗有幾分陰森森惡人之態。

虞靈犀懷疑自己的耳朵被雷聲震壞了，抬手碰了碰他潮濕清冷的眉目：「挖什麼？」

「墳。」寧殷順手拿了個核桃，五指一攏，在一片「嘎嘣嘎嘣」的碎裂聲慢悠悠道：「老畜生下葬，皇陵的陪葬品埋在地下也是可惜，不如挖出來充作軍費。」

「……」

虞靈犀總算明白寧殷為何一登基就敢迎戰，原來早有打算。

「值多少錢？」虞靈犀最關心此事。

「維持一年軍費綽綽有餘。」寧殷挑了兩片完整的核桃肉塞入虞靈犀嘴裡，笑得特別純良，「順便把幾個絕戶的宗親墓室，也一併挖了。」

譬如西川郡王寧長瑞，那頭肥豬生前就好色斂財，陪葬品可是豐厚得很吶！

見寧殷一副暴君姿態，虞靈犀既好笑又覺得解氣。

令戶部頭疼不已的軍費問題，就在伴隨著雷電的挖墳中悄然結束。

又一聲驚雷炸響，宛若天邊戰車滾過。

屏風後頭的小皇子驚醒，發出帶著哭腔的囈語。

虞靈犀立刻從寧殷膝上起來，快步走到榻邊坐下，輕輕拍了拍小皇子的胸口安撫。

寧殷起身跟了過來，一臉陰冷嫌棄：「什麼東西？」

「小皇子生病了，剛喝了藥。」虞靈犀放輕聲音，「外頭雨太大，留他在此休息片刻。」

寧殷黑魆魆杵在那兒，看了半晌，道：「掐死得了。」

乳娘換了衣裳進門，猝不及防聽到新帝這句話，登時嚇得腿一軟，撲倒在地。

「陛……陛下恕罪！」乳娘幾乎整個身子貼在地上，抖如風中枯葉。

「噓。」虞靈犀抬指壓在唇間，示意她不要出聲。

待小皇子重新睡去，她方起身，拉著寧殷的手邁出偏殿。

身後，乳娘如蒙大赦，連滾帶爬地跑去裡間，抱住榻上那團脆弱的生命。

回到正殿，虞靈犀摒退宮人，然後回首看著寧殷道：「好啦，他才剛周歲，連話都不會說呢！夫君若是不喜，我倒有個法子。」

一個月後。

虞府多了位小孫兒，據說是虞家某位親信部將的遺孤，故而收養在虞煥臣膝下，改名虞瑾，希望他心性純潔，品性高尚。

離宮那日，乳娘對著皇后所在的方向重重磕了三個響頭。

她知道，能讓這個原是犧牲品的孩子改名換姓活下來，已是莫大的恩惠。

她會將孩子的身世爛在肚子裡，帶進棺槨中，願一生一世燃著青燈祈福，乞求皇后娘娘長命百歲，無病無災。

從此世間再無小皇子，只有將軍府養孫虞瑾。

六月底，虞家軍首戰大捷。

捷報傳來當日，蘇莞分娩，順利誕下女兒虞瑜。

雙喜臨門，虞靈犀高興極了，親自挑選了長命鎖、老虎鞋等小禮物，去虞府探望嫂嫂和剛出生的小姪女。

乳娘小心翼翼抱著虞瑾前來請安，告訴他：「瑾兒，這是妹妹。以後待你長大，要一輩子保護她，可知？」

虞瑾伸出斷胖的小手，朝著搖籃裡的嬰兒指了指，咿咿呀呀道：「嗚……妹、妹！」

這孩子學會的第一句話既不是阿爹，也不是阿娘，而是妹妹，一時間屋內的人都撲哧笑了起來。

「這倆孩子投緣，將來感情定然極好。」虞靈犀淺笑，看向乳娘道：「好好照顧本宮的姪兒。」

一句親切的「姪兒」令乳娘眼眶濕紅，不由跪拜，連連稱「是」。

蘇莞躺在榻上，面色豐潤了不少，悄悄拉了拉虞靈犀的手指，問道：「歲歲也成親小半年了，打算何時添喜呀？」

虞靈犀一怔，隨即彎眸道：「我與他尚且年輕，不急。」

蘇莞表示理解：「也對，皇上剛登基，定是日理萬機。」

何止「日理萬機」，晚上也沒閒著。

煮飯的頻率不算低，可寧殷從未提過想要孩子，似乎除了虞靈犀本人以外，世間再無值得他去關心留意的東西。

孩子的事，隨緣便可。

八月初八，灼人的暑熱漸漸褪去，夜風中已帶了秋風的微涼。

一輛低調寬敞的馬車自宮門駛出，停在原先的靜王府階前。

繼而車簾撩起，一襲緋紅裙裾的紅妝美人踏著夜色從車上下來，展目望著靜王府威嚴穩重的牌匾。

寧殷一身深紫錦袍緊跟其下，玉帶勾勒出勁瘦矯健的腰肢，慵懶道：「歲歲今夜雅興，想要與我故地重遊？」

還打扮得……這般嬌豔奪目。

寧殷以摺扇敲了敲掌心，不由思索這襲紅裙撕碎在凝脂之上的盛況。

虞靈犀思緒飄散至遙遠的過去，斂了斂神，側首笑道：「今天，是你我初見的日子。」

寧殷明顯怔了怔，而後以摺扇碰了碰虞靈犀額頭。

「記錯了。」他慢悠悠糾正，「我與歲歲初見，是在兩個月後。」

天昭十三年十月秋，欲界仙都初見，他與她是暗與光的兩個對立面。

「沒有錯，是今日。」虞靈犀輕聲道。

上輩子的今日，她被迫描眉妝扮按入轎中，抬進了攝政王府，見到了那個拄著拐杖的、不可一世的男人。

寧殷一頓，隨即散漫一笑：「歲歲說哪日便是哪日。只要妳開心，天天是初見日也未嘗不可。」

虞靈犀滿足地彎眸，沒有過多辯解。

她提裙踏上石階。早有侍衛將門推開，燈火鋪地，將她纖細的身影映得明豔萬分。

虞靈犀回首，緋紅的裙裾隨著夜風蕩開輕柔的弧度，朝寧殷嫣然一笑：「我命人備了宵食酒水，快過來。」

寧殷站在階下，一陣熟悉之感湧上心頭。

熟悉到彷彿許久許久之前，他就曾擁有過這抹溫柔的亮色。

蒼穹如墨，撒落萬點銀星。

即便寧殷不住在靜王府了，這座宅邸依舊日夜有人灑掃，層臺累榭幽靜巍峨，和離去時並無太大差別。

岫雲閣紗簾輕蕩，案几上美酒陳列，瓜果飄香。

八角宮燈下，虞靈犀跪坐一旁溫酒，一舉一動嫻熟優雅。

寧殷靜靜看著，有什麼朦朧的畫面劃過，與眼前之景重疊。

泛黃的燭影中，似乎也有個人這樣為他溫酒烹茶。只是那道纖弱的身影跪得極低，下伏的上身凹出嫋嫋誘人的腰線。

她雙手將茶盞呈上，低眉斂首，纖長的眼睫不安地顫動著，讓人忍不出想要觸碰她眼尾的柔軟與脆弱。

寧殷的確這樣做了。

被溫涼的指節觸碰眼尾時，虞靈犀下意識眨了下眼睛，好奇道：「怎麼了？」

一語驚起漣漪，斑駁泛黃的畫面褪去，視野重新變得明亮清晰，面前的紅妝美人姝麗嫣然，並無半點謹小慎微之態。

寧殷順手接過她溫好的梅子酒，置於鼻端輕嗅，半垂的漆眸呈現出愉悅的閒散之態。

「歲歲很瞭解我，知曉我許多祕密。」他緩聲道：「彷彿多年前，妳我便已是舊識。」

聞言，虞靈犀斟酒的動作遲鈍了須臾。

她也是幾個月前才知曉，那味九幽香的藥是寧殷的母妃餵他喝過的，除此之外再無旁人知曉。可笑的是，她重生後於欲界仙都撞見寧殷，手裡就拿著那份剛買的九幽香……

無論如何，這一點她無法給出合理的解釋。

然而安靜了許久，寧殷專注地淺酌，並未追問。

反倒是虞靈犀按捺不住了，捧著溫熱的酒杯問道：「既然我知曉你許多祕密，那你可曾懷疑過？」

懷疑麼，自然是有的。

他本就不是什麼毫不設防的傻子，最初與她相遇之時，每時每刻都活在懷疑之中。

現在看來，那些疑慮是如何一步步被瓦解的，他卻是想不起來了。

「我渾身上下，還有哪處是歲歲不知曉的？」寧殷乜了虞靈犀一眼，如願以償看到她面頰上浮現出羞惱，「別說是幾個祕密，便是要我去死，我也死得。」

「又說這種話，怪嚇人的。」虞靈犀抿了口酒水，笑著看他，「都說禍害遺千年，你可要長長久久活著。」

「活那麼久作甚？」寧殷嗤之以鼻的樣子，「只要比歲歲多活一日，便足矣。」

虞靈犀一開始以為他是在和自己較勁。

靜了片刻才反應過來，他說「多活一日」並非在比長短，而是用一日安排後事，便下去陪她。

以死亡為諾，滿口瘋言瘋語、生殺予奪，但這就是寧殷獨有的剖白方式。

杯盞中的梅子酒折射出淺金的光，映在虞靈犀澄澈的秋水美目中。

她放下杯盞，像是下定決心般，淺笑問道：「寧殷，或許我們上輩子真的見過呢？」

話一出口，連她自己都覺得荒謬。

寧殷單手撐著腦袋，看著她默然片刻。

虞靈犀被那雙漆黑上挑的眼睛看得心虛，忙道：「我開玩笑的，你……」

「上輩子，我們相伴終老了嗎？」寧殷彎著眼睛，轉動杯盞的酒水問。

未料他竟然將這荒誕的話題接了下去，虞靈犀有些意外地「啊」了聲。

「或許沒有。」她從回憶中抽神，輕聲喟嘆道：「因為上輩子有缺憾，所以才給我們此生彌補的機會。」

寧殷不知想到了什麼，愉悅一笑：「那上輩子的寧殷，一定很想殺了現在的我吧。」

輕飄飄戲謔的一句話，卻在虞靈犀心中砸出無限的悵惘來。

她想了想，若是前世的寧殷知曉現在的寧殷如此圓滿幸福，大概，真的會嫉妒到殺人。

不過這是不可能發生的，一切都已重新來過，上輩子的那個世界已然不復存在。

好好的初見日，虞靈犀並不想弄得如此傷感。

「今日的星辰很亮。」她將視線投向高閣之外的天幕，伸出纖白的手指，「你瞧，天空好像觸手可及。」

寧殷喜歡看她笑。不知為何，就是想讓她多笑笑。

他將酒水飲盡，挑著眼尾笑道：「歲歲若是喜歡，來日命人在宮中建座摘星樓，可夜夜觀賞。」

虞靈犀莫名覺得，寧殷此言頗有暴君風範。

她被逗笑了，眨了眨柔軟的眼睫道：「我才不要。樓閣太高，爬上去得累斷腰。」

寧殷這樣的人，若旁人說花費人力財力去造高樓，乃昏君行徑，他定然不屑一顧。

但虞靈犀說爬樓太累，他便多少捨不得了。

「寧殷。」虞靈犀眼底蘊著雀躍，小聲喚他，「你坐過來。」

寧殷放下杯盞，挪過去，順手攬住虞靈犀的腰肢揉了揉。

若是文武百官瞧見殺伐果決的新帝如此乖順聽話，約莫會驚掉下巴。

兩人面對著閣樓雕欄，眺望無邊月色。

「因為有心愛之人在側，所以才會覺得星辰美。」虞靈犀側首，以指描繪寧殷冷冽的眉眼，笑著告訴他，「有你在身邊，沒有摘星樓也是快樂的。因為衛七的眼睛，比星星漂亮。」

寧殷喜歡她紅唇輕啟，咬字輕柔地喚他「衛七」。

寧殷的過往裡有無盡的血仇與黑暗，而衛七是全心全意，獨屬於「小姐」的少年。

疾風蕩過，岫雲閣的紗簾紛紛垂下，遮擋了四面月光。

一陣清脆的裂帛之聲後，燈影搖晃，很快恢復平靜。

寧殷眸中蘊著繾綣癡狂，杯盞傾轉，將溫熱的一線酒水倒在那枚小巧凹陷的鎖骨中，然而傾身俯首，虔誠地將那小潭積酒輕舐乾淨。

中秋之後，再傳捷報。

虞家父子所領二十萬大軍以破竹之勢，將燕人趕回烏蘭山以北，逼得其新王不得不遞降書，許以三千牛羊議和。

這些年來被燕人大大小小劫掠走的糧草，都以牲畜的方式討回。

軍報一經傳回朝廷，百官俱是額手稱慶。

二十年了，自漠北一戰，衛朝總算又在虞淵的帶領下再獲全勝。

虞家軍班師回朝的之時，正是天高雲淡的初冬時節。

陽光打在他們的鎧甲上，折射出金鱗般的光澤，威風赫赫。京中百姓幾乎傾城而出，夾道歡呼。

接風宴上，虞靈犀一襲織金裙裳高坐在鳳位之上，看著父親和兄長將那面滄桑染血的戰旗歸還，眼裡蘊開驕傲的笑意。

這場戰爭比她預計的，還要提早半年結束。如今朝中士氣大漲，邊境騷亂平定，待商貿通行，萬邦來賀的太平盛世或許真能實現。

虞家父子平疆有功，寧殷當即宣布加封虞淵為一等定國公，位列公卿之首，蔭及後人。

為此，朝中少數幾位老臣頗有微詞。

虞家雖然立下戰功赫赫，可畢竟是皇后娘家人，易有功高震主之嫌。

虞靈犀早料到會有幾個人不滿，只是礙於寧殷的脾氣不敢說，與其藏著掖著，不如直接捅破。

「願父兄匡扶社稷，勿忘君恩。」虞靈犀含笑望向虞家老少兩個男人，一字一句道：「如有背棄之行，必褫爵奪職，本宮亦與之同罪，甘願領罰。」

她表明態度，清越的聲音迴盪在大殿，滿朝文武再無二言。

虞煥臣向前一步，朗聲道：「臣，謹遵娘娘懿旨！」

寧殷靠著龍椅椅背，望著身側的虞靈犀，只覺得她真是耀眼極了。

宴席進行到一半，虞煥臣便匆匆趕回府邸去見妻女。

風塵僕僕闊別半年多，他甫一進門，便抱起聞聲出來的妻子，攬著她的腰旋了一圈才放下。

「辛苦了，阿莞。」

他揚眉笑著，親了親蘇莞的額頭。

虞煥臣從不在外人面前做親暱之舉，是故這一親情不自禁，弄得蘇莞紅了臉頰。

「我挺好，你行軍在外，才是真正的辛苦。」蘇莞嗓音輕輕柔柔，一雙大眼睛裡泛起了喜悅的濕意。

半晌，她想起什麼似的，匆匆擦了擦眼睛道：「對了，快來看看你的女兒。」

蘇莞牽著虞煥臣的來到內間，搖籃裡，粉雕玉琢的小嬰兒正睜著大眼睛，咿咿呀呀地蹬著小腿兒。

「眼睛真大，像妳。」

身高腿長的虞煥臣蹲在搖籃邊，小心翼翼地朝女兒伸出一根手指，小嬰兒立刻握住了他略顯粗糲的指節。

虞煥臣笑了起來，滿心憐愛。

夫妻倆正挨在一起陪伴女兒，便見門外踉踉蹌蹌出現了一抹小身影。

虞瑾已經一歲五個月了，正是練習獨立走路的年紀，乳娘偶爾會放他自己在廊下走走。

見到這個清秀安靜的孩子，虞煥臣很快轉過彎來，問道：「這是……那個孩子？」

「是。」蘇莞對這個孩子頗為垂憐，解釋道：「他很聽話，就是身子弱了些，想來是從小沒了娘的緣故。」

說到這，她掩唇懊惱：「失言了，如今我就是他的母親呢。」

虞煥臣「嗯」了聲，放緩面色，朝門口有些膽怯的孩子招招手道：「虞瑾，過來。」

虞瑾不認得他，縮在門板後沒有動。

虞煥臣便起身大步走過去，蹲在他面前與之平視：「虞瑾，認得我嗎？」

虞瑾蹬蹬往後退了兩步。

「這小孩，莫不是有啞疾？」虞煥臣頗為受傷，問妻子。

「別胡說，他現在能說好多話呢。」蘇莞道：「定是你太可怖，將他嚇著了。」

虞煥臣摸了摸自己這張臉，年輕英俊，不嚇人啊。

不過小孩兒本就敏感，何況這孩子從出生那一刻開始就捲入漩渦中，不得一刻安寧。又或許，是他剛從戰場回來，身上的煞氣衝著虞瑾了。

虞煥臣點點頭，起身準備退開些，慢慢培養感情。

他剛起一身，便覺袖子上傳來微不可察的一點阻力，順著袖子往下看，是虞瑾鼓足勇氣拉住了他。

小孩兒的手那樣小，那樣柔軟，仰著頭，眼巴巴看著他。

虞煥臣的心忽然柔軟起來，抬手摸了摸虞瑾的腦袋，低低道：「別怕，以後我就是你爹了。」

轉眼到了年底，虞靈犀端著小手爐，去浮光殿找寧殷。

剛到殿門口，就見內侍一臉苦楚地迎上來道：「娘娘，您總算來了！」

「怎麼了？」

虞靈犀朝內望了一眼，果然見跪了三四名文臣，氣氛安靜得近乎詭譎。

這片詭譎中，為首的那人鬚髮皆白，正顫巍巍伏地道：「先帝駕鶴已近一年，臣斗膽以死相諫……」

寧殷從奏摺後抬眼，慵懶道：「好啊，那就請孫卿去死一死吧。」

孫大人：「……」

虞靈犀：「……」

「怎麼，光說不動？」寧殷輕嗤道。

這語氣……

不用問，定是這群言官閒著沒事做，惹著寧殷了。

隆冬天，孫大人已經是汗流浹背，惴惴不敢言語。

虞靈犀適時邁了進去，先是朝寧殷微微一笑，而後回首道：「孫大人，陛下和你開玩笑呢，還不快退下。」

孫大人等人這才如蒙大赦，忙不迭叩首告退。

殿門在身後關緊，隔絕了皇后幾聲壓低的告饒。

孫御史腿一軟，險些跌倒在地。

旁邊的兩名下級忙攙扶住他，心有餘悸道：「孫大人進諫便進諫，萬不該以死相挾，陛下那性子……唉，還好皇后娘娘來了。」

「是啊，陛下雖有梟雄手段，但性子實在偏執恣睢。」另一個人左右四顧一番，壓低聲音嘆道：「亦正亦邪，也只有娘娘能壓制得住他。」

幾人面面相覷，終是長嘆一聲：「女菩薩啊。」

虞靈犀坐在寧殷身邊，瞥了被丟在炭盆中燒掉的奏摺一眼，笑問道：「孫御史如何惹你了？」

御史臺裡都是寧殷的人，只要沒做太出格的事，他們一向唯寧殷馬首是瞻。

寧殷張開一臂，將她攬入懷中慢悠悠揉著，涼颼颼道：「一把老骨頭，不撞個南牆，便不知斤兩。」

寧殷不細說，虞靈犀也猜得到。

方才隱約聽孫御史提到一句「先帝駕鶴已近一年」，和喪期有關，又涉及到寧殷自身的，無非是皇家開枝散葉的事。

寧殷喜怒無常且「不近女色」，眾臣定然不會蠢到讓他擴充後宮。何況選妃之事須得皇后同意，虞靈犀沒聽到消息，自然和選妃無關。

那便只可能是，催皇帝陛下生個孩子了。

她這邊分析得頭頭是道，寧殷的眸色卻是越發幽深。

「笑得這般開心。」寧殷彎起了眼睛，視線懶洋洋往下，「不妨讓別的嘴也笑笑。」

說話間，他單臂箍住虞靈犀的腰，手一壓，纖細的身軀便仰面躺下，杏眸中滿是震驚。

朱筆和奏章掉了一地，後腰被龍案磕得有點疼。

虞靈犀反應過來，忙不迭低聲告饒：「我錯了我錯了！寧殷……」

不多時聲音已是漸漸細碎，模糊難辨。

屋內時不時傳來東西摔落的「吧嗒」聲，外頭候著的宮人縮了縮脖子。

天氣越發寒冷，過了近一個時辰，殿門才再次打開。

皇后娘娘慢吞吞走了出來，約莫是跪久了，走路的姿勢有些許不自然，眼尾也殘留著淺淡的濕紅，我見猶憐。

宮人忙向前搭了把手。

娘娘為言官求情觸怒龍顏，定是被陛下苛責遷怒了……唉，真可憐。

除夕前下雪了。

雪飄了一夜，宮道飛簷俱是白茫茫一片，極目望去如瓊瑤仙境，壯闊無比。

每年冬季多有雪災，奏摺一封接著一封送入浮光殿。

賑災說起來簡單，真要做好難於登天。因受災之地天高皇帝遠，瞞報、錯報者無數，地方官商勾結沆瀣，私吞災糧換錢的情況更是屢禁不止。

寧殷一襲玄衣坐在龍椅之上，等文武百官都吵夠了，方一掀眼皮道：「將義倉中的陳年米穀都搬出來，由虞煥臣負責押送災區，戶部派人跟著，按人丁發放。」

他一個字也懶得多說，聲音和外頭的雪天一樣冷：「如有差池，諸位除夕夜就不必掛燈籠了，把人頭掛上吧。」

說罷，掐著時辰退朝離去。

留下朝臣面面相覷，繼而炸開鍋來。

「災區餓殍遍地，陛下竟然拿沒人要的陳米爛穀去賑災，未免有失仁德，會讓天下人寒心哪。」

「咱們陛下，殺伐用兵乃是頭等的好，唯獨這懷柔之策……唉！」

這片喧鬧之中，唯有領命押送賑災糧的虞煥臣面色如常。

因為押送過賑災糧，所以他才明白皇帝為何選擇陳米賑災。這個年輕的帝王雖陰晴不定，暴戾恣睢，但不得不承認，他的目光永遠淩駕於庸人之上。

皇上頒布賑災之事的消息，很快傳到了昭雲宮。

一開始聽到寧殷竟用口感極差的陳米賑災，虞靈犀的確小小驚訝了一番。

但很快，她想明白了其中緣由，嘴角不由揚起贊許的弧度來。

「娘娘，您怎麼還笑呀？」仗著殿中無人，胡桃心疼起自家主子來，「自災情傳來，您擔心得好幾夜沒睡好，生怕皇上會失了民心。現在朝廷用陳米賑災，不是失民心的行徑麼？您做的那些努力，也都白費了。」

聞言，虞靈犀眼含笑意，解釋道：「妳不懂。對於災區的百姓來說，能填飽肚子已是萬幸，根本沒力氣去在乎吃進去的是陳米還是新米。」

「難道因為災區百姓不在乎，所以就這般糊弄麼？」胡桃不理解。小姐素來良善，這可不像是她的性子呀！

「不是的。皇上用陳米賑災，對付的不是災民，而是那些想發國難財的地方官吏。」虞靈犀坐在榻上抄經，金裙蜿蜒垂地，柔聲道：「因為陳米口感差，根本不值幾個錢，所以才不會被居心叵測的貪官倒賣牟利。而一份新米的價錢可換五份陳米，又可多救許多許多人。」

這是個一舉兩得的法子，看似不近人情，實則將人心拿捏得極準。

不過，回頭得讓百姓編幾首童謠傳頌，可不能讓寧殷白白被人誤解。

胡桃恍然大悟，咋舌道：「不愧是皇上……不對，不愧是娘娘看中的人！」

虞靈犀見她將自己也一同誇進去了，不由輕笑：「妳自跟著入宮以來，這嘴倒是越發能說會道了。」

明明前世在攝政王府裡，她還老實得跟隻鵪鶉似的。

「都是娘娘教得好。」胡桃擱下茶盞，抱著托盤嘿嘿笑道。

傍晚烏雲沉沉，宮中內侍和宮女忙著灑掃積雪。

因老皇帝死了還不到一年，寧殷也懶得與朝臣虛與委蛇，今年並未設宮宴，只掛上幾盞新燈便算過年。

他披著玄黑的大氅，朝皇后所在的昭雲宮行去，像是長長宮道上濃墨重彩的一筆。

他今日特地穿了那雙鹿皮靴，踩在積雪上，發出碾碎人骨般的嘎吱聲。內侍們聽得毛骨悚然，大氣不敢出一聲，他本人倒是享受得緊。

剛路過花苑的月門，便聞一聲驚呼。

一名小宮女從門後絆出，手中的提燈咕嚕嚕滾落寧殷腳下，熄了。

小宮女立刻斂首跪拜，慌張道：「奴婢雲香，無意衝撞陛下，請陛下恕罪！」

這宮裡，敢對新帝自報家門的人可不多。

寧殷面上不露喜怒，虛目睥睨，頗有仙人之姿。

他的視線自靴尖上掃過，上頭濺了一點不甚明顯的燈油。

又瞥了牆角的梅樹一眼，上頭編織了喜慶的吉祥結，掛了幾盞漂亮的小燈，頗為新穎。

「妳做的？」輕緩的聲音自頭頂傳來，帶著霜雪的清寒。

「是。」

說罷，雲香咬著唇，顫巍巍抬眼，露出一張精心打扮過的姣好臉龐。

她是家中庶女，奉父親之命進宮的。

如今帝后恩愛無比，後宮虛設，斷了所有重臣送女兒、妹妹入宮為妃的念頭。父親便曲線救國，想盡法子將她變做宮女，只盼能接近帝后伺候，為家族傳遞消息。

「手挺巧。」未等雲香欣喜，便聽那道清冷的聲音再次傳來，「掰折吧。」

雲香一僵，臉色瞬間褪為煞白。

寧殷站在階前，忽而停下腳步，在內侍驚悚的目光中彎腰，伸指將靴尖上的那點油印仔細擦了又擦。

眉間冷鬱更甚。

昭雲宮，虞靈犀還有最後一頁經文沒有抄完。

見到熟悉的身影出現在晦暗的天色中，她抬眼笑道：「坐吧，桌上給你暖著茶水呢。」

寧殷剛挨過來，虞靈犀便察覺到他身上徹骨的寒意。

她遲疑片刻，停下筆道：「賑災之事我已聽說啦，你處理得極好。本朝皇帝那麼多，不乏有所謂的英主明君，可他們誰也不及你的方法實在。」

寧殷曾說，他是個涼薄之人，缺乏共情，便是眼前屍山血海也激不起他半點憐憫。

但虞靈犀知道，他那另闢蹊徑的手段，遠比徒勞無功的「共情」更實用。

聞言，寧殷笑了聲：「歲歲每日換著法子誇人，不累？」

玩笑歸玩笑，可眼底的凌寒刻薄到底消散了不少。

虞靈犀也笑了：「說幾句實話而已，有何好累的？」

寧殷將她手中的毛筆抽出，捏了捏她的腰肢：「那做點累的事？」

最近虞靈犀葵水剛過，又因賑災之事未能睡好，兩人已有半月不曾同房了。

腰穴被按住，虞靈犀軟了身軀，忙按住他的手岔開話題道：「別鬧，還要回府跨年呢。」

她早計畫好的，今年要與寧殷在靜王府過年。

或許是前世的緣故，她對此處頗有幾分留戀。反正今年宮中不能設宴，索性與寧殷回府圖個清靜。

何況，這是重生以來與寧殷一起過的，第一個新年。

靜王府換上了簇新的花燈，暖光白雪交映，光河流轉，總算有了幾分家的溫馨。

淨室外間地熱暖和，馨香如春。

虞靈犀與寧殷比肩坐在雕花月門下，賞雪守歲。

旁邊的小爐上溫著辛香的屠蘇酒，案几上擺著茶點宵食，燈下美人裹著嚴實的兔絨斗篷，正伸手去接天上的飛雪。

「以前聽阿娘說，只要於除夕夜接住一片完美的雪花，在它未化之前許願，來年便能實現。」話音未落，她接到一片極美的八角雪花，立即高興地拿給寧殷看，「快許願！」

可是已經來不及了，雪花已經在指尖融化。

虞靈犀正有些失落，便見寧殷傾身過來，張唇含住了她指尖的水珠。

他墨眸上挑，鎖著虞靈犀的訝然和淺笑。

他不信鬼神，他的願望就在眼前。

子時一到，煙火自府門外竄天而去，在夜空中綻開一片荼蘼。

煙火的光點與碎雪齊落，分不清哪個更為絢爛。

「子時了。」虞靈犀微微一笑，「新春吉樂，寧殷。」

恰逢煙火炸開，半邊天空被映得瑰麗無比。那光落在寧殷的眸中，明滅不定。

「子時已過，」他一本正經的模樣，欺身說著不正經的低語，「該壓歲了。」

煙火熄滅。

下一刻再亮起，碎雪如絮，兩人的唇緊緊貼在一起，鍍成相貼的兩道剪影。

淨室暖霧氤氳，蕩碎一池漣漪。

大雪不知不覺停了，外間的酒水已然涼透。而室內落地花燈的暖光，一直亮到了寅時。

上元節休朝一日，恰逢寧子濯與虞辛夷定親之喜。

虞靈犀換了尋常的打扮出宮，剛進虞府大門，就見寧子濯手拎著兩隻嘎嘎撲騰的大雁，在羽毛飄飛中邁著輕快的步子，屁顛屁顛前來下聘請期。

小郡王比虞辛夷小兩三歲，整日樂呵呵無憂無慮，是故及冠之齡了，身上還保留著當初春狩初見時那股乾淨燦爛的少年氣。

虞辛夷一襲戎服如火，在雞飛雁叫中大步而來，忍無可忍道：「寧子濯，你又搞什麼？」

「定親啊。」小郡王頗為驕傲地將綁了紅綢花的大雁奉上，「我親手打的大雁，養了一個冬天，就為了今日呢。送妳！」

尋常人家定親，有送大雁為聘的舊俗，寓意此生忠貞不渝，不離不棄。

但一般門第高的人家，會用金銀打造一對大雁紋器具，再不濟集市上花幾錢銀子也能買到一對。像小郡王這般親自去捉雁下聘的，倒是稀罕。

「難為小郡王有心，郡王妃還不快收下？」虞靈犀在一旁笑吟吟打趣。

虞辛夷只好接過大雁，丟籠子裡關起來，世界霎時安靜。她嫌棄歸嫌棄，可眼底的笑意怎麼也騙不了人。

一頓午膳的功夫，兩家其樂融融地商議妥當，將婚期定在四月初十。

黃昏時，低調寬敞的馬車停在虞府階前。

虞靈犀聽到動靜出來，果見半撩開的簾子後，露出寧殷那張冷白俊美的臉。

「事情都處理完了？」虞靈犀將手撐在車輿上，探進頭看他，「還未用晚膳吧，進來一起吃點？」

寧殷傾身湊了過來，隨意道：「上元佳節，就不怕令尊令兄掃興？」

「怎麼會？你不僅是一國之君，更是我夫君。」虞靈犀糾正他。

她知曉寧殷對「家人」並無多少情感，參與家宴這等事，於他看來無非是浪費與她獨處的時間。

遲疑片刻，虞靈犀笑道：「你稍等我片刻。」

她回了虞府，片刻提了個食盒出來，彎腰鑽進馬車。

馬車緩緩朝市集行去。

微微的搖晃中，虞靈犀將食盒擱在案几上，打開最上一層：「這是阿娘親手做的奶黃糕。」

再打開一層，黑瓷碟盛放六色精緻的茶點。

「這是寧子濯和阿姐定親時給的團喜果。」

虞靈犀如數家珍，將最後一層打開，卻是兩碗冒著熱氣的元宵。

「上元節要吃元宵，團團圓圓。」

虞靈犀眼含笑意，給了寧殷一碗。

即便他不能理解闔家之歡，她也會將自己的快樂分他一份。

寧殷不太愛吃黏膩的東西，但這一碗撒著桂花的元宵，他卻慢條斯理吃得乾乾淨淨。

馬車駛了兩刻鐘，打在車簾上的燈火越發耀目明朗。

撩開一看，喧囂的火光撲面而來，他們已到了燈市的坊牆之下。極目望去，十里光河流轉，照耀著京城百年如一日的繁華。

虞靈犀與寧殷約定了兩輩子的賞燈夜遊，歷經波折，今日終得實現。

「等等，燈市人多眼雜，先戴上這個。」

虞靈犀拿出早準備好的半截面具，直身往寧殷臉上比了比。

當黑色的半截面具覆住那雙漂亮上挑的眉眼，彷彿和當初那個被逼做人凳的打奴少年重合，欲界仙都前的狼狽猶在眼前。

那應該是寧殷不願觸及的回憶，虞靈犀忽然有了一瞬的遲疑，不著痕跡道：「我讓人重新換一個……」

話未落音，寧殷握住她的手道：「怕什麼？」

虞靈犀坦然道：「怕你不喜歡。」

寧殷笑了聲，伸手捏捏她的頸側。他這人素來狼心狗肺，還不至於這般脆弱。

何況只要是歲歲給他的，便是燒紅的烙鐵他也得戴上。

見寧殷真的不介意，虞靈犀方直起身，替他將面具罩好。

繫繩時為了方便操作，她稍稍挺身貼近了些，胸口柔軟的暖香就抵在寧殷的鼻尖。

他唇角動了動，用英挺的鼻尖蹭了蹭她的鎖骨處。

溫熱的呼吸和微涼的鼻尖對比鮮明，癢得很。虞靈犀手一抖，險些打個死結，忙胡亂繫了兩下，退開些許瞋他。

寧殷若無其事，伸出修長有力的指節，將半歪的面具扶穩。

街市鱗次櫛比，各色花燈成串掛著，從花果到動物，應有盡有。更有燈船蕩破水面，穿梭在京城河渠之間，瑰麗非常。

虞靈犀手提著一盞橘子燈，一手拿著新買的糖葫蘆，咬一口，酸得直皺眉。

果然夜市混雜，這些零嘴都是騙人的。

她按捺住捉弄的心思，瞥了身側負手而行的男人一眼，笑著將糖葫蘆遞過去：「你吃嗎？可甜了。」

寧殷的視線落在那串晶瑩嫣紅的山楂上，側首俯身，就著她的手咬了一顆，細細嚼碎。

他面具孔洞下的眼眸半瞇著，頗為享受的樣子。

奇怪，莫非他吃的那顆不酸？

虞靈犀不死心，也跟著咬了一口，隨即酸得打了個顫。

隨即反應過來，寧殷吃不了辣，對酸度的忍耐卻是尤為的強。

寧殷還欲俯身再咬，虞靈犀卻將糖葫蘆舉開了些：「別吃了，我騙你的，這東西酸得牙疼。」

寧殷頗不在意的模樣：「尚可，滋味比那些帶毒的好多了。」

記得寧殷說過，他小時候關在冷宮之中，曾被人以肉食引誘，惡意餵毒。

「或許歲歲用嘴餵，會更甜些。」寧殷點了點自己的唇，暗示得很明顯。

他致力於竟櫻桃醬、山楂醬等物抹在虞靈犀的唇上，再慢慢地由淺入深，一點點品嘗乾淨。

虞靈犀還惦記著他幼年被餵毒的事，左右四顧一番，勾著他的手指放低聲音：「回去給你餵。」

於是寧殷滿意地笑了起來，接過她手裡的糖葫蘆，嘎嘣嘎嘣咬著吃。

他不是喜歡回憶過往的人，裝乖賣慘，不過是因為喜歡她不經意間流露的心軟和心疼罷了。

虞靈犀何嘗不知曉他的小心思呢？

她暗中瞥了寧殷翹起的唇角一眼，眼裡也蕩開細碎的笑意。

兩人比肩徐徐走著，直至長街盡頭。

回宮後已是子夜，那盞橙黃的橘子擺在榻頭的矮櫃上，昏沉沉映出羅帳中兩道的身影。

「哐噹」一聲，碧瓷碟被打翻，山楂果醬染紅了榻邊衣物的輕紗。

自上元節歸來不久，虞靈犀的身子便有些不太對勁。

倒也沒什麼大症狀，只是畏寒嗜睡，做什麼都提不起勁。

這日太醫照常來請脈，隔著紗簾小小地「咦」了聲，隨後問：「恕老臣冒犯，娘娘小日子可準？」

太醫這麼一提醒，虞靈犀才想起來這個月癸水似乎還沒來，推遲了好幾日。

「娘娘脈象如盤走珠，確是喜脈無疑！」老太醫再三確認了番，方撩袍下跪道：「恭賀娘娘大喜！」

真乃天大的喜事！

胡桃眉毛都快飛上天，忙不迭和宮婢一同下跪，齊聲道：「恭賀娘娘大喜！」

虞靈犀下意識將手掌覆在肚子上，茫然地想：她要做母親了？

寧殷每次都會清理得很乾淨，她便心安理得地睡去，也不知哪次出了紕漏，讓這個小生命鑽了空子。

有些意外，但更多的是開心。

這是她與寧殷的孩子，是他們血脈的延續。

「本宮才剛懷上，待胎像穩定，再昭告天下。」虞靈犀含笑吩咐胡桃，「去支些歲錢點心，都有賞。」

寧殷從浮光殿趕回來時，虞靈犀正倚在美人榻上，吩咐內侍去虞府報喜。

見到寧殷進門，她立刻坐起身來，期許道：「你都知道了？」

寧殷大氅上沾著細碎的霜雪，看了她的腹部許久，方沉沉「嗯」了聲。

虞靈犀終於看出他的不對勁，那雙烏沉沉的眼睛裡，看不出絲毫類似欣喜、驚訝的情緒。

雖說寧殷一向如此，叫人猜不透內心，但這種時候還這般喜怒不形於色，未免就讓人擔心了。

「怎麼了，寧殷？」虞靈犀拉住寧殷的手，仰首道：「你我要做爹娘了是件大喜事，該笑笑。」

他的指節硬朗而微涼，手背好看的青筋微微凸起，彰顯著生殺予奪的力量。

寧殷解了大氅丟在一旁，坐在虞靈犀的身邊，而後極慢、極慢地將她擁入懷中。

他擁得那樣緊，像是害怕失去什麼。

虞靈犀感受著他無聲洶湧的情緒，半晌，輕而堅定地轉過身，直視寧殷幽深的眸道：「你在擔心什麼，寧殷？」

寧殷薄唇輕啟，慢悠悠道：「他身上流著我的血。」

「是。」虞靈犀頷首，「他是我們的結合，自然流著我們的血液。」

「他會折磨妳。」

生產前吸食血氣，生產後索取乳水。若是和寧家人一樣流著野獸的髒血，那長大了，亦會繼續折磨她。

虞靈犀怔愣，隨即明白過來：寧殷是擔心這孩子繼承了他的涼薄與瘋狂，忌憚這孩子和他一樣，對生母產生不了絲毫感恩敬畏。

在寧殷心裡，父子、母子從來都不是什麼光明偉大的象徵。他沒有感受過溫暖，也無法產生舐犢之情，沒人教過他這些。

從某種程度上而言，他厭惡自己的血脈勝過一切。更遑論，這條血脈是要以吸食他心愛之人的養分作為代價……

虞靈犀不知道寧殷心底，竟埋了這樣重的心思。

「不是這樣的，寧殷。孩子是希望的延續，而非苦難。」虞靈犀抬手貼住寧殷冷白的臉頰，一字一句認真道：「你要往好處想，他或許會有我的眉眼性情，你的聰慧強大，我們的長處會在這個孩子身上得到延續。或許他會有些小缺點，會調皮，不過無礙，我們會教他為人處世。我不是麗妃，你也不是先帝，他會有截然不同的性情和人生，不是麼？」

她一口氣說了許多，微微一笑：「我喜歡這個孩子。因為，是我與寧殷的孩子。」

寧殷看著她眼裡的光，那是從未有過的甜蜜希冀。

他嘗試去理解她的話。

「妳會難受。」寧殷遞了杯水給她。

虞靈犀就著他的手抿盡，滿足道：「有你陪著就不難受。」

寧殷這才扣了杯盞，將她攬入懷中。

寧殷本就是個心眼多過蜂窩的聰明人，只花了須臾，便明白了虞靈犀的意思。

但心中依舊略微不快，歲歲對他全心意的愛，要被這個小東西分走一半。

或許，還是個和他長得十分相似的玩意兒。

是故當虞靈犀問他，是希望生個小公主還是小皇子時，他毫不遲疑地回答：「女兒，生個小歲歲。」

強勢的話語，聽得虞靈犀撲哧一笑。

若是生個小衛七，難道還能將他塞回去回爐重造不成？

虞靈犀開始害喜，吃不下東西。

旁人懷孕都會豐腴一些，唯有她反倒瘦了，下頷都尖了不少。

「那種黑黑的藥，今日可以不喝麼？」

虞靈犀坐在榻沿，看著蹲身給她穿鞋的年輕帝王。

「不可。」拒絕得乾脆。

聞到熟悉的苦藥味，虞靈犀垮下雙肩，下意識抵觸。

寧殷擦淨手指，從宮婢手中接過藥碗吹了吹，淡淡道：「但今日的藥不苦。」

「真的？」

虞靈犀就著他的手抿了一勺，果有回甘，味道好了許多。

她是很久以後才知曉，這副安胎的藥方是寧殷與太醫院上下熬夜改良出來的，就為了能讓她好受些。

懷孕七個月時，正是暑熱剛退的初秋之時，虞靈犀腹中的胎動已是十分頻繁。

因被照顧得極好，她的身形並未走樣，面色健康白皙，手腳勻稱，唯有腹部高高隆起。暖黃的燈火下，她烏髮披散的模樣有著難以言喻的聖潔美麗。

夜間就寢前，寧殷會取了芙蓉玉露膏給她耐心塗抹肚皮，故而肚皮也是白淨光滑的，並無可怖斑紋。

他現在做這些已是十分順手，一點也沒有朝堂之上的恣睢凌寒。

此番擦拭膏脂，忽然小團東西自虞靈犀肚皮之下隆起，凸出拳頭大小的一塊。

虞靈犀肚皮一緊，忙不迭屏息笑道：「你瞧，他又動了。」

感受到她的喜悅，寧殷垂眸，好奇似的，將修長寬大的手掌罩在那胎動之處。

隔著薄薄的肚皮，那團東西滑過他的掌心，帶起一陣難以言喻的觸感，像是有什麼東西在那一瞬通過掌心，連接到他的心臟。

「他在和他父皇打招呼呢。」虞靈犀彎著眼眸，輕聲道：「可有意思了，是麼？」

寧殷撐在榻沿，湊近了些，鼻尖幾乎挨著她的肚皮，盯了半晌，方問道：「踢得疼麼？」

他這樣冷冽的人，連自己的身體都可漠視，唯獨捨不得她受一點痛楚。

「不疼。」虞靈犀笑道：「就是有點怪。」

說話間，那團小東西又踢了踢。

「小怪物。」

寧殷略微嫌棄地嗤了聲，等那團東西消停了，這才垂眸俯身，親了親虞靈犀光潔的肚皮。

肚子一天天變大，夜間睡覺便成了個問題。

虞靈犀睡得不甚安穩，有好幾次半夜醒來，都發現寧殷在悄悄替她揉捏後腰，化去痠痛。

十月中，腹中的小生命終於到了瓜熟蒂落的時候。

生產前，虞靈犀只提了一個要求：不許天子陪產，一步也不許靠近。

他會瘋的。

皇后順遂誕下一子，舉朝大喜。

昭雲宮，寧殷唇色冷白，如同完成任務般掃了繈褓中皺巴巴的小生命一眼，就將他交給了乳娘和嬤嬤。

他的視線重新落回虞靈犀臉上，接過宮婢端來的一盅雞茸粥攪了攪，啞聲道：「好了，我看過他了。」

虞靈犀知曉寧殷想要個女兒，如果能選擇，他會毫不遲疑地將自己身上的那半邊血脈扼殺，全換上妻子的血脈。

可這次，偏偏生了個兒子。

「長得像誰？」她就著寧殷的手抿了一口粥，側身看著乳娘懷中紅彤彤的小嬰兒，「他的眉目輪廓像你，嘴唇倒是和我極像。」

寧殷的嘴唇偏薄，不笑的時候有些不近人情。

聽虞靈犀這麼一說，寧殷這才多看了兒子幾眼。小嬰兒的上唇有枚小小的唇珠，的確與她很像。

其實剛出生的嬰兒五官還未長開，也說不準將來到底像誰，虞靈犀刻意這般說，只是想讓寧殷多看看他的兒子。

兒子也挺好的呀。

她活了兩輩子，都不曾有機會陪伴寧殷黑暗的稚童時期，能有個和寧殷生得相似的孩子彌補這段缺憾，一起守著他一點點平安健康長大，不失為一樁幸事。

「給他取個名字，可好？」虞靈犀耗盡體力，聲音也漸漸低了下去，眼皮一開一闔道：「我先睡會兒。」

寧殷擱下粥碗，一手托著她的肩，一手將她腰後的枕頭輕輕抽走，掖好被褥。

嬰兒在一旁哼唧，他從一旁的金盆中擰了溫熱的棉帕，低聲道：「抱出去。」

乳娘和嬤嬤不敢違逆，將小嬰兒抱去已提前收拾好的側殿餵奶。

寧殷垂眸，慢條斯理地給虞靈犀拭去身上黏膩的汗水，這才丟了棉帕，傾身提筆。

虞靈犀醒來的時候，寧殷已去上朝了。

案几上壓了一份灑金紅紙，上頭用遒勁的筆觸寫了十來個字，顯然是出自寧殷之手。

「這些名兒，都是昨夜娘娘睡著後，皇上獨自想出來的。」胡桃扶著虞靈犀坐起，取了衣裳給她裹上，悄悄道：「娘娘說的話，皇上都記在心裡呢。」

虞靈犀也是從胡桃嘴裡才得知，她頭胎生產了一整夜，寧殷便在殿外站了一整夜。

虞靈犀不許他靠近陪產，他便真的忍著不靠近。

「他沒傷著自己吧？」虞靈犀問。

她產子艱難，唯恐寧殷那瘋子也在他身上劃上一刀，好與她「感同身受」。

她知道，寧殷絕對做得出來。

「沒呢，皇上只是站著。」

胡桃說，她每次打開殿門招呼嬤嬤端水倒水，都會看見皇上黑沉的眼睛隨之一亮，直直望向垂紗飄動的殿內。

他披著一身寒夜秋霜，腳步釘在原地，可身體微微前傾，像是要掙脫什麼束縛陪去妻子身邊。

胡桃一向怕寧殷，因為他的心太硬太冷了，好像世間沒有什麼東西能夠擊潰他。但娘娘生產這晚，她卻驀然發現，不可一世的狠絕帝王原來也有軟肋。

聽胡桃絮絮叨叨說著這些，虞靈犀含笑柔軟的目光，所有的艱辛疲憊，都在此刻有了慰藉。

她執筆潤墨，在那十幾個字中圈出一個「容」字。

「咦，娘娘為何選這個字？」胡桃問。

「海納百川，有容乃大。希望我兒將來，是個心懷寬闊之人。」

虞靈犀想了想，又在「容」字旁邊添了一字，「這個，是他的小名。」

朝堂上，百官比自個兒生了獨子還高興，又是計畫祭天祭祖，又是建議大赦天下。

寧殷嫌他們吵得緊，直接下朝回了昭雲宮。

虞靈犀正抱著小嬰兒在榻上休息，半披散的頭髮柔柔垂下腰間，溫柔而美麗。

見到寧殷進門，她抬眸一笑：「回來了？小安剛睡著。」

「小安？」寧殷眼尾一挑，乜著眼睛睡成兩條縫的「小怪物」。

「我給他取的小名。平安的安，亦是『歲歲常安寧』的安。」

虞靈犀說這話的時候，嘴角有輕淺的笑意。

寧殷垂下眼眸。

剛開始看到這團降生人世的小東西時，他並無太大波瀾。

他還是無法愛這個孩子，他本就是個冷血涼薄之人，容不下第三個生命橫亙在他與歲歲之間。但小怪物是歲歲十月懷胎生下的，所以他會試著理解，然後接受。

現在虞靈犀將他們最甜蜜的記憶嵌入小怪物的乳名，那種血脈相連的「親情」，便有了些許模糊的輪廓。

「還是叫『小怪物』較為妥當。」他輕嗤了聲，面無表情戳了戳嬰兒的軟糯的臉頰，「長得這般醜。」

虞靈犀笑了起來：「他才剛出生呢！再過些時日便好看了。」

這點虞靈犀倒是十分有自信，她與寧殷的孩子，無論相貌如何融合，都不可能太差。

虞靈犀開始脹奶，疼得睡不著。

寧殷本就睡得淺，虞靈犀一翻身，他便醒了。

對上寧殷烏沉的眼眸，虞靈犀有些歉意，輕輕道：「你睡吧，我去讓嬤嬤過來推拿。」

寧殷按住了她的腰，沒有讓她離開。

「告訴我，如何做。」他道。

明白他的意思，虞靈犀愣了好一會兒，低聲道：「這如何行？一個時辰後你還要早朝……」

然而寧殷根本不聽她說話，從帳簾中伸出一條修長結實的手臂，抓起榻邊解下的外衣，裹在了虞靈犀的肩頭。

虞靈犀拗不過他，只好作罷。

寧殷推拿得很小心，半垂的眼睫在眼底落下一層陰翳，看不出情緒。儘管如此，虞靈犀還是滲出了細微的汗，攥緊了身下的褥子。

半晌，寧殷將裝滿的白玉碗擱在一旁，取來濕帕子冷敷。隨即垂首，輕而認真地吻舐她疼痛的地方。

燭火昏黃，鍍著兩道朦朧的剪影。

寧容一歲時，已經會叫爹娘，虞靈犀每天的樂趣，便是逗鸚哥似的逗著兒子說話。

寧殷偶爾處理完政務過來看她，總是待不到兩刻鐘，便不耐煩地將兒子提溜出去，順便反手關上殿門，將虞靈犀攬入懷中。

虞靈犀被他的鼻息弄得發癢，笑道：「你若得空，便幫我照看一下小安可好？」

虞靈犀知道，寧殷還是無法接受寧容占據她太多時間，哪怕，那是他親兒子。

索性趁這個機會，好好培養他們父子的感情。

第二日下朝，寧殷果然應約將寧容帶去了浮光殿。

虞靈犀愜意地鬆了口氣，目送寧殷抱著兒子出了昭雲門，這才吩咐嬤嬤道：「跟上，看著些。」

浮光殿中，奏摺堆積如山。

寧殷單臂抱著寧容進門，將兒子擱在了龍案上。

兩人大眼瞪小眼，簡直像一大一小兩個翻版。寧殷皺皺眉，四處觀望一番，視線落在一旁的圓肚瓷缸上。

瓷缸約莫膝蓋高，缸口很寬，剛好裝得下一個小孩。

他一把將裡頭的卷軸書畫提溜出來，再把兒子放進去，罩上外袍保暖，便坐下看起奏章來。

寧容自己待了會兒，見阿爹不與他說話，於是顫巍巍扶著缸沿站起，伸出斷胖的小手去搆案几上的奏摺。

撲騰得太用力，瓷缸搖搖晃晃一番，終是骨碌一聲倒下。

殿中的內侍看得心驚膽戰，想過來攙扶，又不敢自作主張，悄悄在心裡捏了把汗。

寧殷撐著太陽穴，眼也未抬，任由兒子裝在瓷缸中，骨碌碌滾了圓潤的一圈。

戶部尚書進來面聖述職，便見一口瓷缸裝著皇子殿下，在殿中詭異且愜意地來回滾動著。

尚書大人於心不忍，趁著跪拜時伸手，顫巍巍將瓷缸扶正。

墩地一聲，瓷缸總算安靜了，眾人的心也隨之落到實處。

小孩兒閒不住，又攥住戶部尚書的官袍袖子，好奇地玩了起來。

戶部尚書稟告完要事，小祖宗也沒有鬆手的意思，只好求救般望向年輕的帝王：「陛下，這……」

寧殷這才抬眼，拿起案几上的裁紙刀一劃。

一陣裂帛之聲後，斷袖的戶部尚書大人如釋重負地走出了大殿。

昭雲宮，虞靈犀睡了個安安穩穩的午覺。

她慢悠悠梳妝齊整，正準備出門去接兒子，便見派去盯著的嬤嬤哭喪著臉回來了，道：「娘娘，您快去看看小殿下吧！」

「怎麼了？」虞靈犀起身道：「皇上有分寸，不會做出什麼出格之事……」

話未落音，就見寧殷一身穿著殷紅的帝王常服，單手拎著一個東西踏斜陽歸來。

等他進了庭院，虞靈犀才發現他手裡提溜著的，是他們的兒子。

「……吧？」虞靈犀哭笑不得，將最後一個字補全。

三年之後，寧容四歲了。

這孩子極為聰慧，虞家兄妹還在玩泥巴的年紀，他已將啟蒙的書籍背得滾瓜爛熟，學什麼都極快，聰明乖巧得不像個稚童。

唯有一點，他不太親近寧殷。

有一天，虞靈犀發現寧容捉了一隻螞蚱，拿在手裡將牠的翅膀和蟲足一根根拔掉，再欣賞牠在地上徒勞掙扎的模樣時，她終於發覺了不對勁。

「牠沒了手足，就不能擁抱牠的孩子了，甚是可憐。」虞靈犀沒有喝止責備，而是蹲下來與兒子一同看著地上那隻斷翅斷足的螞蚱，「若是阿娘的手也被人拔去，小安會如何？」

「那就重新黏上。」

寧容聲音稚氣，抿唇撿起撕裂的蟲足，試圖將牠們黏回去。

自然無果，他開始慌了。

虞靈犀摸了摸兒子的小腦袋，告訴他：「生靈並非衣物，破了可以縫補。有些傷害一旦造成，便會永遠存在。」

寧容垂著頭，小聲道：「孩兒明白了。」

「洗洗手吧。」虞靈犀淺淺一笑，「我們去找父皇玩兒。」

寧容挖了個坑，將螞蚱埋了起來，悶悶道：「孩兒不去。」

「為何？」虞靈犀有些訝異。

「父皇不喜歡我。」

稚氣的童言，卻在虞靈犀心中落下沉重的回音。

晚上就寢，虞靈犀同寧殷說了白天發生的這件事。

她想了想，靠著寧殷的肩問他：「寧殷，若你有機會回到過往，你會對兒時的你說什麼？」

寧殷何其聰明？他當然明白歲歲此言何意。

他無法再改變過去什麼，但他可以改變寧容。

寧殷不知該如何表達。

他這一輩子所有的善念，都給了歲歲，而對小安，只有愛屋及烏的移情。

「睡吧。」他若無其事，捏了捏虞靈犀的後頸。

第二日，虞靈犀自晨曦中醒來，便聽庭院中傳來了窸窣的聲響。

她好奇地披衣下榻，出門一看，只見昭雲宮前的紅葉下，寧殷與寧容相對而坐，各拿了一把匕首在削竹篾。

一旁的石桌上，還擺放了漿糊、魚線等物。

一大一小兩道身影，像是照鏡子般動作劃一，賞心悅目。

見到她出門，寧容眼中總算升起孩子氣的笑來：「阿娘！快看！」

他舉起了手中歪歪扭扭紮著的竹片。

虞靈犀抿著笑走了過去，織金裙裳在陽光下拖出耀眼的光澤，溫聲提醒道：「別傷到自己……」

「割疼了手指，他自己會記住教訓。」寧殷放緩語氣，屈指點了點身旁的位置，「坐。」

於是虞靈犀坐下來，撐著下頷，看著父子倆忙碌。

寧殷教小安做了青鸞紙鳶。

是他兒時被麗妃狠狠拽下來踏碎的，也是當年虞靈犀親手與他放飛的紙鳶，承載著他從黑暗到光明的兩段記憶。

現在，他把它教給了小安。

紙鳶搖搖晃晃飛上天，一大一小，一支精巧漂亮，一支粗糙稚氣。

「父皇，我飛得比你高！」

小孩兒得意洋洋，漂亮的黑眼睛裡滿是陽光，早忘了昨日的孤僻與低落。

寧殷漫不經心地拉了拉魚線，毫不留情地譏嘲他：「你那支做得太破，遲早會墜下。」

寧容不服氣，邁著小短腿滿宮跑了起來，宮人一窩蜂地追著他，小心護著。

他跑得那樣快，沒有冰冷的黑暗，沒有不透風的高牆，沒有任何東西可以束縛阻止他的步伐。

虞靈犀笑著笑著，將腦袋埋入寧殷的懷中，擁緊了他的腰肢。

寧容擁有許多，但寧殷只有歲歲。

寧殷似乎察覺了虞靈犀那點細膩的情緒波動。

他一手拉著魚線，一手張開，順勢將她攬入懷中。

「我待他好，是有目的的。」寧殷俊美的臉浸潤在陽光下，嗓音恢復了一貫的閒散，「把小怪物打發走，歲歲便是我的了。」

說罷，他放開了魚線，軸輪飛速轉動，紙鳶越飛越高。

虞靈犀的身子驟然騰空而起，不由環住寧殷的頸項保持平衡，問道：「你做甚？」

「通乳。」

「……」虞靈犀瞪他，「小安都四歲了，斷奶三年了！」

「哦，通別處也可。」

見虞靈犀氣得翹腳尖，寧殷便低低悶笑起來。

殿門關上，搖落幾片楓葉。青鸞紙鳶越飛越高，成了湛藍天空中一抹絢麗的小點。

歲安九年，七歲的寧容被冊立為太子。

皇帝在風華正茂之年冊立太子，這是前所未有的。有幾個愛操心的文臣長吁短嘆，說什麼「先帝就是子嗣單薄，才會引發諸多動亂」……

話裡話外，自是希望皇上多生兩個孩子，將來立儲也能有更多選擇。

但隨著寧容的長大，朝中的擔憂聲漸漸消弭。無他，只因太子殿下太過優秀！

他繼承了他父皇的聰明與果決，卻又不似他父皇那般陰戾涼薄，小小年紀已能將朝中局勢摸得一清二楚，張弛有度，實乃明君之範。

歲安十七年，十五歲的太子開始親政，深得擁戴。

歲安十九年，皇帝禪位於太子，攜皇后遷居行宮。

離宮那日，正是春和景明的三月天。

宮牆之上，六位朝氣蓬勃的少年比肩而立。

虞瑜眨著琉璃色的明眸，問道：「小姑母還會回來麼？」

「會的。」虞瑾微微一笑，回答道。

寧玠頗為豪爽地拍了拍寧容的肩，笑出一顆小虎牙：「怕什麼，有我們陪著陛下。」

周澍與虞璃才十二三歲，年紀尚小，只是似懂非懂地看著兄姊們。

晴空萬里，宮牆之上的六位少年擊掌為盟。

文臣武將，氣吞山河。自此欲搏江山為土，捏一個屬於他們的太平盛世。

行宮，閒雲野鶴掠過池影。

亭臺旁梨花正盛，堆雪如雲。

「衛七，我們換個地方可好？」虞靈犀湊近吹了吹寧殷滿身的落花，笑道：「這花雖美，落在身上太惱人。」

寧殷摩挲著酒盞杯沿，低沉道：「過來，為夫替歲歲清理乾淨。」

虞靈犀一見他笑得這般，便知定然不懷好意。

她剛要躲開，卻被一把攬住腰肢。

男人垂首，用唇一點點將她身上的落花摘取乾淨。

風吹梨雪，漫天飄白，落入成對的杯盞之中，泛起淺淡的漣漪。

浮雲閒散，歲月悠長。

番外二、前世

寧殷剛弄死老皇帝，登上攝政王之位，趙徽便送來了一個女人。

彼時舉國大喪，禁絲竹宴飲，但並不妨礙趨炎附勢的小人往上爬。一場「珍寶鑑賞會」，各家都拿出了鎮宅之寶，削尖了腦袋取悅年輕陰鬱的攝政王。

廳堂因各色珍奇的陳列而熠熠生輝，寧殷撐著太陽穴而坐，蒼白修長的手指隨意抓起一顆雕工極精細的翡翠白菜。

在獻寶者欣喜的目光中，他五指一鬆，翡翠玉發出令人心顫的碎裂聲，四分五裂。

繼而是綴寶石的虎耳金杯，再是紅玉珊瑚擺件……

毀壞是一件愉悅的事，破碎的各色玉石飛濺，也只配讓攝政王聽個響兒。

「不過是些死物，俗物。」寧殷掀起眼皮，漆眸如冰，「也配拿來糊弄本王？」

那群面孔由得意變為心疼，繼而灰敗。只有一個人例外。

趙徽拖動臃腫的身形跪伏向前，諂媚道：「臣兵部主事趙徽，有一稀世珍寶，舉世無雙，不敢私藏，願贈與殿下賞玩。」

當天夜裡，趙府用一頂不起眼的紅紗軟轎，送來了一位紅妝緋裙的妙齡少女。

「此乃臣之外甥女，原是將軍府么女，出身高貴不凡。其父母亡故後，臣見其身世可憐，便收養於膝下，養於深閨，一向是當親女兒教導照看的，不似那些不正經的女子汙穢……若得殿下垂愛一二，留在殿下身邊執箕帚，也算是她三生修來的福分。」

先前趙徽那廝的阿諛之言猶在耳畔，倒是沒有說謊。

當真是，極美的一張臉，一襲如火的紅裙近乎刺目。

寧殷披著單衣進殿時，她正跪伏在地上，柔軟的烏髮自耳後分開垂落，漂亮脆弱的頸項延伸至衣領深處。

再往下便是單薄的雙肩，纖腰凹出誘人的弧度，不盈一握，但該有肉的地方卻是一點也不含糊，隔著衣物也能看出，裡頭是怎樣冠絕於世的妙曼風華。

雨夜陰冷，左腿的陳年舊疾隱隱作痛。

寧殷以食指慢慢點著座椅扶手，審視著腳邊跪伏的身影：「叫什麼名字？」

他的聲音輕飄飄帶笑，卻沒有絲毫溫度。

少女自然聽出來了，呼吸顫抖地開口：「虞……」

嗓子緊得很，她艱難地咽了咽，方輕啞道：「虞靈犀，『靈犀一點』的靈犀。」

姓虞啊，難怪。

寧殷虛目，以手杖抵住她的下頷：「抬起頭來。」

金屬質感的手杖底部抵在下頷上，帶著寒入骨髓的涼意，虞靈犀明顯一顫，攥緊手指，緩緩抬頭。

果然是哭過了，眼尾紅紅。

外邊秋雨瑟瑟，她的周身卻像是籠罩著一層柔光，脆弱而奪目。

很好，大雨天最適合殺人了。

這天下有多少人想巴結他，就有多少人想要他死。送過來的女人不是美人計，就是刮骨刀，他絕不會讓她們活著見到第二日的朝陽。

不管虞靈犀背負何種「任務」，也不會例外。

拇指一按機括，手杖底部的利刃毫無徵兆地刺出。

燭火猛烈搖晃，殿外秋雨疏狂，影子在地磚上張牙舞爪地晃動。

薄如秋水的利刃抵在頸側，虞靈犀濕紅的杏眸中一片沉寂。

沒有尖叫求饒，她自始至終都是柔弱且美麗的，只問了一句：「若我死了，可會連累姨父一家？」

她的反應真是枯燥至極，寧殷略微不悅，語氣也陰冷了幾分：「若不盡興，本王會將他們都殺光。」

說罷，他盯著虞靈犀的眼睛。

然而意料之中的恐懼並未出現，她像是得到了想要的答案，抬手握住了拐杖下的刀刃。

纖白的手指上，刻著族徽的獸首戒指折射出凜冽的寒光。

這是一個反抗的姿勢。

寧殷流露出幾分興味，幾乎下意識要刺穿虞靈犀的頸項。

吧嗒。

一滴淚順著她的下頷淌下，濺在刀刃上，發出清越之聲。

寧殷眼底嗜血的興奮，如潮汐般漸漸褪去。

他看透了她的心思。

這女子故意作勢反抗，一心求死，是想拉著趙家共沉淪……

也對，趙府將她當做禮物獻給自己，她自是怨透了他們。

「膽子不小啊，敢借本王的手殺人。」

寧殷氣極反笑，攥住了她握著刀刃的手腕，力氣大到幾乎要將她纖細的腕骨捏碎。

虞靈犀吃痛，迫不得已鬆開了手，跌坐在地上，殷紅的血珠順著瑩白的指尖滴落，綻開朵朵血梅。

寧殷不悅，極其不悅。

他這人天生反骨，虞靈犀眼巴巴求死，他反而不願給她個痛快。

攝政王瞇著眼滿心陰戾，改了主意。

秋雨下了一夜。

寧殷下榻時，臉色慘白得沒有一絲人氣。

將頭枕在椅凳上淺眠的少女立刻驚醒，直身看著他。剛醒的攝政王還未來得及偽裝情緒，皺著眉，整個人冒著森然的寒意。

他盯著虞靈犀，想起來還有這麼個玩意兒存在。

虞靈犀還坐在冰冷的地磚上，被他盯得渾身發怵，像是被蒼狼按在爪下的獵物，只剩本能的顫慄。

「今天王爺會殺我嗎？」

她顯然一夜未眠，弱不勝衣之態，暈開的紅妝襯著蒼白的面色，別有一種頹靡之美。

寧殷前後轉了轉修長的手掌，手背青筋微微凸起，輕而易舉就能捏碎人的骨頭——

昨夜，虞靈犀已經領教過他非人的力道了。

她下意識藏住腕上青紫的指痕，便聽攝政王冰冷的笑聲傳來：「回來就殺妳。」

寧殷如願以償地看到虞靈犀的眼睫抖了抖，這才拄著手杖滿意離去。

比殺死獵物更有趣的，是陷入生不如死的恐慌。

一想到回來時就能看到她那張慘澹枯槁的臉，看著她在絕望中凋零，攝政王總算泛起了些許病態的愜意。

殿中。

知道了自己的死期，虞靈犀忽然就安心多了。

府中侍從並不知道這女子是何來歷，畢竟從未有哪個「禮物」能在攝政王的身邊活過一夜。他們疑惑且忌憚，所以當這位貌美近妖的少女禮貌地請他們送些吃食和清水進來時，侍從們不敢拒絕……

傍晚，寧殷殺了幾個不聽話的朝臣歸來，便見那紅裙少女梳妝齊整明麗，正坐在寢殿的椅中，吃得唇角都是糕點。

不錯，她的確在吃東西。

胃口相當不錯。

寧殷站在門口，就這麼陰惻惻地望著她。

虞靈犀一臉「終於來了」的平靜，依依不捨地放下最後半塊的糕點，將四個吃空的盤子細心疊起，擦淨嘴唇，整理好裙裾，這才遠遠地朝著寧殷垂首跪下。

「多謝王爺款待。」

儼然是吃飽喝足，準備好上路了。

寧殷陰沉著臉，一步一步朝她走去，手杖敲擊在地上，發出催命符般的「篤篤」聲。

她絞著手指，半垂的眼睫隨著他特殊的腳步聲而一顫一顫，看起來並沒有面上表現得那般平靜。

寧殷抬起手杖，抵住了她纖細的脖頸。

虞靈犀閉上了眼睛。

鋒利的刀刃距離她脆弱的肌膚不過毫釐，只需輕輕一劃，她的身體就會開出猩紅的花來。

然而沒意思。

殺死一個等死的人，不會獲得任何快意，他厭惡被人拿捏的感覺。

「叮」的一聲，手杖底部的刀刃收了回去。

虞靈犀仍緊緊閉著雙目，不敢直視結果。

明明是個嬌弱得他單手就能扼死的東西，哪兒來的勇氣「視死如歸」？

寧殷嗤笑一聲，一個陰暗念頭的浮現心頭。

「妳如今的樣子，和死人也沒有什麼差別了。」

寧殷單手拄著手杖俯身，另一隻手捏著虞靈犀的下頷，強迫她睜眼。

他盯著她瀲灩的眼睛半晌，忽而輕聲道：「本王對戮屍沒有興致，走吧。」

那雙枯寂的杏眸倏地瞪大，迸發出亮光來。

她飽滿的紅唇微啟，似要問什麼。

寧殷瞇了瞇眼，慢悠悠道：「我說走，沒聽見？」

他……真的要放自己走？

這無疑是個巨大的誘惑，虞靈犀看了他許久，遲疑著，緩緩起身。

寧殷交疊雙手拄著玉柄鑲金的手杖，耐心且溫柔，等待她飛奔而出的狂喜。

每次那些人送女人過來，他喜歡故意放鬆警惕。

然後在細作按捺不住露出破綻之時，再親手，將她們的希冀連同生命摧毀。

寧殷已經能預料到接下來的畫面了。

虞靈犀的竊喜很快會被驚慌取代，繼而是刀刃下的苦苦哀求。當發現哀求無用，她會於絕望中破口咒罵……

諸多情緒如花般盛開在她美麗悽惶的臉上，然後，戛然而止。

寧殷耐心等待著。

但虞靈犀走到門邊，又慢吞吞轉了回來，垂首斂目站在原地。

寧殷眼底的興味沉了下去。

「就這麼想死？」他問。

虞靈犀輕搖玉首，細聲道：「王府之外，亦是另一個囚籠。民女只是覺得，繼續生不如死的生活，不若死個乾淨。」

這女子無趣到極致，反倒顯得有趣。

於是他笑了，極輕地一聲嗤，像是毒蛇吐信。

他越過緋裙纖弱的少女，緩步踱到椅子旁坐下，陰暗中越發顯得蒼白的臉頰如鬼魅般陰寒，不緊不慢道：「妳知道本王的手段？」

虞靈犀沒吭聲，一時拿不準該點頭還是搖頭。

「以妳的姿容，最適合剝下完整的皮囊掛在簷下，做成美人燈。」寧殷倒是自己接上了話茬，指腹摩挲著手杖的玉柄，「為了保證皮囊顏色不損，得活著剝。」

他一字一句，故意說得優雅而清晰。

虞靈犀將頭垂得更低了些，兩片眼睫如鴉羽輕顫，握緊了十指。

狠了狠心，加大手勁。

昨夜她握住刀刃時傷到了手，未經處理，傷口很快又滲出鮮血來，順著指縫滴落在地磚上。

虞靈犀望著掌心的傷痕，許久，抿了抿朱唇道：「民女身上有傷，破壞了人皮的完整，剝出來的燈恐會漏風。」

言外之意：可否能換種死法？

寧殷對她的油鹽不進嘆為觀止，心中的耐性已然到了極致。

他靠著椅背，覷摩了她半晌，溫柔道：「過來。」

虞靈犀遲疑了一瞬，還是撐著幾乎要發軟跪下的膝蓋，一步一步輕移至陰鷙俊美的攝政王面前。

看不清是如何動作，只覺頸項上一陣冰冷，寧殷掐住了她的頸項。

說是「掐」其實算不上準確，因為寧殷修長有力的手指貼在她的細頸上，看起來並未使勁兒。

可不知為何她就是喘不上氣，空氣瞬間變得稀薄。

虞靈犀的臉頰漸漸浮現出瑰麗的紅，像是瀕死前熱烈綻放的花。她張開了唇徒勞呼吸，卻並未掙扎。

又來了，這種故意激怒他後「視死如歸」的平靜。

寧殷像是捏著一團沒有生氣的泥人，索然無味地鬆開了手。

虞靈犀眼角微紅，立刻撐在地上急促喘息。

柔軟的烏髮自她耳後垂下，像是一汪傾瀉的潑墨，襯得她瑩白的面容吹彈可破，脆弱無比。

這麼個看似嬌弱，實則敢拿捏他心思的女人多難得啊，順從她的心意殺了她，未免太可惜。

寧殷溫柔地伸手，將她散亂的鬢髮別至耳後，有了新的主意。

自那以後，寧殷每次從寢殿出來，都能看見那女人遠遠跪在廊下，弱聲問：「王爺今日會殺我麼？」

若他說「會」，則虞靈犀會想盡法子過好生命的最後一日，然後收拾好儀容，安安靜靜等死。

但每次，寧殷都不會殺她。

他在等，等她心理防線潰敗的那日。

半個月後，虞靈犀還活著。

寧殷甚至默許侍從：不管她提什麼物質要求，都儘量滿足。

這是王府中從未有過的優待，一時間諸多侍從都對虞靈犀肅然起敬，覺得她大約要飛上枝頭變鳳凰了……

可惜這隻「鳳凰」並不爭氣，在提心吊膽了許多日後，一病不起。

寧殷忙著排殺異己，等到回想起已然多日不曾有人前來請安詢問「殺不殺我」時，虞靈犀已經沒幾口活氣了。

榻上的病美人呼吸微弱，如失去養分的花朵般迅速枯萎，乾裂的嘴唇急促張合著，發出含混的囈語。

寧殷拄著手杖俯身湊近，才聽見她喚的是「爹娘」。

她說她好冷，想回家。

「虞家墳塚連山，妳已經沒有家了。」寧殷毫不留情地嗤笑她。

他難得有閒情雅致，端起案几上一只缺口的瓷碗，掐著她的臉頰，將裡頭兜碗底的一點茶水強行灌進了她嘴裡。

雖然那茶又冷又渾濁，大部分都順著她的嘴角淌入了衣領中，可還是震驚了一片侍從。

自離開欲界仙都，寧殷已經很久不曾服侍過別人。

並非憐憫作祟，他這個人六親不認，連親爹都能虐殺，早沒了七情六欲。

蜘蛛會將墜入網中的獵物養肥，再一口吞下，享受極致的美味。但若獵物還未等到養肥就死了，未免太掃興。

他的心，可比蜘蛛狠多了。

有了寧殷的默許，虞靈犀很快好轉起來。

不出半個月，她已能下地走動。

也不知是虞靈犀病糊塗時夢見了什麼，亦或惦記著什麼未完成的任務，病好後，她的求生意志便強了許多。

偶爾，她會大著膽子為寧殷烹茶煮酒，卻不再眼巴巴詢問她的死期，雖然依舊羸弱，可眼裡的光彩顯然明亮了許多。

她現在惜命了，很好。

在一個陽光和煦的深秋，寧殷掐準時機，把她叫到自己面前。

案几上已經擺好了一碗暗褐色的湯藥，從旁邊壓著的藥方上那十幾味毒蟲、毒蛇的名字來看，這藥定然十分駭人。

「本王近來煉毒，缺一個試藥人。」他交疊雙手靠在座椅中，微抬下頷示意她，「喝了。」

猝不及防，虞靈犀只剩下怔忪。

她早該明白，惡名遠揚的攝政王不會輕易容納她的，這些時日的安靜平和，也不過是水月鏡花一場。

寧殷對她的反應頗為滿意，那張精緻如芙蓉的臉上總算浮現出洶湧交疊的情緒，而非一心求死的木然。

果然養了一個月再下手，滋味要美妙許多。

寧殷說不清為何要費這般心思折騰虞靈犀，或許是對初見時幾次被她拿捏的報復，又或許，他只是單純地享受摧毀的樂趣，看到旁人痛苦，他便快活……

畢竟，瘋子有何道理可言呢？

「喝，還是本王餵妳喝？」

他以指節慢慢叩著手杖玉柄，那是他不耐的象徵。

引得攝政王不耐會有何下場，虞靈犀並不想知道。

她被逼著飲下了湯藥，枯坐了一會兒，哽著嗓子問：「這藥，去得快麼？」

「本王若知曉，還讓妳試什麼藥？」寧殷屈指抵著太陽穴，一本正經地胡謅，「快的話發作一刻鐘便過去了，慢的話……」

他故意拖長語調，懶洋洋陰森森：「……可就說不定了。」

虞靈犀點了點頭，然後坐到梳妝檯前，開始綰髮描妝。

即便是死，她也要乾乾淨淨、漂漂亮亮地去死，以最美好的姿態去面見泉下的爹娘兄姊……

一想到逝去的親人，淚水終於溢出，濡濕了她的臉頰。

寧殷的目光，饒有興致地跟著她的動作移動。

她背對著自己，飛快抹了把眼角，低頭幾度深呼吸，方紅著眼重新傅粉描眉。

藥效發作後，她搖搖晃晃起身，拖著沉重的身軀爬到榻上，仰面朝上，雙手交疊擱在胸前，等待死亡的來臨。

大病死過一回的人格外惜命，到底是不甘心的。

寧殷品味著她臉上隱忍的情緒，冷笑道：「有什麼遺言，趕緊說。」

虞靈犀想了很久，才於極度的渴睡中綿軟道：「我若做鬼，一定回來找王爺……」

說罷眼一閉，呼吸綿長，徹底陷入昏睡之中。

留下攝政王陰惻惻地坐在榻邊，恨不能將她掐醒。

他伸手比了比少女纖細的頸項，五指攏了攏，又鬆開，病態一笑：「好啊，等妳做了鬼，可千萬別忘了回來找本王。」

他那時並不知曉，多年後會一語成讖。

虞靈犀沒想到自己還有醒來的一日。

見到榻邊那張陰鷙的臉，虞靈犀心裡一緊，憋屈地想：莫非這陰晴不定的瘋子，追到地獄裡來折磨她了？

大概她此刻的神情太過茫然，瘋子難得說了句人話，撐著腦袋好整以暇道：「別看了，還活著呢。」

未等虞靈犀混沌的腦子清明，就聽低沉的嗓音再次傳來，病態且溫柔道：「把遺言接著說完，要回來找本王作甚？嗯？」

狠話放了，人沒死成。

虞靈犀百口莫辯，還有比這更糟糕的情況嗎？

寧殷坐在榻邊，興味盎然地看著虞靈犀哭了整整半個時辰。

她倒是識趣，在說什麼「遺言」都是錯的情況下，哭總是沒錯的。

霎時間劫後餘生的欣喜與委屈，還有壓抑不住的孤獨恐慌盡數湧上心頭，在她那雙濕紅瀲灩的眸中交疊浮現，化作梨花帶雨。

她哭起來沒有難聽的聲音，只是繃緊小巧的下頷，任由淚水湧出眼眶，沁入鬢中。

寧殷見過不少人臨死前的哭嚎，但沒有一個，哭得如她這般賞心悅目。

寧殷忽然間就找到了一點，比殺戮更有意思的樂趣。

這是第三次，他沒有殺虞靈犀。

虞靈犀以為自己得以苟活，是源於「毒藥」研製失敗。只有王府的親衛猜出，攝政王需要一個女人來充當門面。

因為只要王爺枕邊空虛，便會不斷有人送各式各樣的女人過來，殺多了，也就膩了。

而虞靈犀，無疑是個合適的人選。

寧殷是個精於算計的人，曾刻意在議事時召虞靈犀侍奉茶水。

誰料這女子只是乖順地充當背景，目光好幾次飄去窗外，寧可望著枝頭吵架的灰雀出神，也沒興致聽他說了什麼……

那副看似盡心盡力實則心不在焉的神情，絕非裝出來的。

她似乎把做金絲雀當成了一份差事，需要時上上崗，不需要時她便安靜地滾去一旁，絕不露面打擾。

論樣貌和識趣，她已是無可挑剔，寧殷對她的表現姑且滿意。

然而太順著他了，他又覺得無甚意思，總想逼得她紅一紅眼眶才算盡興。

寧殷腿疾畏寒，然而身軀又常年陰冷，便習慣泡湯池驅寒。

自從去年有內侍趁送沐巾的機會行刺，屍首弄髒了湯池，他沐浴時便不再留人伺候。今夜他卻特地命虞靈犀伺候他沐浴。

若她是誰家派來的細作，定然不會放棄這等千載良機，那他只能親手捏碎她的頸項了。

若她不是細作……

寧殷睜開眼，披著一身淋淋的水汽邁出浴池，朝虞靈犀緩步走去。

然而虞靈犀低眉斂首地捧著沐巾，連抬眼看他的勇氣也無，彷彿他的身軀是什麼難堪之物。

這膽子，估摸著和行刺無緣了。

寧殷坐在一旁的籐椅中晾著滴水的頭髮，瞥著她不安抖動的眼睫，忽而命令她：「進去洗。」

虞靈犀一怔，瞄了熱氣氤氳的湯池一眼，小聲道：「我已經沐浴過……」

「本王說，進去洗。」他稍稍加重了語氣。

少女立刻一顫，顫巍巍抬起細嫩的指尖，開始寬解束腰和繫帶。

葳蕤的衣裙層層堆積在小腿處，心衣裡袴包裹著妙曼的玲瓏曲線，如同花朵綻開極致的風華，熱度從她試水的足尖一路蔓延，燒紅了臉頰。

她的臉，天生就適合染上豔色。

無論是那日哭紅的眼睛也好，還是此時羞紅的臉頰也罷，都比那副懨懨提不起興致的平淡要有趣得多。

寧殷就這樣披著濕漉漉的長髮，一邊斟酒品味，一邊欣賞湯池中渾身泛紅的窈窕美人。

直到美人的皮膚泡得纖薄，人也暈乎乎順著石階滑了下去，咕嚕嚕浮出一串氣泡，他才慢悠悠放下酒盞，趕在她被溺死前將她撈了出來。

相安無事地度過一個月後，趙家開始蠢蠢欲動。

趙徽命人送了厚禮過來，擺出長輩關切的口吻道：「外甥女能得王爺垂愛，覓得良人富庶一生，姨父懸著的心總算能落地了，將來九泉之下，也能有臉與妳爹娘兄姊做個交代。都是一家人，還望外甥女常送家書回趙府，姨父也好燒給妳爹娘報平安……還有胡桃，那丫頭可時時想著妳呢！」

趙徽聲淚俱下，扼腕嘆息，虞靈犀卻只覺得譏誚。

姨父掛念的並非是她的家書，而是暗示虞靈犀利用近身服侍攝政王的機會傳遞消息，為他的巴結升官之路提供保障……

她不能不從，因為胡桃還捏在趙家的手裡。

雖說是個侍婢，但她的確是忠心耿耿陪伴虞靈犀走過艱難的，僅剩的溫暖了。

可惜，虞靈犀早已不是當初那個單純可欺的少女。

她轉頭就將趙徽的話轉告給了寧殷，並以此為理由，請求將胡桃帶來身邊服侍。

這樣，趙家就沒有拿捏她的把柄了。

「妳倒是會撿高枝。」

寧殷乜著跪坐奉茶的她，似是要從她眼中剖出答案，「抱上了本王的跛腳，就迫不及待將趙家踢開了？」

虞靈犀有些驚訝，隨即很快定下神來，舉著茶杯道：「王爺於我有不殺之恩，我只是不願受制於人，恩將仇報。」

她的嗓音輕軟乾淨，沒有奉承的甜膩，聽起來很舒服。

寧殷對她的識時務頗為滿意，不發瘋的時候，倒也好說話。

於是第二日，胡桃就被兩個牛高馬大的侍衛架著胳膊，拎來了王府。

今日外出打獵，別有用心之人在獵場中投放了本不該出現的野狼。寧殷養了兩年的獵犬與狼群搏鬥，受了重傷，已然活不成了。

他撫了撫獵犬的眼睛，然後當著虞靈犀的面，親手捏碎牠的頸骨。

他命人將獵犬做成標本，擺放在寢殿內。這樣即使愛犬死了，他也能日日夜夜看見牠，和活著時並無差別。

獵犬標本做好的那晚下了雨，寧殷的腿並不好受，臉色慘白如紙。

當年在欲界仙都，他被人洩露行蹤，落到寧長瑞的手中。那頭豬用盡卑劣的手段，車輪施虐、下毒，在耗盡他所有的體力後，再命人敲斷了他左腿腿骨，讓他像條死狗一樣在地上抽搐爬行。

那鐵錘上有尖刺倒鉤，敲斷骨髓帶出碎肉，不論如何診治都留下了難以消弭的後遺症。

寧殷習慣在雨天殺人，這是他唯一紓解疼痛的方式。

虞靈犀那侍婢進來奉茶，卻被牆上那獵犬標本的幽綠眼睛嚇了一跳，失手打碎了他慣用的杯盞。

清脆且突兀的碎裂聲。

他叩著桌面的直接一頓，慢悠悠睜開了眼。

約莫察覺到他眼底漸濃的殺意，一旁調香的虞靈犀忙起身擋在嚇得跪伏的胡桃身前，叱道：「還不快收拾乾淨？」

寧殷微瞇眼眸，蒼白的薄唇若有若無地勾著，那是他動怒的前兆。

虞靈犀知道他想殺人，而這殿裡除了胡桃就只有她，誰都逃不掉。

她貼了上來，放軟聲音，笨拙地分散他的注意力。

大雨夜舊疾復發，她不該妄圖安撫一個殺氣騰騰的瘋子。

寧殷幾乎下意識掐住了她的頸項。

她僵住了身子，一動不敢動，顫慄而美麗的瞳仁定定地望著他。

指下的頸側血管急促鼓動，活人的溫熱順著他冰冷的指尖蔓，如玉般溫暖細膩。

寧殷力道一頓，將另一隻手也攏了上去。

虞靈犀被掐在頸上的指節冰得哆嗦，卻不敢違逆。她察覺出他滿身病痛的陰寒，遲疑向前，先是握住了寧殷的手，再一點點貼近，試探著走入他的領地。

殿外夜雨綿綿，飄動的帳紗張牙舞爪。

黎明纖薄，雨霽天青。

寧殷睜眼的時候，有那麼一瞬的確動了殺心。

懷中之人烏髮如妖，眼睫上還殘留著濕痕，顯得脆弱而妖冶。

寧殷從不與人同宿，從兒時聽到那女人慘烈的哭聲起，他便厭惡極了這一切。

理智告訴他，他應該殺了這女人。任何能影響他的存在，都該從世上消失。

他嫌惡地伸手攏住她的頸項，而睡夢中的她一無所知。

陰惻惻盯了許久，他鬆了手，捏住虞靈犀的鼻子。

不稍片刻，她就被憋醒了，有些茫然地睜眼看他。

她的嘴唇是紅的，眼睛也是紅的，迷迷濛濛的樣子我見猶憐。

「把靈犀的腿也打斷吧，或者斷一隻手。」他索性放棄殺她，笑得溫柔，「這樣，便與本王相配了。」

虞靈犀知曉，他不是在說說而已。

這個失心瘋的人，是真的計畫著將她變做「同類」，長久禁錮身邊。

「斷了腳，不能為王爺起舞。」虞靈犀看著他，啞聲回答，「斷了手，不能為王爺按摩烹茶。」

「那便毒啞。」寧殷冷笑著按住她的唇，直將那飽滿的紅唇壓得沒了血色，才似笑非笑道：「省得這張嘴能言善辯，惹本王心煩。」
虞靈犀果然嚇得閉了氣。
然而寧殷沒捨得，畢竟昨夜某些時候，她的聲音還挺好聽，嬌得想讓人狠狠揉碎。
自那以後，兩人間似乎有了些變化，又似乎沒有。
變化的是虞靈犀服侍的時辰，從白天延伸到了偶爾的雨夜。不變的是，攝政王依舊涼薄狠戾，對她只有舊疾復發時的那點利用索取。
除了這點惱人之外，虞靈犀衣食住行的品質倒是穩步提升，大有直逼宮中後妃的規格。
有次寧殷不錯，興致來焉，問她想要什麼。
虞靈犀約莫還忌憚先前「毒藥」之事，唯恐希冀越大，便越會被他摧毀取樂，憋了半天，只憋出來一句：「想看上元節的花燈。」
這算是什麼要求？寧殷嗤之以鼻。
然而上元節宮宴，等待他的卻是一場鴻門宴。
那暗器的機括，險些刺中了虞靈犀的心臟。
寧殷殺了很多人，他從未親手殺過這麼多人。宮裡亂成一片，伏屍滿地，血流成河，殿前的御階被染成了腥臭的鮮紅色。
虞靈犀本可趁亂逃走，但她並沒有。
「為何要逃？」虞靈犀被他渾身浴血、宛若修羅的模樣嚇到了，仍是努力鎮定心神，「王爺權御天下，世間再沒有比王爺尊貴的靠山，再沒有比王府安適的歸宿，我沒理由叛逃。」

寧殷笑了起來，染血的笑容顯得格外癲狂。

虞靈犀說這話時，眼裡閃著明顯的怯。

但寧殷很滿意，她哪怕說的是假話，也是最動聽的假話。

去行宮避暑時，寧殷帶上了虞靈犀。

他們度過了一個沒有鮮血的酷暑，他取了個敷衍的假名「衛七」，讓她伴著遊山玩水。

然而穿上王袍，手染鮮血，他又成了那個令她不敢直視的攝政王。

虞靈犀也會如同別人家的金絲雀那般，學著做些刺繡女紅討好他，畢竟她一無所有，連命都不是自己的，能拿出來的誠意就只有這些。

寧殷從不佩戴，隨手就丟。讓那些粗製濫造的東西出現在他身上，是一件可笑的事。

虞靈犀也不在意，她總會做出新的信物來討好填補。

然而當侍從從榻下清理出一個針腳歪斜的香囊時，寧殷卻鬼使神差地接過，撣了撣灰塵，再一臉嫌棄地鎖入榻邊的矮櫃中。

一年多過去，他留下來的，只有這只遺忘在角落的香囊，和那雙舒適的雲紋革靴。

寧殷從不覺得虞靈犀有何特別。

就像是養隻乖順的小貓小狗，召之即來揮之即去，施以照顧，再冷漠索取。他的腿有舊傷，不能跪，就連雨夜的同榻而眠，都是虞靈犀主動貼身侍奉。

他生來冷血涼薄，不知「喜愛」為何物，不允許自己有任何軟肋。

他不會喜歡任何女人，包括虞靈犀。

寧殷惡劣地享受一切，卻並不擔心虞靈犀會離去。

因為她孑然一身，除了待在他親手打造的金籠子中，已經無處可去了。

直到這年的春日，趙府的一封密箋打破了平靜。

寧殷穿上那雙雲紋革靴，坐上前往趙府的馬車時，面上尚能掛著溫潤的笑意。然而當他親眼看見虞靈犀與薛岑站在海棠花下交談，所有的溫潤都化作了瘋長的陰暗殺意。

她喚他「岑哥哥」，美人君子雋美如畫，彷彿生來就該站在一起。

她眉尖微蹙，滿心焦急，那是面對他時從未有過的情緒。

而在王府時，她所有的眼淚、害羞、笑容，都是他逼來的。

寧殷陰沉著面容，慢悠悠開口，刺破花樹下和諧的畫面。

虞靈犀蒼白著臉為薛岑下跪，一如兩年前的秋夜，薛岑為她在大雨中跪了一夜。

寧殷看著他們青梅竹馬的默契，看著薛岑熟稔地護在她身前，他眼底的戾氣幾乎翻湧而出。

薛岑是什麼東西？

他也配？

寧殷不顧虞靈犀哀求的目光，將薛岑押去了大理寺獄，親自審問。

靈犀有什麼錯呢？錯的都是引誘她的人罷了。

他折磨薛岑，用鮮血撫平燥鬱。

直到很久以後他才明白，他心底那股恣意瘋長的陰暗燥鬱，名為「嫉妒」。

寧殷從大理寺獄中出來，拄著手杖的步伐一頓。

他垂眸，視線落在虞靈犀縫製的革靴上。

暗色的鞋面上濺了薛岑的血，弄髒了。

寧殷有些不悅。

然而轉念一想，他可以光明正大地讓虞靈犀再縫製一雙新的，他有著薛岑永遠得不到的東西。

寧殷寬慰起來，勾著笑歸府。

夜沉如水，寢殿如往常那般燈火通明。

「王爺，我錯了。」

橙黃的暖光下，虞靈犀描畫精緻的容顏如神妃明豔，秋水美目中蘊著微微的忐忑。

寧殷姿態悠閒地擦著指節，垂眸看著她道：「說說，錯哪兒了？」

只要她和以往那般說兩句好聽的話，從此乖乖留在自己身邊，寧殷也就不苛責她今日與姓薛的私會。

他總是用威脅的方式，讓她留在自己身邊。

只是那時的寧般並未察覺，原來他從那麼早開始就害怕失去她了。

他一如既往的冷情強悍，高高在上地等待她的溫言軟語。

然而虞靈犀俯身半晌，只輕聲來了一句：「錯在未經王爺允許，便出門與結義兄長敘舊。」

她刻意加重了「結義兄長」四字，欲蓋彌彰。

很好，都到了這種自身難保的時候了，她居然還在為薛岑求情。

寧殷的笑意更濃了些，眼底卻是一片冷意，洶湧著涼薄的暗色。

虞靈犀明明膽怯，卻仍然堅持以顫抖的指尖，磕磕絆絆地去碰他的腰帶，長睫撲簌，像是風中顫動的蝶。

寧殷好整以暇地看著她忙碌。

他不知自己該嘲諷誰，他用漠不在意的慵懶，掩飾著心中的翻湧肆虐的陰暗。

原來虞靈犀為了薛岑，可以做到這種地步。

他以為虞靈犀是不一樣的，她無處可去，只能永遠留在自己身邊。

可虞靈犀和那個瘋女人一樣，嘴上說著會永遠對他好，實則隨時準備將他拋下。

就如同她此時跪伏在身前，光彩煒然，他卻覺得永遠不曾真正擁有她。

胸口的陳年舊傷在隱隱作痛，寧殷再次嘗到了被背叛的滋味，比當初破廟裡那當胸的一刀更甚。

他的血液有多沸騰，眸色便有多黑冷，自回宮為王以來，他已經很久沒有這般失控的時候。

越是瀕臨失控，便越想證明自己能掌控一切。

「笑一個。」

昏暗的紗帳中，寧殷伸指捏住虞靈犀的嘴唇，強行扯出一個不倫不類的笑容。

她只能對著他笑，哪怕這個笑是被逼出來的。

他伸手將她唇上滲出的血珠抹勻，用最卑劣的話語，懶洋洋提醒她如今的處境。

以前更壞性的話他亦曾說過。說得過分了，虞靈犀會哼哼唧唧貼上來，堵住他放誕的言辭……

他是惡人啊，惡人天生就愛欺負人的。

何況，他喜歡虞靈犀眼角紅紅，卻又無可奈何的樣子，美麗極了。

但這次，虞靈犀蹬開了他。

她一腳踹在了他左腿的舊傷處，力度不大，卻足以勾起他的怒火。

靈犀以前不這樣的，她永遠順著自己，溫柔而體貼。可自從見過姓薛的以後，她連表面的敷衍也不願做了。

寧殷甚至不知自己的怒火來源於舊傷的屈辱，還是虞靈犀的抗爭。

「現在才開始厭惡本王，是否晚了些？」寧殷滿臉陰沉。

他太過憤怒，抓住她的腳踝威脅，以至於並未發覺虞靈犀殘褪的口脂下，唇色已然褪成了病態的蒼白。

等到他反應過來不對勁的時候，一切都太晚了。

滾燙的腥熱噴灑在寧殷前襟，陰涼的恫嚇與譏誚戛然而止。

燭影搖曳，帳簾鼓動，他茫然抬手碰了碰虞靈犀的唇角。

虞靈犀雙目緊閉，口中還在一股一股吐著鮮血來，連鼻腔裡也溢出一線觸目的黑紅。

寧殷慌忙按住穴位止血，可是止不住……那麼多的血，他的衣襟和袖口全染上了詭譎的墨紅色，怎麼也擦不乾淨。

須臾一瞬，她的身軀很快安靜下來，指尖從他臂上無力地滑了下去。

寧殷眼睫一顫，下意識抓住了她的手，用力地攥住。

「靈犀。」

他喚她，可回答他的只有無盡的死寂。

「砰」一聲，寢殿門被從裡踹開。

庭中值守的侍衛立刻拔刀，卻在見到滿身黑血的攝政王時，悚然一驚。

「去太醫院。」寧殷抱著以斗篷裹著的虞靈犀，面色冷得可怕，「把藥郎叫過來。」

可攝政王是個瘸子啊！沒有拄手杖，他的腿怎麼支撐得起抱著一個人快步行走的重量？

短暫的沉默過後，有人小心翼翼地提醒：「王爺，藥郎早在兩年前就已經出京雲遊……」

話還未說完，那說話的侍從整個人飛了出去，砸在廊柱上，又骨碌摔倒在地。

寧殷的臉上濺著黑血，宛若夜色中走出的修羅。

於是眾人各自飛奔下去安排事宜，誰也不敢多說一字。

寧殷冷白的臉上很快滲出了冷汗，陳年的腿傷支撐不住兩個人的重量，叫囂著蔓開鑽心的劇痛。

他踉蹌了一步，很快穩住身子，抱著虞靈犀上了馬車。

他將虞靈犀小心翼翼地擱坐在身側，想伸手撫開她被黑血黏在嘴角的髮絲，卻在見到同樣滿是血漬的雙手時頓住，無從下手。

「別怕。」他注視著虞靈犀緊閉的雙目，一貫的從容強硬，「不會有事的。」

太醫院有資歷的大夫全被抓來了，戰戰兢兢跪在寧殷腳下，束手無策。

不是他們醫術不精，便是華佗在世，也救不回來一個死人哪！

「觀夫人表症，似是毒發之狀。然銀針探不出異常，許是急症而亡也未可知……」

不知哪個字惹怒了寧殷，拐杖下的刀刃刺出，那名太醫立刻瞪大眼倒下，身軀下暈出一片殷紅來。

「庸醫。」寧殷淡然地收起手杖底部的利刃。

「王爺饒命！饒命啊！」

太醫院一片哀嚎。

天亮前，寧殷將虞靈犀帶回了王府。

她的身體變得好冷，比他舊疾復發時的體溫還要冰冷。

寧殷將她抱去了淨室的湯池，靈犀那麼愛乾淨，身上總不能一直血糊糊的。

水汽氤氳，黎明與黑夜交接的冷光透過高高的窗櫺投入池水中，暈開銀鱗般的碎紋。

他寬衣解帶，抱著虞靈犀緩步邁入池水中，乳白的水霧溫柔蕩開，又輕輕將二人包裹。

寧殷抓著浸濕的帕子，一點點為虞靈犀洗去汙血，然而無論怎麼泡，如何洗，她的身軀始終是異樣的慘白，再不會如往常那般泡得通身緋紅。

「天快亮了。」寧殷將她擱在湯池裡的玉階上坐好，伸指推了推她緊閉的眼睛，嗓音沙啞低沉，「再不醒來，本王就將妳的舊相識全殺光。」

「聽見不曾？」

他捏著虞靈犀冰冷的下頜，熟稔地威脅她。

虞靈犀靠著濕漉漉的池邊，身體失了支撐，朝水裡滑去。

寧殷神色一變，忙將她撈起抱在懷中，重新扶穩。

「這麼不經嚇。」

他嗤笑了聲，漆黑的眼睛望著一動不動的虞靈犀。

許久，換了低啞語氣：「醒過來，本王就不嚇妳了。」

虞靈犀自然無法開口回應。

寧殷記得她身體差，每次在湯池中待不了一刻鐘便胸悶氣短，暈乎乎站不起來。

他怕憋著她，每隔一刻鐘便會將虞靈犀抱出湯池。

可出去一盞茶的時辰，虞靈犀的身子便又會再次冷下來。寧殷便不厭其煩地將她再抱回池中，直至她染上那曾讓人迷戀的溫度。

第一縷晨曦從窗櫺照入，寧殷知曉，到了虞靈犀梳妝打扮的時辰了。

每天的這個時候，她必妝扮清新明麗，柔柔順順地前來請安，為他煮一盞清茶。

寧殷將虞靈犀抱回了寢殿，打開梳粧檯上的妝奩盒，取來胭脂螺黛為她描畫敷粉。嫣紅的口脂掩蓋住蒼白，點亮了她嬌美的容顏。她的烏髮如緞子般鋪展，安靜得就像是睡著了。

穿衣時，寧殷的視線落在虞靈犀的肩背後，那片瑩白無暇的肌膚上出現了幾點小小的紫斑。

他伸指按了按，悠閒的神情漸漸凝重起來。

寧殷起身，命人用寒玉和堅冰趕工做了一張精美的冰床，送入密室之中。

妝扮齊整的虞靈犀躺在上面，身形籠罩著一層淡藍的冷霧，美得像是冰雪之中誕生的仙娥。

寧殷很滿意，漆眸中映著冰的幽藍霜寒，帶著漫不經心的輕柔：「夜裡再來看妳。」

直到此時，他仍覺察不出多少難受。

誰陰害了虞靈犀，他殺了那人便是。

不出兩日，下屬便查出了虞靈犀在趙府品的茶盞有問題。

即便趙家人已經第一時間將證物毀屍滅跡，攝政王府也有的是人脈和手段查到蛛絲馬跡。

第三日，寧殷去了趙府。

趙家在他手中滅門，霎時淪為人間煉獄。

他沒有殺趙玉茗，是因為凡是最可恨的人，都要留下來慢慢折磨，施以生不如死的酷刑。

第五日，寧殷優哉游哉去了大理寺一趟，掰折了薛岑的兩根手指。

他說過的，靈犀再捨不得醒來，他會把她的舊識全殺光。

第六日，虞靈犀還未醒。

天色陰沉，舊疾又開始隱痛，卻再無人貼上來溫柔地為他紓解痛楚。

寧殷去湯池泡了半個時辰，喝光了一壇酒。

奇怪，他並非放縱之人，從不酗酒，今日卻一杯接著一杯頗有雅興，彷彿唯有酒水能填平某處無底的空缺。

有了酒水的催化，刻意壓制的東西也漸漸浮上心頭，充斥腦海。

等到反應過來時，寧殷已經走入密室，站在虞靈犀的冰床前。

躺太久，她臉上的脂粉有些許斑駁了。

她生性愛美，當初飲下九幽香誤以為要死去時，仍會拖著沉重的身軀描眉敷粉，妝扮得漂漂亮亮後再去赴死。

思及此，寧殷取來一旁閒置的脂粉盒，開始慢悠悠給她描眉補妝。

手突兀一抖，口脂暈出了唇線邊緣，寧殷耐心地抬指抹去多餘的口脂。

他看了她片刻，伸指按住她的嘴角往上推了推，慵懶道：「笑一個。」

虞靈犀的嘴角是僵硬的，比他的手指還要冰冷，再也不會像以往那般睜開濕紅的眼睛，無奈又可憐兮兮地望著他。

靈犀再也不會朝他笑了。

她並非是在賭氣報復，亦或是睡得時間格外長些，她死了。

「死」一字浮上心頭，微微刺痛。

他不願承認那一瞬的心慌。

「死了好。」

寧殷薄唇輕啟，臉上鍍著一層蒼寒的冷霜。

他又笑了聲，死了好啊。

如同那隻獵犬一般，死後保存起來，也和活著時無甚兩樣。

是的，不會有什麼差別。他寬慰自己。

第七日，寧殷將虞靈犀的東西都鎖入了密室。

那些都是虞靈犀常用的物件，理應陪在她身邊。

胡桃哭了七天，跪在庭中燒紙錢，紅腫著眼睛給寧殷磕頭，一下一下，直至額頭破皮紅腫。

她道：「求王爺發發慈悲，讓奴婢為小姐入殮下葬。她不能成為沒有墓碑牌位的孤魂野鬼啊！」

寧殷險些掐死這婢子。

將靈犀埋入黑暗的地底，任她腐化生蛆，是對她的莫大褻瀆。

靈犀應該永遠留在王府中，陪在他身邊。

自那以後，寧殷不許任何人再提及虞靈犀的名號，違令者死。

這群低劣的庸人，不配喚靈犀的名字。然而更多的，是他無法面對胸腔中時常泛起的壓抑悶疼。

寧殷以為，這股突如其來的疼痛，是源於虞靈犀體內的「百花殺」劇毒。

他雖體質特殊，可也不是金剛不壞之身，他不知道自己還能活多久。

但他在死之前，一定會殺光所有人。

趙府茶盞裡的毒，是薛嵩給的。

他告訴趙玉茗：只有虞靈犀消失了，薛岑才會死心。而只有薛岑死心，趙玉茗才有可乘之機。

所以她與薛嵩沆瀣一氣，假借救人的名義聯手騙了薛岑。

可憐薛岑這蠢貨直到最後，都不知道自己成了害死虞靈犀的幫凶，他甚至不知道，他的「二妹妹」已經不在人世了。

寧殷花了兩天時間，將薛家連同他的幕僚黨羽連根拔起，滅了個乾淨。

屍首一具接著一具在他面前倒下，血花飛濺，他感受不到絲毫的快意。

他去獄裡折磨薛岑，因為他嫉妒。

薛岑以為虞靈犀還在王府受難，對寧殷破口大罵。

罵夠了，他便敘述自己與虞靈犀是如何青梅竹馬、兩小無猜，說他們少年時曾一同泛舟湖上，一同花下吟詩……

薛岑與虞靈犀之間有那麼多美好的記憶，而寧殷與虞靈犀之間，只有威脅和恫嚇。

可寧殷不會殺薛岑。

至少薛岑嘴裡的虞靈犀是鮮活真實的，真實得彷彿猶在眼前，偶爾來聽聽她的故事，也挺好。

從獄中出來，涼風拂過臉頰，像是有誰怒氣衝衝從他身邊跑過。

他伸手，握攏手指，卻只抓到了一片虛無。

回到殿中，寧殷將拐杖擱在榻邊，下意識喚道：「靈犀……」

驀然一頓，良久的死寂。

空氣中到處都有靈犀的氣息，然而到處都不見靈犀。

靈犀不在的第二個月。

又是一個雨夜，多少酒都暖不了滲入骨髓的陰寒。

寧殷微醺著回到寢殿，拉開矮櫃抽屜，視線落在那只針腳歪斜的香囊上。

他拎在手裡，對著光看了許久，嘖聲笑道：「還是好醜。」

片刻，他漆眸凝重，嘴角的弧度漸漸淡了下去。

他閉目倚在榻頭，牙關打顫，然後慢慢地、慢慢地蜷起身軀。

「靈犀，本王冷……」

然後猛然驚醒，望著空蕩的枕側，睜眼到天明。

靈犀不在的第三個月。

寧殷改了口味，開始吃她喜歡的椒粉茶湯。他學著她的樣子加了一勺又一勺椒粉，辣得眼角發紅，腹中灼燒般痛苦，他反而笑得越發瘋狂恣意。

靈犀不在的第五個月，寧殷將小皇帝一腳踹下龍椅，將朝堂攪得天翻地覆。

他站在屍山血海之上，坦然接受眾人的恐懼與詛咒，睥睨眾生。

深秋了，記得靈犀被送來王府時，也是一個蕭瑟的秋夜。

年初之時，虞靈犀便央求他放她上街逛逛，透透氣。那時他忙著對付蠢蠢欲動的三皇子，並未答應。

想起這樁未了的心願，寧殷難得雅興，去街上走走。

眾人一見他那身貴氣的深紫王袍，便駭得戰戰兢兢繞道走，更有販夫連攤位也不要了，拉著路邊玩耍的稚童躲進衚衕中。

寧殷絲毫不在意，拄著手杖慢悠悠轉了一圈，然後拿起玉器店一支成色不錯的白玉簪，下意識轉身道：「靈犀，這玉……」

身旁空蕩蕩，並不見那道窈窕溫柔的身影。

侍衛見他的目光一下暗了下來，盡職盡責道：「王爺，可有吩咐？」

寧殷沒說話，將簪子拋回錦盒中，轉身離去。

他買了虞靈犀常吃的飴糖，一顆接著一顆塞入嘴中，「嘎嘣嘎嘣」嚼碎咽下。然而無論吃多少顆，都再難嘗出這糖含在她櫻唇間哺過來的甘甜……

天邊孤鴻掠過，叫聲淒婉。

寧殷停住了腳步。

沒人餵他糖吃了，沒人再給他縫製新的革靴。

他確確實實花了半年的時間，才在日復一日的回憶鈍刀裡明白，他的靈犀已經不在了。

脹痛再次席捲胸腔，壓抑到極致，五臟六腑幾欲裂開，寧殷連著未含化的飴糖，吐口一大口鮮血來。

那血像花一樣噴在地上，把一旁的糖販和侍衛嚇了一跳。

然而未等他們上前，寧殷面無表情，緊接著又吐出一口更大的鮮血。

刀架上脖子的一瞬，買糖的小販已經嚇得腿軟跪下：天地良心！攝政王吐血與他無干，他的糖裡可沒有毒啊！

寧殷漠然抬指，碰了碰唇上的血漬。

鮮紅的顏色，並非是百花殺的殘毒，而是真真正正出自他的五臟六腑，是他遲來半年的心頭血。

寧殷笑了起來，笑得雙肩聳動，淅淅瀝瀝的紅染透了他的薄唇，襯得他蒼白深刻的俊顏如鬼魅般可怖。

他不會哭，可嘴裡的鮮血已然代替眼淚湧出。

「今天殺誰助興呢？」寧殷接過侍從顫巍巍遞過來的帕子，按壓著唇角咳笑道。

這半年來，他殺過的人不計其數，無辜的不無辜的早已分辨不清。

殺到最後他發現，其實最該死的，是他自己。

前年上元節後，他早知道身邊危機重重，有很多人想讓他死，必然會連累虞靈犀，卻依然自大地認為王府固若金湯，不會有任何意外。

那日從趙府歸來，他早看出虞靈犀的臉色蒼白，卻任由嫉妒沖昏頭腦，錯過了救人的最佳時機……

靈犀一定恨極了他。

恨他好啊，寧殷做夢都想讓靈犀回來復仇。

她不是說過麼？她若死了，定會變成鬼魂回來找他索命。

可是為何，她還未出現？

寧殷又咳了一口血，捏著濡濕的帕子，黑冷的眸已染上怨毒。

冬夜苦寒，第一場雪猝不及防降臨。

薛岑蓬頭垢面地站在獄中，望著逼仄牢窗外的雪光出神。

直到現在，他還不知道虞靈犀死了，吃糠咽菜地苟活著。他堅信終有一日能帶二妹妹逃離苦海，奔向一個世外桃源……

那定是極美的畫面，薛岑嘴角掛著希冀的淺笑，日復一日地等待著。

而攝政王府，大火映紅了半邊天。

寧殷拖著滿身鮮血，搖搖晃晃地進入半年不敢涉足的密道。

冰床依舊，紅衣如火。

「本王等了妳八個月零九天。」寧殷將染血的手杖輕輕擱在一旁，俯身映著冰床的寒光，懶洋洋抱怨，「妳食言了，靈犀。」

「不過無礙。」寧殷的語氣很快變得輕鬆起來，瘋狂而繾綣，「這次，本王去找妳。」

密室的門在他身後緩緩關攏，落下鎖死。

寧殷帶著愜意滿足的笑，以側躺的姿勢將虞靈犀摟入懷中。

直至永遠。

番外三、靈魂交換

寧殷睜開眼，窗外纖薄的暖光打在座屏上，微微刺痛。

他沒想到自己還能有醒來的一天。

記憶中最後的畫面，是他親手燒了攝政王府，再服用了足夠劑量的百花殺後進入密室，抱著虞靈犀的屍身陷入長眠……

若這是十八層地獄，不該有如此安寧耀目的晨光。

投胎了？

不對。他抬起指節分明的手掌，迎著光前後照了照，很快否認了這個想法。

這是一雙成年人的手，與他死前的身軀並無差別。而這間寢房的擺設布置雖然略有不同，但格局卻與王府相差無幾。

外間窸窣的聲響打斷了寧殷的思緒。他漆眸一冽，下意識去摸榻邊的手杖，卻摸了個空。

「噓，小聲些。」隔著朦朧的紗簾，刻意壓低的輕柔女音傳來，「難得多睡會兒，別吵醒他。」

聽到這道闊別已久的熟悉聲音，寧殷眸中的陰戾瞬間消弭。

他掀開被褥下榻，赤足踩在地磚上，因習慣了左腿有疾的微瘸，落地時一輕一重，誰知反而險些踉蹌。

他發現了不對勁，這雙腿，是完好無損的。

許久沒有體會過健康走路的滋味，再次邁出步伐的一瞬，寧殷謹慎而遲疑。

隨即，他的眸中浮現幾分興味，步履逐漸穩健，如同顛沛已久的孤魂一般追隨光亮而去。

他穿著鬆散的褻服轉過座屏，撩開垂紗，只見軒窗邊的妝檯前坐著一抹記憶中出現了無數次的身姿。

她摒退了侍婢，微微側首，用玉梳輕輕梳理柔順垂腰的長髮，淡金色的晨光自窗邊鋪展，給她的身形鍍上一層朦朧的暖光，美得宛若一觸即碎的夢境。

銅鏡倒映著他的容顏，仍是最熟悉的那張臉，漆眸薄唇，英挺俊美，卻少了幾分陰鷙如鬼的病態蒼白。

虞靈犀從銅鏡中看到了身後陰沉站立的寧殷，駭得一抖，回首吐氣道：「你何時醒的？嚇我一跳。」

她的眼睛乾淨明澈，柔軟的聲音不像是抱怨，倒像在撒嬌。

寧殷從未見過她這般隨性不設防的模樣，嬌嬌氣氣，鮮活可愛。

他天生不是個怯弱之人，即便靈犀會恨他怨他，即便這只是一場註定破碎的虛夢，他也會毫不遲疑地抓緊她，禁錮於身邊，直至靈魂化作齏粉。

「真好啊。」寧殷嗓音低沉，伸手去觸碰她的眉眼。

他指節一頓，順著她的臉頰和嘴角往下，停留在頸側。

熱的。

指腹下溫熱的，脈搏清晰跳動，全然不似冰床上那副蒼白冰冷的模樣。

觸覺做不了假，一切都如此真實。

像是明白了什麼，寧殷神經質地笑了起來，猜想自己定然是死而復生，回到了靈犀還活著的時候。

「本王找到妳了。」

他從身後擁住她，帶著病態的滿足收攏手臂。

……本王？

虞靈犀疑惑：寧殷在她面前大多以「我」自稱，何況，他早不是王爺了。

頸側的酥痛喚回了虞靈犀的思緒，埋在深處的記憶劃過腦海，還未來得及抓住，就已消失不見。

她終於發現，身後之人似乎有些不對勁。

昨夜是她定的「初見紀念」，寧殷這傢伙將酒水倒在她身上，從凹陷的鎖骨到腰窩，品嘗了一晚上。

莫非是縱飲過度，酒還未醒？

她忍著勒得透不過氣的腰肢，反手摸了摸寧殷微冷的臉頰，關切道：「你怎麼啦，寧殷？」

聽到她直呼自己的名字，寧殷微不可察地一頓，慢慢打開漆黑的眼眸。

記憶中的那個靈犀，從來都只會小心地喚他「王爺」。

依稀可辨出此處是曾經靜王府的寢殿，但不知被誰擅作主張改造過，奢靡而庸俗。

衛七對此人品味頗為嫌棄。

他第一時間覺出不對，視線落回身邊跪坐的美人。

案几上備著剛煮的清茶，虞靈犀屈膝斂裙坐得端端正正，綰起雲鬢露出一段纖細漂亮的頸項，腦袋卻一點一點的，顯然睏頓至極。

衛七記得昨夜將她從岫雲閣抱回湯池沐浴時，她滿身酒香，臉頰紅若胭脂，已然累得軟成了一汪春水，怎麼有力氣起早煮茶？

何況，她的妝扮與氣質，都與往日略微不同。

衛七瞇了瞇眸，不知為何，總覺醒來後處處透著難以言喻的詭譎。

他起身，隨手抓起榻邊的外袍，欲披在虞靈犀單薄的肩頭。

誰知剛觸碰到她，虞靈犀便猝然驚醒，下意識往旁邊躲了躲。

寧殷的手頓在半空中，抬眸看她。

虞靈犀很快反應過來自己的失態，隨即放鬆了身體，將臉頰往他手指上貼了貼，像隻努力討好主子的貓。

「清茶已備好，王爺可要享用？」

她抬起嬌媚的眸，仍保持著跪坐的姿勢，聲音溫柔，卻不似往日的輕快含笑。

衛七看著她低垂的眼睫，眼尾一挑。

這又是何玩法？

雖說這副謹小慎微的模樣的確可人，任由哪個男人都抵擋不了她的乖順，但……

但歲歲合該是最耀眼的，怎可這般伏低做小。

「想玩主僕情趣，我偶爾做回衛七便是。」衛七笑著下榻，去扶虞靈犀，「起來。」

左腳甫一落地，便覺一股難以形容的刺痛鑽入骨髓，身子不穩，他及時撐住榻沿。

虞靈犀下意識去扶他，卻反被他沉重的身子帶倒，朝一旁的矮櫃栽去。

衛七眸色一凜，眼疾手快地撈住她的腰肢。如此一來，榻邊擱置的東西被他的動作碰落，骨碌碌在地上滾了一圈。

衛七垂眸望去，看到了一杆玉柄鑲金的手杖。

他的笑沉了下去，微凝眉頭。

又來了，這種熟悉之感。

虞靈犀呼吸都在抖，今日一早她犯了太多錯誤，忙替他拾起那柄手杖，將功贖罪般雙手遞了過來。

衛七接過那柄手杖，頓在地上支撐著身軀。

他彎腰撩起左腿褲管，視線落在那些猙獰的傷痕處，霎時間，些許零散的記憶如電光閃過。

他想起來了。

若當初歲歲沒有出現在欲界仙都，他的腿，就該是這般結局。

衛七是個聰明人，他只略一轉彎便明白了事情的始末。

他乜向一旁的銅鏡，看著鏡中熟悉而陰戾的自己，熟悉而陌生的王府，還有熟悉而陌生的歲歲……一切的一切，都在提醒他來到了一個厄運不曾被改變世界。

「歲歲，過來。」衛七坐回榻上，指腹輕叩著手杖玉柄，低沉道：「將我這些年的經歷說一說。」

虞靈犀悚然一驚。

「歲歲」是她的小名，自從親人去世，虞家覆滅，已經很多年不曾有人知道她這個名字。

攝政王是如何知曉的，還喚得這般……親暱自然？

寧殷是個防備心重的人，不會輕易露出破綻。

經過兩刻鐘的觀察，從虞靈犀與宮婢零碎的交談中，他已大致弄明白，時空在某個節點經過改變，創造出了不一樣的人生。

譬如這個世界的他雙腿健康，大仇得報，順利登基稱帝。

更重要的是，這個世界的寧殷有靈犀在懷，見過她嫁衣如火，與她洞房廝磨，擁有著她全心全意的愛與信任。

腰間掛著的壺形瑞兔香囊針腳齊整，繡工精巧，時時刻刻提醒寧殷曾失去了什麼。

寧殷是嫉妒的，嫉妒得發狂。

因為這個世界的寧殷，擁有他曾經無法企及的一切美好。

不過有何關係？現在這一切，都是他的了。

哪怕是偷，是搶，也絕不放手。

秋陽透過葉縫漏在地上，跌碎一地光斑。

寧殷拉了把椅子坐下，饒有興致地看著虞靈犀梳洗打扮，宛若在欣賞一件失而復得的珍寶。

她繫衣的動作也是這般賞心悅目，行動如畫，寧殷壞心頓起，指間的裁紙刀一挑，繫帶斷裂，她剛穿好的外衣便滑落臂彎，如雲煙堆疊。

一旁的宮婢們俱是紅了耳根，不知是否該繼續服侍皇后穿衣，還是該掩門退下。

虞靈犀一巴掌將他的手拍開，瞋著美目道：「多危險，快把小刀收起來！」

那一掌綿綿的，並不痛，寧殷卻有種被兔子咬了一口的感覺，鮮活有趣。

「膽兒大了不少。」

他優雅地笑著，漆眸一刻也捨不得從她身上離開。

越是著迷，便越發嫉恨這個世界的「寧殷」，「他」搶走了屬於他的幸運。

如果可以，寧殷會毫不遲疑地掐死「他」。

虞靈犀沒留意他眼裡翻湧的陰暗，只將繫帶斷了的外袍脫下來交給宮婢，自己重新挑了件杏紅色的大袖衣披上。

豔麗的衣裳如落霞披身，沐浴秋陽，連髮絲都在熠熠生輝。

寧殷有暫態的恍惚，彷若要抓住指縫的光芒般，抬手喚道：「靈犀，過來。」

虞靈犀整理袖袍的動作一頓。

她轉過身，安靜地看了寧殷許久，忽而一笑：「昨天八月初八，即便是我們的初見紀念日，也不該喝那麼多酒。一早醒來就古古怪怪的，還醉著呢？」

八月初八？

寧殷記得這個日子，那是虞靈犀被趙家送入王府的那天。

他來到這個世界的時間太短，還未來得及確認訊息，只得順著話茬道：「若眼前之景能永存，便是一醉千秋不醒，又何妨？」

他笑得優雅溫潤，黑眸卻像是兩汪望不到底的深潭，藏著太多情愫。

見他沒否認，虞靈犀紅唇輕啟。

欲言又止，她終是嘆了聲：「我們出去走走吧，寧殷？」

寧殷下意識摸手杖，而後想起來，這具身體很健康，已然不需要此等贅物。

他心滿意足地起身，步履輕穩，迎向虞靈犀。

他的靈犀。

左腿的隱痛仍在繼續，像是甩不掉的詛咒。

從虞靈犀細膩平靜的敘述中，衛七得知了這個世界中發生的一切。

如他所料，少時流亡在外，並沒有一位仙人般美麗的少女降臨，替他趕跑寧長瑞派來虐殺他的凶徒。

欲界仙都被毀，亦沒有少女雪夜出現，將雪地裡半死不活的他撿回去照看。

沒有將軍府的朝夕相處，沒有七夕夜閣樓的天燈，沒有人跨越坎坷荊棘而來，將他從地獄拉回人間……

這個世界的寧殷，前十八年活得如野狗狼狽，後四年又過得如惡鬼般可憎。

衛七一點也不同情這個世界的自己，他簡直糟糕透頂，咎由自取。

「說說妳吧。」衛七眼中是毫不掩飾的輕蔑，只有看向虞靈犀時，才有泛起淺淡的平和，「此處的我與歲歲，是如何相識的？」

再次聽到「歲歲」二字，虞靈犀越發驚悚。

按照攝政王平日的性子，越是溫柔平和的神情下，越有可能洶湧著可怖的殺意……

可又不太像要殺人的模樣，倒更像是在探尋什麼。

莫非因為他昨夜遇刺的緣故，失憶了？

虞靈犀按捺住小心思，謹慎道：「去年八月初八，姨父將我送來王府，蒙王爺不棄，故而能留此長侍。」

八月初八……

「今天，是妳我初見的日子。」

「沒有錯，是今日。」

昨晚在靜王府前，虞靈犀輕柔篤定的話語猶在耳畔，拂開記憶的塵埃。

衛七的聲音沉了沉：「歲歲初見我那晚，可是穿著一襲緋紅的裙裳，點了桃花妝？」

咦，沒失憶？

虞靈犀頷首道：「是。」

說到這，虞靈犀頓了頓：「昨晚，便是我與王爺相識一年的日子。」

一個念頭浮現腦海，衛七瞳仁微微一縮。

是巧合嗎？

歲歲為何會知曉這個世界發生的事情，記得這個世界相遇的時機？

除非，她經歷過這一切。

欲界仙都救下他的那個歲歲，已經浴火重生；而眼前這個謹小慎微的美人，才是歲歲曾經的模樣。

曾經的他是個斷腿的殘廢，是個卑劣的小人。

「我待妳不好？」衛七問。

虞靈犀調香的動作一頓，很快調開視線，露出習慣性的笑來：「王爺供我吃住，衣裳首飾都是最上等的規格，自是待我極好。」

「撒謊。」衛七望著她明顯繃緊的身形，恍然般，輕聲道：「妳怕我。」

抽絲剝繭，那些刻意被忽視的細節都有了解釋。

「我做了一個夢。」

原來，那不是夢。

「我夢見我因此而死，留你孤零零一個人活在世上。」

原來，他沒有保護好歲歲。

衛七明白了為何歲歲在欲界仙都見著他時，眼裡會閃著那樣的驚懼；為何自己裝乖賣慘地混入將軍府時，她會那般抵觸疏遠……

因為她經歷過一世苦痛的人生，她怕他。

可即便如此，當歲歲最初遇見落魄的他時，也只想離他遠遠的，不曾借機傷害報復……

他曾把歲歲推入煉獄，歲歲卻將他拉回人間。

真是個傻子。

衛七抬起蒼白的手指，珍視地撫了撫虞靈犀茫然的眼尾，又低低一笑：「真傻。」

傻到他恨不能，親手殺死那個面目可憎的「他」。

（二）

天氣陰沉，左腿綿密的疼痛斷斷續續存在。衛七望著鏡中蒼白陰鷙的自己，片刻，嫌惡地將銅鏡倒扣。

若無歲歲重生相助，他就會變成這副人不人、鬼不鬼的模樣。

虞靈犀一直在小心地觀察他，似乎奇怪他的反常舉動從何而來。

她熟稔取出溫好的酒壺，斟了一杯酒給衛七驅寒。

衛七望著她細心柔和的神情，忽然就明白了當年在將軍府時，身為小姐的歲歲給他餵荔枝也好、剝蓮蓬也罷，為何會做得那般熟悉自然。

因為這等事，她早已在很久很久之前便做過千百回。

可他什麼也不知道，還曾奚落她「服侍人的技巧怎麼這般熟悉」。

衛七眸中落下一片陰翳，伸手接過虞靈犀遞來的杯盞，於指間摩挲道：「坐下來，和我飲一杯。」

攝政王興致一來，也會拉著她小酌一杯。

虞靈犀並不意外，依言坐下，給自己倒了半盞酒。她怕喝多誤事，沒敢倒太多。

衛七的視線掃過寡淡的酒水，忽而問：「可有椒粉？」

他記得虞靈犀愛辣，喝酒飲茶都愛放些椒粉增味，是個奇怪而可愛的癖好。

虞靈犀以為他是問酒水中有無放辣，憶起當初被辣得眼角發紅的攝政王丟出門外的情景，忙回道：「王爺放心，酒中並無椒粉。」

衛七乜向侍從：「取些椒粉梅子來。」

梅子很快取來，衛七親自夾了兩顆，置於虞靈犀的杯盞中。透明的酒水，很快變成了淺淺的琥珀金。

虞靈犀簡直受寵若驚，又有些遲疑，以攝政王喜怒無常的性子，該不會又研製了什麼奇怪的毒混入梅子中吧？

見她不動，衛七端起酒盞置於她的唇邊，緩聲道：「張嘴。」

他腿疾隱痛，面色不好，低緩的語氣便顯得有些瘆人。虞靈犀不敢違逆，輕啟紅唇，任由溫熱辛辣的酒水緩慢地傾入她的唇齒間。

等了一會兒，並無什麼奇怪的毒發症狀，短暫的辛辣微酸過後，便是梅子悠長的回甘，熱意自腹中升起，散入四肢百骸。

虞靈犀著實看不懂今天的攝政王，不過，已然不重要了。舌尖的辣意化作心中的快意，她已經許久不曾體會過這般酣暢淋漓的滋味。

這回不用攝政王幫忙，她自己又斟了一杯酒，雙手捧著一飲而盡，滿足地喟嘆一聲。

那雙謹慎揣摩的杏眸中，總算浮現出了輕鬆瀲灩的笑意。

真是個好哄的人。

衛七勾了勾唇角，告訴她：「以後歲歲想吃什麼、想喝什麼，儘管自取，不必顧忌。」

「多謝王爺。」

虞靈犀嘴上道著謝，心中卻是翻了個大白眼。

攝政王喜怒無常，此刻對她憐愛有加，下一刻便可能翻臉不認人，她早就習慣了，及時行樂才是正道。

衛七瞥著她滴溜溜轉動的眼睛，輕笑淺酌，知曉她心裡定然腹誹。

無礙，反正罵的不是他。

這酒後勁大，虞靈犀多飲了幾杯，臉頰緋紅，漸漸的杯盞也端不穩了，撐著下頷昏昏沉沉犯起睏來。

她小雞啄米卻又想努力維持清醒的模樣，著實好笑又可憐。

未來的歲歲扭轉了乾坤，飲醉後會哼哼唧唧撒嬌，一口一個「寧殷」叫著，他一一應答，不厭其煩。

而眼前的歲歲孑然一身，親友俱逝，連放肆耍一回酒瘋都是奢望。

虞靈犀終於撐不住困意，手一鬆，腦袋直直朝案几上砸去。

衛七及時伸手托住。

虞靈犀的腦袋砸在一片溫涼的掌心，蹭了蹭，尋了個舒服的角度睡去。

衛七沒有把手收回，咬著酒杯，單手解下身上的外袍一抖一揚，披在虞靈犀單薄的肩頭。

安靜的午後，烏雲黯淡，卻很溫暖。

衛七看著熟睡的歲歲片刻，也閉上了眼。

意識墜入黑暗，一股強大的力量漩渦般將他拉扯下墜，彷彿在召喚流浪的靈魂。

衛七一驚，倏地睜開眼來。

意識回歸軀殼，視線聚焦，他仍在命運未曾改變的攝政王府。

虞靈犀枕著他的掌心而眠，身上蓋著他親手為她披上的、暗紫色的王袍。

衛七終於明白，他無法在「歲歲重生前的過去」停留太久，一旦睡去，便是真實世界夢醒之時。

回到陽光明媚的歲歲身邊，他自然是歡喜的，可眼前的歲歲呢？

「我夢見我因此而死，留你一個人孤零零活在世上。」

那時歲歲的話猶在耳畔，用輕鬆含笑的話語，昭示她前世淒慘的結局。

衛七眸中暗色翻湧，醞釀計畫。

趁著現在還有時間，他小心翼翼地將手抽回，拿起一旁的手杖起身。

輕輕一按，薄薄的刀刃刺出，在他眸中映出一片霜寒。

（二）

在意識墜入無盡黑暗深淵之前，寧殷心臟驟然一縮，猛地睜眼。

岫雲閣垂簾拂動，漸漸拉回他的思緒，冰冷的指節回暖。

「怎麼了？」一陪伴在側的虞靈犀很快發現了他臉色的不對勁，擔憂道：「做噩夢了嗎？」

見到身邊的虞靈犀，寧殷眸中的陰戾才漸漸消散，暈開淺淡安然的笑來。

「是啊，做噩夢了。」

寧殷緩緩鬆開緊握的拳頭，攤開手指前後看了看。還好，他還停留在這具完美的軀殼裡。

原來鳩占鵲巢並非長久之計，只要睡著，他仍會回到那個冰冷的、沒有靈犀的世界啊，這可麻煩了。

「娘娘，您要的飴糖和花燈買來了。」侍從上樓稟告，打斷了寧殷的思緒。

「花燈？」寧殷挑眉。

「難得今日出宮休憩，突然想將王府的燈籠換一換。」虞靈犀笑著接過飴糖，打開遞給寧殷一顆，「吃嗎？」

靈犀離去前最後一個心願，便是想同他一起去街上逛逛，買些零嘴。

可惜這個願望直至她死都不曾實現，後來寧殷獨自上街買了包糖，卻怎麼也品嘗不出她親自哺餵那種的甘甜。

寧殷接過糖觀摩了許久，方戀戀不捨地含入嘴中，滿足地瞇起眼眸。

虞靈犀展望天邊浮雲，提議道：「離晚上看燈還有幾個時辰呢，可要一同放紙鳶？」

寧殷對紙鳶並無興致。

一則他兒時的經歷不算美好，二則他腿疾這麼多年，對一切需健康奔跑的行徑都恨之入骨。

他有興致的，是眼前鮮活明媚的靈犀。明媚到即便索要他的心肝，他也會毫不遲疑剖出來送給她。

可現已入秋，集市並無紙鳶可賣。

虞靈犀便命人備了漿糊和篾條等物，試著親手紮一個。

無奈她實在沒有做手工的經驗，忙活了半晌，反倒險些將手指割破。

「錯了，應該這樣紮。」

寧殷實在看不下去，接過她手中的材料，自己動起手來。

虞靈犀含笑，在一旁看他。

男人垂眸時，眼瞼上落著厚重的陰翳，看上去冷冽疏離，透出久經上位的肅殺之氣。

殷不緊不慢地綁著細線，抬眸看了面前專注的她一眼，散漫道：「靈犀一直都這樣開心？」

虞靈犀怔了怔，頷首道：「親人俱全，愛人在側，自然開心。」

「愛人……」寧殷品味著這兩個字，著魔似的，又似笑非笑重複一遍，「愛人啊。」

紙鳶剛紮好，雲翳就遮住了太陽，變天了。

這麼大的秋風，紙鳶必定飛不起來，虞靈犀有些失落，撐著下頷嘆道：「可惜，不能陪你放紙鳶了。」

寧殷倒無所謂，他的心思本就不在紙鳶之上。

陰天極為晦暗，才到酉時，府中上下就掛起了燈盞。

是虞靈犀下午命人準備的花燈，庭中、廊下乃至簷下和樹梢，都亮堂堂掛著簇新的燈盞，如萬千星辰隕落，彙聚成頭頂溫柔的光海。

光海之下，虞靈犀與寧殷執盞對酌，宛若披著一層金紗。

燈下美人，明麗無雙，看得叫人挪不開眼。

寧殷從沒有機會與靈犀看一場花燈……不，或許是有機會的。

第一年上元節鴻門宴，他帶給她的只有鮮血和殺戮；第二年上元節，他忙著處理幾條漏網之魚而並未歸府……

他活得無情混沌，總覺得來日方長，

卻並不知曉，他將在三個月後的春日，永遠地失去靈犀。

想到什麼，寧殷目光驟然一暗。

前世逛完的街、被踏碎的紙鳶，以及不曾一起觀看的花燈會……似乎死前的遺憾，正在被眼前的靈犀一樣一樣彌補回來。

可這個世界的靈犀，如何知曉他前世的遺憾？

「寧殷，你還有什麼想要的嗎？」

虞靈犀酒意微醺，搖搖晃晃捧著杯盞問道。

想要妳啊。

寧殷在心底回答，眸色深暗，癡纏成魔。

可嘴角卻掛著溫和的笑，半瞇著眼，懶洋洋道：「給本王做雙革靴吧。」

虞靈犀極慢地眨了眨眼睫，笑著說：「好。」

（三）

夜雨寒涼，衛七還是無法適應這條殘破的左腿。

他直接抄了薛府上下，滅了趙府滿門，並未受絲毫阻礙。

看來無論前世今生，他骨子裡的偏執暴虐一點也沒改變。

處理了薛、趙二家，便是朝中隱而不發的亂黨餘孽。

好在手下的那批人，與他之前世界中的心腹並無太大出入。待殺光了該殺的人，衛七召集以周蘊卿、折戟為首的幾名心腹，做最後的安排。

他靠在座椅中，面容俊美陰冷，徐徐轉動指間的龍紋玉佩道：「將來若本王身死，執此玉者便是你們新的主子，需敬她、護她。誰有異議？」

眾人雖然疑惑，但還是躬身齊齊道：「願聽王爺差遣。」

「很好。」

做完這一切，衛七命人將薛嵩和趙家父女用粗繩拴在馬背後，串著一串連拖帶拽，綁回了王府。

他眸色漆冷，讓三名罪魁給虞靈犀下跪磕頭。

薛嵩丟了一隻靴子，被磨破的腳掌泡在雨水中，絲絲縷縷滲出鮮血來。他喘著氣狼狽不堪，陰沉著臉挺直背脊，拒不屈膝。

「打斷他的腿。」

衛七冷著臉吩咐侍衛，沒有一句廢話。

他不知道自己還能在這個世界待多久，必須在回去前，為歲歲擺平一切危機。

幾聲壓抑的慘叫，衛七淡然抬手，遮住了虞靈犀的眼睛。

虞靈犀唇瓣輕抿，待眼前的手掌放下，光線傾入，薛嵩的雙腿已然以奇怪的姿勢扭曲著，撐著地面跪在雨中，再也站不起來。

趙徽和趙玉茗已是嚇得面無人色，不用侍衛來打，便腿軟跪拜在地。

「微臣不知有何罪過，但求王爺饒命！饒命啊！」

見攝政王不為所動，趙徽如敗犬似的在地上爬行，爬到虞靈犀面前磕頭：「外甥女，妳求求王爺！看在我曾收留妳的份上……」

他不提此事還好，一提虞靈犀便想起在趙府時，她過的是怎樣軟禁般憋屈的生活。

她後退一步，隱在攝政王高大的身影中，別過了頭。

虞靈犀有些猜不透，如果說攝政王讓姨父和表姐給她下跪，是為了給她出氣，那薛嵩呢？

直到秋風吹開了寢殿的窗扇，虞靈犀望著飄灑進來的雨水，恍惚明白了什麼。

今天下雨了，難怪呢。

攝政王一到雨天便腿疾復發，格外暴戾嗜血。

想明白了這點，她起身重新關好窗扇，解下衣裙繫帶，朝床榻走去。

她掀開被褥鑽了進去，淺淺打了個哈欠，趕在王爺歸來前將床榻暖好。這件事她已經做了許多遍，沒什麼難為情的……

何況各取所需，本就是她的生存之道。

衛七披著一身寒氣歸來時，虞靈犀已自動往裡滾了滾，讓出剛暖好的一半床榻來。

染著女兒香的被褥，有著令人貪戀的溫度，虞靈犀只露出一張臉來，杏眸瀲灩，定定地望著他。

衛七眼尾微挑，給她壓了壓被角。

他的臉已經白得沒有一絲血色，唇線緊抿著，卻沒有像往常那樣拿虞靈犀「取暖」。

虞靈犀一時拿不準該貼上去，還是繼續躺著。

見攝政王倚在榻沿生捱，她終是不忍，試探道：「我已沐澤過了，王爺可以過來些。」

衛七打開眼睛，揚著自虐般的悠然淺笑，暗啞道：「不必如此，歲歲。」

這蝕骨之痛，本就是他應該承受的破敗人生。

他可要好好體會一下，若歲歲沒有介入他的人生，他過的該是怎樣人鬼不如的生活。

虞靈犀小心地觀摩著他，見他的確沒有殺人的心思，這才將鼻尖埋入枕中，溫聲道：「王爺今日很不一樣。」

她還是發現了異常，而衛七並不打算瞞她。

片刻的遲疑，他輕啟蒼白的薄唇，悠悠道：「因為我來自另一個時空，一個因歲歲重活一世，而改變命運的時空。」

（四）

虞靈犀睜大眼，愕然地看著他。

虞靈犀醒來的時候，頭枕在一雙結實的大腿上，懷中還抱著昨晚裁剪了一半的鞋樣子。

而寧殷撐著腦袋倚在榻邊，低頭垂眸，正有一搭沒一搭地撫著她睡得鬆散的鬢髮。

虞靈犀被他眼底的疲青下了一跳，前世寧殷受腿疾折磨，時常徹夜未眠，便是這副面色蒼白、眼瞼陰暗的模樣，看上去頗為陰鬱凌寒。

「你坐了一夜沒睡？」虞靈犀抬手，隔空描了描他深暗的眼眸，神情複雜。

「怕睡一覺醒來，就見不到靈犀了。」寧殷笑得瘋狂，眼底卻蘊著溫潤癡纏的笑意。

他握住了虞靈犀的手，逐根手指撫了撫，方輕聲問道：「靈犀是何時認出我來的？」

虞靈犀一僵。

「噓。」寧殷按住了她的唇，俯身掃了她手中的革靴鞋樣一眼，「莫騙本王，本王都看出來了，靈犀昨日一直在彌補本王曾經的遺憾，就連這革靴的樣式，也和當初贈本王的那雙一般無二。」

他笑了聲：「本王不明白，是哪裡露了破綻？」

虞靈犀拉下他按在唇上的手指，看了他許久，嘆道：「你喚我靈犀，而且這輩子我與你相見的日子，並非八月初八。」

昨日醒來她第一眼見著寧殷，便覺得有些不對勁。

他的細微動作與自稱，都更接近前世的模樣。

「這輩子？」寧殷何其聰明，很快抓住了重點，了然道：「所以靈犀和本王一樣，都是死後重生到了這個世界？」

不，他並非重生。

只要他閉眼睡去，靈魂就會被拉扯回原位，不過是個鳩占鵲巢的寄居者罷了。

寧殷的眸色暗了下去，溫柔道：「那麼靈犀，代替我贏走妳真心的、見過妳嫁衣如火的那個人，又是誰呢？」

「是寧殷。」虞靈犀蹙了蹙眉，解釋道：「並無差別，你們本就是同個靈魂。」

「不是。」寧殷輕柔道。

只要他一閉眼，便又會回到殘缺的身體，殘缺的人生。

而另一個「他」呢？

「他」有靈犀相伴，什麼苦痛都不必承受……不同時空不同的命運，這如何能算一個人呢？

想起什麼，寧殷笑了起來。

「不如把他殺了吧。」他輕飄飄道。

（五）

攝政王府，寢殿外風雨瀟瀟，殿內一片平靜。

「……未來的歲歲救了寧殷，所以，未來的寧殷也來幫助歲歲。」

衛七嗓音低沉，給自己的敘述做了個總結。

虞靈犀已然聽得呆怔了。

「不信？」衛七問。

虞靈犀點了點頭，而後又飛快搖了搖頭。

「我能問王爺……不，未來的王爺一個問題嗎？」她道。

衛七臉頰蒼冷，揚著唇線：「問。」

虞靈犀措辭半晌，方帶著卑微的希冀，小心翼翼地問道：「在我重活的那個世界裡，我的爹娘兄姊們，可還健在？」

衛七怔了怔。

他沒想到歲歲並沒有問前程富貴，也沒有問是否母儀天下，而是問了這麼一個不起眼的細節。

他點頭道：「在。」

虞靈犀的眼睛亮了起來。

「都在。」衛七決定多說兩句。

他本不是個在乎別人家事的人，但接觸到歲歲那雙亮堂起來的眼眸，平淡的話已下意識說出口：「虞煥臣娶了蘇家的女兒，剛生育了一女；虞辛夷與寧子濯兩情相悅，亦即將定親。妳爹禦敵有功，封了一等定國公，妳娘也挺好……」

說到這，他瞥見了虞靈犀滑入鬢角的眼淚，晶瑩濕冷的一行，刺痛著他的眼睛。

「怎麼了？」

衛七忘記了腿上的疼痛，伸手碰了碰她眼角的濕痕。

「兄長的未婚妻的確姓蘇，他們還未來得及成親，兄長就……」虞靈犀用力擦著眼睛，隨即綻開一個帶淚的笑來：「我只是高興……真的，太好了！」

她唇瓣顫抖，像是終於崩斷了最後一根心弦，將臉埋入被褥中嗚咽道：「他們還活著，太好了！」

衛七垂下眼，哄小孩般，伸手拍了拍她的背。

六親不認的瘋子，終於在歲歲的淚水中，明白了「血脈親情」的可貴。

短暫的喜極而泣，虞靈犀恢復了常態。

她將潮濕的臉使勁兒在枕頭上蹭了蹭，方帶著鼻音道：「讓王爺見笑了。」

衛七嘴角翹了翹，道：「我一旦閉眼睡去，則會離開這裡。歲歲還有什麼想要的，儘管說。」

在離開之前，他定能讓她如願。

虞靈犀想了很久，搖首道：「沒有了。」

知曉了未來的圓滿祕密，她連語氣都輕鬆了不少，整個人像是吸足水分的花朵，鮮活飽滿。

見衛七挑眉，她柔柔笑道：「真沒有啦。」

知曉家人在未來的世界好好活著，親友俱全，她已別無遺憾。

「我一走，妳又會面對那個一竅不通的瘋子。」衛七不吝於用最惡毒的詞語形容自己，沉聲道：「不怕？」

虞靈犀還未回答，衛七便低笑出聲。

雖然以前的寧殷消失，現在的寧殷可能也不復存在。但若他的存在是要以歲歲的死作為契機，那他寧可消失。

歲歲離了瘋子，興許會過得更好些……誰知道呢？

衛七黑眸晶亮，俯身輕緩道：「我幫妳殺了他，如何？」

（六）

虞靈犀還沒有澈底弄清眼下的狀況。

寧殷就是寧殷，就如同她重生過來依然是虞靈犀一樣，不可能分裂成兩個靈魂並存於同一時空。

「所以，你打算一直不睡覺？」虞靈犀對他自虐般的執拗頗為擔憂，「一個人不眠不休最多十日，便會精神崩潰而亡。你若把自己折騰死了，不也什麼都沒有了麼？」

寧殷一天一夜不眠不休，臉色著實不太好看，但漆黑的眼睛是瓦亮的。

「假設這個世界的寧殷會回來，那麼必然會同本王搶這具身體的支配權。」他似是在期許，面上滿是志在必得的泰然，「靈犀不妨猜猜，我與他有無可能在是精神中相見呢？」

虞靈犀試著想像一番，若不同時間的寧殷碰面……不，她不敢再想下去。

而且太匪夷所思了！

寧殷伸手取下瓷瓶中的一枝丹桂，漫不經心地撫著上面開叉的枝丫，「按照本王昨夜推演，命運因靈犀的重生而先一步改變，如同這樹枝在某個節點，長出相背的分枝。」

他撚住分枝，咔嚓一聲折斷，悠然道：「本王的樹枝壞了，何不將分枝搶過來，據為己有。」

橙紅的丹桂於他指間碾碎灑落，虞靈犀良久無言。

她仔細捋了捋前因後果，沉吟道：「所以你想在回去前，殺死另一個你，從而爭取留在這個身體裡？」

「不錯。」

「若你留下來，那前世那個世界，又該怎麼辦？」

「……」許久的沉默。

那一瞬，虞靈犀在他那張完美冷硬的臉上，看到了類似悲傷的神情。

「那個世界裡，已經沒有靈犀了。」寧殷將光禿殘敗的丹桂插回瓷瓶中，仰頭靠回榻上，「本王不能失去妳兩次，靈犀。」

他半瞇眼眸翹起嘴角，聲音卻像是深井裡枯寂的風，暗啞不甘，執念成魔。

如果可以，他願意做「他」的替身，做靈犀的影子。

「你如此不眠不休，在精神裡與自己廝殺搏鬥，我該怎麼辦呢？如果你一睡不醒，我又該如何？」虞靈犀眼眶濕潤，輕聲道：「我也不想再失去你一次，寧殷。」

寧殷看著她，黑眸凝成看不見的深暗。

他所有的自私惡劣，都抵擋不住這句帶著鼻音的「我該怎麼辦」。

虞靈犀忽然就明白了，他的執念從何而來。

「打開你的香囊看看，裡面有我一直相對你說的話。」

她深吸一口氣，提議道。

過了片刻，寧殷才將視線落回腰間，解下香囊打開。

兩顆紅豆，一張紙箋。

——「雙生有幸，見君不悔」。

寧殷一下安靜下來，望著「雙生」二字許久，問：「為何不悔？妳應該恨本王。」

因為嘗過失去的滋味，明白過追悔莫及，所以才想不擇手段地停留於此。

「無論前世今生，我從未恨過你，也從不後悔遇見你。」虞靈犀將手中未完成的革靴擱置一旁，輕而堅定道。

在她心裡，寧殷就是寧殷，兩輩子的同一個人。

寧殷眸色微動。

虞靈犀道：「所以無需悔恨，也別再折磨自己。從生到死，向死而生，夢裡夢外因果迴圈，始終都是你。」

前世今生，從來都不是什麼背道而馳的分枝，而是兜兜轉轉後的圓滿。

（七）

雨停了，天色微明。

衛七按了按手杖的機括，利刃彈出，薄薄一片抵在地磚上。

「入睡離開前，我可將這具身體毀掉，這個世界的寧殷自然就回不來了。」衛七抬指點了點玉質的手柄，將計畫和盤托出，「我已交代好了後事。等這具身體死後，王府的一切錢財權勢都會交到歲歲手裡，可保歲歲一生平安富庶，豈不比仰人鼻息強？」

虞靈犀只是搖了搖頭：「若王爺是惡人，那我重生後為何要救他？這其中定然有我現在沒弄清楚的誤解。」

衛七微怔，這是他不曾想過的細節。

歲歲是個恩怨分明的人，若前世的寧殷待她極差，她沒理由在重生後放下心結愛上他。

「所以，我想弄明白這一切。我想看看王爺渾身尖刺的冷硬外殼下，究竟藏著什麼心思。」虞靈犀微微一笑，「很奇怪，見過你以後，我一點也不怕王爺了。」

衛七凝神：「不悔？」

「不悔。」虞靈犀眼中含著溫柔的韌勁，堅定道：「謝謝你告知我這些，讓我知道將來如此美好。不管這輩子會發生什麼，我都不會後悔。」

因為黑暗之後，會有無盡光明。

晨光自窗外升起，明亮了她的眼眸。

衛七叩了叩手杖，收起刀刃。

「熬了一天一夜，王爺睡吧。」虞靈犀道。

衛七沒有閉眼，他很想再說點什麼，做點什麼。

「不必擔心我。」虞靈犀伸手遮住他的眼睛，哄道：「睡吧。」

溫柔的黑暗自眼前落下，衛七睜眼許久，闔上了眼睫。

（八）

暮色遲遲，秋風捲落滿庭紅葉。

寢殿軒窗旁，寧殷自斟自斟了一杯酒，夾起一旁的椒粉梅子，連連放了兩顆進去。

虞靈犀以為這杯酒是給她的，誰知寧殷單手執起酒盞，往自己薄唇邊送去。

「你不怕辣？」虞靈犀好奇道。

如果真的是前世的寧殷，應該一點辣都吃不得才對。

寧殷面無表情地一飲而盡，放下空酒杯道：「早習慣了。」

在她離去的那八個月，他只能靠著這點辣意回味她活著時的溫度，睜眼熬到天明。

他摩挲杯沿，一眨不眨地看著穿針引線的虞靈犀，屈指抵著腦袋問：「『他』待妳好嗎？」

虞靈犀知道寧殷嘴裡的「他」是誰，道：「你待我很好。」

寧殷一挑眉，倒也沒糾正她。

「如何好？」

「你雖滿腹壞心眼，但每次在關鍵時刻，總會出手相助。高興起來，恨不得將身上的骨肉割下來送給我，好像整個世界，只剩下『虞靈犀』這一抹亮彩。」

虞靈犀說了許多往事，她說這些的時候，嘴角始終帶著微笑。

想起什麼，放下手中的活計，笑道：「前世也是如此，不是麼？若沒有你，我不知死了幾回了。」

「可靈犀還是……」

他抿緊了唇線，不願提及那個字。

虞靈犀沒有繼續這個沉重的話題，只將鞋面和鞋底縫合，剪斷線頭，放在木托上整了整，翻過靴面道：「好了。」

和前世一般無二的雲紋革靴——

是他弄髒了，卻再無機會討要的新革靴。

「可要我服侍王爺穿上？」虞靈犀眨眨眼，故意換了稱呼。

寧殷笑了聲，接過靴子撫了撫，方自行穿上。

他在殿中來回走動，不知疲倦，像是在試靴子，又像是在感受健康的雙腿。

許久，他重新坐回虞靈犀身邊。

只是安靜地坐著，看著夕陽的餘暉自屋脊慢慢沉沒，好像要將兩輩子的東西一眼看個夠。

漸漸的，他的身形往下倒去，將頭枕在虞靈犀的膝頭。

「本王不想回去。」他眼中拉滿了血絲，像個孩子般固執地低喃，「那個世界太冷了，本王不願回去。」

如果可以，他仍想殺了另一個「寧殷」。

可是萬一他留不下來呢？讓靈犀一個人活著，就像前世的他嗎？

他怎麼捨得。

「靈犀……」寧殷像是要抓住一縷光般伸手，啞沉笑道：「真想抓住妳。」

虞靈犀什麼也沒說，只是垂眸，輕輕撫了撫他散落的墨髮。

庭中紅葉落下，他深深凝望著虞靈犀，在黃昏的晦暗中緩緩闔上了眼。

寧殷可以撐更久不睡，但他還是閉上了眼睛。

能「死」在靈犀懷中，是他莫大的榮幸。

（九）大瘋子的重生

寧殷站在無盡的黑暗中，看到了另一個自己。

兩人如同照鏡子般面對面，一樣的俊美凌寒。

寧殷知道「他」想殺了自己，如同自己想殺了「他」。

寧殷抬起腳，對方也同時邁步，越來越近，時空在他們身上拉扯扭曲。

「王爺？」他聽到了靈犀的聲音。

「寧殷？」

「他」也聽到了歲歲的聲音。

兩人擦肩而過，如同穿過一面鏡子，朝著自己的世界奔去。

熟悉的隱痛順著左腿攀爬，寧殷卻顧不上許多，朝著聲音傳來的方向跑去——

然後，猛然下墜。

睜開眼，晦暗的光線透過座屏投入，空氣中暈散嫋嫋熟悉的茶香。

案几後，虞靈犀屈膝斂裙坐得端端正正，挽起的雲鬢露出一段纖細漂亮的頸項，腦袋卻一點一點的，睏頓至極。

無論妝扮還是氣質，都是他最熟悉的模樣。

寧殷靜靜地看著虞靈犀，漆眸像是一望無底的深潭，像是橫跨兩世的迷霧。

他拿起榻邊的手杖，起身來到虞靈犀身邊，伸手碰了碰她溫熱的臉頰。

虞靈犀瞬間驚醒，抖抖眼睫茫然道：「王爺？」

啊，連聲音也是如曾經一樣。

不是回到了密室，也沒有冰冷的冰床，他回到了靈犀還活著的時候。

寧殷死寂的心臟，重新復甦跳動，越來越快，越來越沉。

手杖滾落在地，他伸手擁住她，緊緊地禁錮於懷中。

「抓住妳了。」他低低笑道。

虞靈犀有些茫然。

她方才做了一個冗長的夢，夢中的王爺替她處置了利慾薰心的姨父一家，還給她說了好多好多貼心的話。

一覺醒來，等候她的並非是王爺的陰晴不定，而是一個緊得幾欲窒息的擁抱……

大約是方才那個夢的緣故，虞靈犀莫名覺得，她與王爺之間，天生就該如此信任親暱。

「好啦。」

於是她笑了笑，抬手撫了撫他寬闊的後背。

「對了，昨日八月初八，是我與王爺相識周年的日子，我繡了個香囊。」

說到這，虞靈犀聲音低了下去，「只是手生，繡得不太好看……」

話還未說完，寧殷捏了捏她的後頸，強勢道：「拿來。」

針腳歪斜的香囊，還是那麼醜。

但寧殷笑得恣意，將香囊掛在了腰間。

靈犀的眼底泛起從未有過的明媚光芒。

這一世，他要緊緊抓住，再不放手。

（十）小瘋子的夢醒

腦中尖銳地疼。

「寧殷……寧殷？」

虞靈犀的聲音由遠及近，漸漸清晰。

寧殷猛然睜眼，靜王府寢殿熟悉的擺設鋪展眼前，望向一旁，是歲歲那張惺忪的臉。

他回來了。

「做噩夢了麼？」

虞靈犀拱了過來，擔憂地撫了撫他眉間。

寧殷望著她良久，忽地緊緊地擁住了她。

「做噩夢了。」他低啞道：「夢見我以前待歲歲很不好。」

墜入虛空前，寧殷彷彿穿過了一條記憶的長河。

他看見了八月初八被軟轎抬入府中的紅衣美人，瞧見了她日復一日的隱忍與謹慎，也瞧見了噴灑的黑血和……

和冰床上無聲無息的死寂。

那些畫面如此真實，真實到光是回想片刻，心臟便痛彷若裂開。

說起夢，虞靈犀昨晚也做了個怪夢。

她夢見前世死後不久，寧殷也燒了攝政王府，服毒與她一同躺在了冰床上。

夢見他來到這個世界，告訴她：他想留下，他不想再回到那個沒有靈犀的世界。

明知是夢，她仍是眼眶一酸，吻了吻寧殷緊抿的薄唇。

兩個人相依取暖，耳鬢廝磨，彷彿只有這樣才能證明彼此的存在。

「我們會永遠在一起的，寧殷。」虞靈犀眼眸明淨，氣息不穩道。

寧殷沉沉「嗯」了聲，回以更熱烈的親吻。

殿外紅葉飄落，晨光明媚，時光仍在向前流淌。

番外四、周唐

（一）

「鄉君！鄉君！」僕從們一路小跑著跟上大步流星的主子，擦著汗勸道：「這天都快黑了，您還是回去吧！明日老夫人就歸府了，您要抄的功課，還一個字未動呢！」

鄉君尚在禁足反思期間，明天若交不出功課，罪加一等，他們這些下人也得跟著主子一同受罰。

「急什麼？還早著呢！」街市上人潮熙攘，唐不離穿著俐落的窄袖戎服，一會兒摸摸攤邊的香囊玉飾，一會兒摘下貨郎草靶上的糖葫蘆，閒不住道：「實在抄不完，不還有你們嗎？」

僕從忙數了兩顆銅板給貨郎，苦巴巴道：「不成啊，我們那些鬼畫符哪能瞞得過老太君？」

話音未落，便見一個半舊的包裹從一旁飛出，剛巧砸在唐不離腳下。

「哪個不長眼的東西？」

唐不離義憤填膺，順著包裹飛來的方向看去，只見一位衣著單薄的俊俏書生被人從書坊中趕出。

「既是道不同，無需多言。」書坊老闆盤著兩枚核桃，冷笑道：「敝店不歡迎閣下，趕緊走。」

書生約莫及冠之齡，背脊挺直，慢條斯理整了整洗得發白的青色儒衫道：「書可以不借，理不可不講。模仿書聖字跡造假乃欺詐之罪，按本朝刑律當罰沒家產，徒三年。我不願助紂為虐，無錯。」

書生字字清朗，簡潔有力，平白生出一股清正之氣。

圍觀的群眾漸漸聚攏，朝著書坊指指點點。

書坊老闆微微色變。

這書生常來書坊借書抄錄，能模仿百家墨寶之風，書坊老闆見他是京中難得一見的奇才，便生了歪心思，許以銀錢，讓他仿古人字跡做幾張贗品倒賣。

誰知這書生如此不識抬舉，拒絕不說，竟然還敢當眾揭穿他！

老闆捏緊核桃，朝一旁的夥計使了個眼色。夥計會意，摸了一本經折裝的《六章釋義》孤本，悄悄繞到人群之中。

書坊老闆神色稍緩，倒打一耙道：「你來敝店行竊，我念你有幾分才學放你一馬，未料你恩將仇報，還敢口出狂言構陷！」

「我未曾偷竊。」

「沒有？那這是什麼！」夥計從散落的包裹中拿出一本經折書，指著上頭鮮紅的「萬卷坊」的紅印章道：「人贓俱獲，你還狡辯！」

書生擰眉，這書明顯是對方栽贓的，可他並無證據自證清白。

書坊夥計也是看準了這點，越發耀武揚威，將他包裹中抄錄好的卷冊一股腦揚了出來。霎時漫天紙張飄飛，多年來嘔心瀝血的策論、文賦紛紛揚揚落了一地，又被踏入塵埃。圍觀之人「謔」地一聲，只顧著看熱鬧，並不在乎真相如何。

唐不離咬了口糖葫蘆，看著蹲在地上一張一張撿拾的書生，莫名有些同情。

她是個急公好義之的性子，當即道：「喂！這書明明是你自個兒放進去的，賊喊捉賊玩得挺溜啊！」

夥計變了臉色：「這位姑娘莫要含血噴人，妳可有瞧見……」

「本鄉君親眼所見！」

說著，她故意露出了腰間唐公府的權杖。

京城這麼點大，一片樹葉落下都能砸著幾個貴人，夥計自然看出唐不離非等閒之輩，心虛地縮入人群中。

唐不離掂量著手中的糖葫蘆，用盡力氣朝夥計砸去，「啪」的拍在他後腦勺上。

夥計被砸了個趔趄，灰溜溜跑回書坊老闆身後。

書坊老闆不敢得罪貴人，賠笑兩聲便躲進屋中。一場鬧劇落幕，圍觀的人一揮袖子，四散而去。

唐不離拍了拍手，視線在他陳舊略短的袖口一掃而過，問：「你會仿人字跡？」

書生不語，有條不紊地撿著滿地紙張。

一張紙落在唐不離的藕絲靴面上，他手頓了頓，礙於禮節不好直接上手去拿。

唐不離彎腰，替他拾起那張紙，挑眉道：「喽，我們做個交易如何？你替我做一件事，我資助你求學束脩……」

書生抬起眼來，眸色清冷疏離。

「餘雖家貧，但不窮志。」書生道：「餘謝過姑娘解圍。但若挾恩以行不義之舉，恕不從命。」

這書生年紀輕輕，說話做事倒像個老古板。

唐不離覺得有趣，將手中的紙抖了抖，望著上頭飄逸端正的字體道：「放心，只是替我抄抄書，絕不讓你做違背刑法道義之事。」

唐不離將書生帶回了唐公府，在唐府下人居住的後街中收拾了一間乾淨的屋子，安頓下來。

「你叫什麼名字？」唐不離環抱雙臂，擺出唐公府鄉君的氣勢來。

「周蘊卿。」書生道：「蘊藏的蘊，客卿的卿。」

「倒是個好名字。」

唐不離擺擺手，立刻有僕從搬著足有一尺厚的書籍紙張來，「哐噹」一聲砸在屋中的破案几上，揚起一桌塵埃。

那是她連抄帶罰積攢了一個月的功課，一字未動。

「這些，需在明日午時前謄寫完……」這麼厚一摞，任他三頭六臂也難以一夜之間抄完，唐不離良心發現，支吾著改口道：「罷了罷了，你能抄多少算多少吧。這是我的字……」

抄了兩行《內訓》的宣紙上，百無聊賴地畫著一隻醒目的長尾王八。

「……」唐不離淡定地將王八撕去，團成一團丟入紙簍中，「本鄉君的丹青就不必模仿了，仿字跡就成。」

說罷將紙拍在案几上，豪爽地壓了兩錠銀子。

翌日。

老太君拜佛歸府的第一件事，便是喚孫女過來，檢查她的功課。

唐不離不情不願地挪著小步子趕往正廳，一邊想著等會兒如何搪塞，一邊又擔心：那周蘊卿一整晚沒動靜，不會捲款逃走了吧？

正渾渾噩噩間，便見僕從自角門飛奔而來，抱著厚厚一摞紙張道：「來了來了！鄉君，都抄好了！」

「都抄好了？」

唐不離愕然，周蘊卿這廝只用了八個時辰便抄好了她一個月的功課！

她匆匆翻看那摞紙張一看，不僅一頁未落，而且字跡筆鋒與她平日所寫一般無二，宛若拓印。

連祖母都沒看出來。

唐不離覺得，她約莫撿到寶了。

（二）

唐不離做了一個夢。

夢裡祖母已經不在了，她孤苦無依，在舅母的安排下嫁給了一個出身顯赫的世家子。婚前舅母和媒人將世家子吹得天花亂墜、世間無二，婚後才發現此人金玉其外敗絮其中，是個貪戀酒色的酒囊飯袋。

一日醉酒，她夫君失言辱罵攝政王，被拖入大理寺受刑，生死未卜。

高門聯姻充斥著太多利益瓜葛，丈夫身死事小，連累滿門事大。夢中的唐不離走投無路，只能腆著臉去求新晉的大理寺少卿打探消息。

座上的高官有著熟悉清冷的面容，一襲深緋色的官袍齊整得無一絲褶皺。

而她綰著婦人的髮髻，像是一塊被命運打磨去稜角的石頭，沒了閨閣時期的鋒芒驕傲。兩年過去，換她狼狽。

唐不離覺得羞恥，咬著唇下跪，放下自尊求周蘊卿高抬貴手，從輕處置。她不想被那蠢貨丈夫拖累，不想充入教坊司為奴……

「尊夫死罪已定，無法更改。」

夢裡的焦灼與壓迫如此清晰，她感覺到那道清冷的視線始終落在肩頭，壓得她抬不起頭來。

畫面陡然翻轉，有什麼模糊的碎片走馬燈般晃過。

等夢境再次清晰之時，唐不離已渾身繃緊地躺在昏暗的羅帳中，決然的眸中映著那張浮上紅暈的清俊臉龐。

「可知道本朝律法，和奸之罪如何處置？」

他嗓音染著啞意，眸色掙扎，嘴中訴說冰冷的刑律，身體卻施以火熱的回應。

唐不離生生被嚇醒，臉頰燥得幾乎能攤熟一張餅子。

她捂著臉頰，不敢相信自己夢見了什麼。

她成親了，丈夫犯事，即將被抄家流放。她去求主審此案的大理寺少卿，而少卿竟是她府中一個抄書的窮酸書生，還與他做了一些不要臉的事……

唐不離覺得自己中邪了。

「呸！臭不要臉！」

她也不知自己在唾棄誰，仰面躺了一會兒，又開始心思晃蕩。

周蘊卿那書呆子，就是個無情無欲的冰雕，怎麼會……

好奇的種子一旦埋入心中，很快便會破土生芽。

（三）

周蘊卿照舊穿著那身泛白的青色儒衫，但洗熨得很乾淨，非但不落魄狼狽，反而有種竹杖芒鞋的清高之氣。

他背對著唐不離站在牆邊，牆上貼滿了碩大一張的宣紙，正提筆揮墨寫著磅礴大氣的賦文。

洋洋灑灑千餘字，謄滿了整面牆壁，龍蛇飛舞，矯若驚雲。

周蘊卿是個安靜清冷得無趣的男人，但他沉迷墨海翰林之間時，清雋筆挺的身形彷彿蘊含著無盡的力量，迸發出耀目的光芒。

他落下最後一筆，站在滿牆的賦文前審視，彷若仙人在俯瞰雲海翻騰的群山。

那是屬於他的世界。

他久久佇立，墨水自筆尖滴落，於地磚濺開一朵墨梅。

唐不離看得入神，懷中的書籍掉落，「嘩啦」一聲打破屋內的靜謐。

周蘊卿將筆擱在案几上，朝她拱手行禮。

光芒散去，又恢復了那木訥低調的模樣。

「喏，今天要做的功課。明日前，寫一篇感悟出來。」

唐不離將祖母布置的《詞義》拾起來，推至周蘊卿面前，順便擱了一錠銀子。

她出手十分闊綽，周蘊卿卻不曾多看一眼，只回到案几後，提筆潤墨書寫起來。

唐不離沒有離去，歪著頭看了一會兒，才發現他是在寫《詞義》感悟，一氣呵成，連停頓思索的時間都不曾有。

唐不離大為震撼，問：「你都不用看書的嗎？」

「看過了。」周蘊卿簡短道：「記在心裡。」

他買不起太多書籍，借書時會儘量默記於心，早是腹有千文，爛熟於心。

「你很厲害。」唐不離生性直爽，從不吝嗇自己的讚美，「我有個閨閣好友，她亦有過目不忘的本事，若有機會，你們可以比一比。」

周蘊卿專心書寫，並未答話。

他對書籍以外的東西毫無興致，唯有談及刑罰律法的時候，才會口若懸河娓娓而談。

唐不離不禁好奇，眼前這個不知情趣的男人，真的會是夢裡那個禮教崩壞於床的大理寺少卿嗎？

她單手拖著下頷盯著他看了許久，沒忍住問道：「你，可有妻室通房？」

周蘊卿眼也不抬：「沒有。」

「可有未婚妻或紅粉知己？」

「沒有。」

無論唐不離怎麼問，他都是一句「沒有」。

唐不離莫名想起了那個夢，他不像是急色之人啊，怎麼會……

她止住了危險的畫面，清了清嗓子道：「那我問你，若一個女子夫家犯事，連累於她。她去求主審之人網開一面，然後……」

她又咳了咳，才在周蘊卿疑惑的目光中支吾道：「然後不知怎的，就睡一起去了……嗯，這種情況算是怎麼回事？」

一聽到律法案件，周蘊卿來了興致。

「女子自願？」

「應該……可能，是自願的吧。」

「那便是和奸。」周蘊卿一本正經道：「按本朝律法，雙方杖二十，徒刑三年。若以色賄賂，主審之人篡改案件，則刑罰從重，當革職流放一千里。」

「……」唐不離不死心，「若你就是那主審呢？」

「不可能。」這次周蘊卿回答得極為迅速且篤定，「若我是主審之人，必將秉公執法，將那試圖行賄的女子打出門去。」

唐不離莫名覺得憋屈且生氣。

然而憋了半晌，也不知該從何反駁，那個夢本就是子虛烏有，當不得真。

她挑眉道：「我不信，你從不對女色動情。」

「不會。」周蘊卿道。

他越是與夢中反差，唐不離便越是懷疑他故作清高。

清平鄉君頑劣慣了，並非安分的性子，凡是好奇之事，打破砂鍋也要問到底。

「這樣呢？」

唐不離趴在書案上走近，朝他吹了吹氣。

棗紅戎服的少女腰間掛著金鞭和鈴鐺，養尊處優，驕矜得像是這盛夏的太陽。

周蘊卿眼睫抖了抖，筆觸不停。

「這樣呢？」唐不離按住他的手。

書生的手指修長，指腹有薄薄的筆繭，但並不影響它的好看。

周蘊卿寫不下去了，抬眼看她。

他的眼睛迎著光，是很淺的琥珀色，挨近了乍一看，有種驚心動魄的清冽。

「這樣呢？」

那一瞬鬼使神差，唐不離如夢裡那般，在他臉頰上飛快地啄了下。

與其說啄，不如說大咧咧撞了上去，鼻子被他的臉頰磕得生疼。

筆觸在宣紙上拖下一條長長的尾巴。

風從半開的門中吹入，吹動滿牆的宣紙「嘩啦」，空氣中墨香浮動。

周蘊卿怔住，面上一平如水，腹部卻猛然收緊。

唐不離反應過來做了什麼，腦中的戲謔熱度褪去，只餘無限尷尬。

四目相對，空氣凝固。

她猛地起身後退一步，用力擦了擦嘴唇，落荒而逃。

（四）

唐不離從小被當做男子養大，玩遍京城受盡追捧，招貓逗狗慣了，一向不遵循什麼男女大防。

饒是如此，她也覺得那腦子一熱的挑逗離譜得很。

為何要親周蘊卿？

為何要跑？

為何一回想起周蘊卿當時的望過來的眼睛，她就尷尬得想哐哐撞牆？

唐不離不是個擅長逃避的性子，她決定同周蘊卿解釋清楚，將此事澈底揭過。

第二日取寫好的《詞義》感悟，唐不離留下來多說了兩句。

「昨日那樣……是我不對，我就想逗逗你，看你是否真的如你說的那般心性堅定。」為了表明自己並無其他心思，唐不離頗為豪爽地拍了拍周蘊卿的肩，「反正你一個大男人也吃不了虧，別放在心上。」

周蘊卿被拍得懸腕不穩，筆尖在宣紙上頓下一個明顯的墨漬。

他淡然地換了張紙，「嗯」了聲。

見他依舊是那副置身事外的平靜，唐不離如釋重負，眉開眼笑道：「那這樣說清楚啦！以後就當什麼也沒發生過，誰也不許再提此事！」

說罷拿起已寫好的功課，哼著小曲心滿意足歸去。

一切彷彿又回歸了往日的悠哉快樂。

若有懂文墨的貴女做東設宴，唐不離便會帶周蘊卿一同會客，給不學無術的自己充當門面。

可唐不離未曾想到，寒門中人沒有閒錢附庸風雅，讀書作文時周蘊卿尚能游刃有餘，一旦涉及高門貴胄的禮儀便現了原形。

僕從端來漱口的茶水，他卻一飲而盡，連奉茶的婢子都掩唇取笑起來。

周蘊卿坐在衣著光鮮的貴人之間，顯得格格不入。

唐不離最是護短，她帶過來的人，怎能允許旁人取笑？

她喝退了奉茶的小婢，回府之後，便下定決心教周蘊卿品酒煮茶。將來他若真能入朝為官，躋身上流，也不至於被人輕視取笑了去。

怎奈周蘊卿酒量奇差，才飲了半杯就上頭，口若懸河喋喋不休。

唐不離在被迫聽了他一個下午的《本朝刑律案典》後，頭疼欲裂不知身處何方，只好決心放棄教他品酒，轉而專攻茶道。

她手把手教他宦官人家的應酬禮節。

品茶之事周蘊卿倒是學得極快，不出一旬便能辨出各色茶種優劣，以及宴飲時的烹茶之道。

唐不離喜歡看他煮茶的模樣，風流蘊藉之態，賞心悅目得彷若真正的世家公子。

然而好景不長。

周蘊卿很快得知並非唐府正經的書吏，他日日抄錄、撰寫的東西，是唐老太君布置給孫女的功課。

「鄉君曾許諾，不會讓我做違反道義之事。」周蘊卿義正辭嚴。

「我不想抄書，請你來抄，你情我願之事如何算違反道義。」

唐不離對周蘊卿鑽牛角頗為不解，「難道我不想做菜，請個廚子做菜，你也說我違反道義？」

「修身明禮，怎可與口腹之欲相提並論？」周蘊卿固執道。

唐不離說不過他，有時候她真是受不了這小郎君的古板冥頑。

「不幫就不幫，幹什麼冷冰冰訓人？」她擰眉嘀咕。

兩人的第一次爭執，以不歡而散告終。

（五）

祖母病了。

老人家突然暈厥的時候，唐不離正在瓦肆看百戲。從滿頭大汗的僕從嘴裡得知消息後，她只覺腦中「嗡」的一聲，天崩地陷。

趕回府，老太太剛服了藥睡下，唐不離直到現在才有機會仔細審視這個堅忍的老婦。

原來，祖母已經這樣老了。

她鬢髮銀白，臉頰沒了往日的富態紅潤，躺在榻上都看不出身形起伏的輪廓。這個中年喪夫又喪子的強悍婦人，捱過半生風霜，以一己之力撐起偌大的唐公府，卻倒在了年邁體衰的詛咒之下。

有時候，被迫長大只是一夜之間的事。

老太太病了，府中諸多大事都壓在唐不離肩上，焦頭爛額。

她也是自己掌事了才明白，唐公府沒有實權，維持府中上下龐大的開銷實屬不易。

偏生她不懂事，就連養一個抄書的書生都恨不能一擲千金。

天不怕地不怕的人，生平第一次有了害怕的東西，她害怕祖母和夢裡一樣會撒手離去。

「乖孫，這幾日苦了妳了。」唐老太太輕撫著孫女的臉頰，虛弱嘆道：「自妳祖父大去，我獨自一人將妳父親拉扯大，看著他入朝為官、娶妻生女。後來妳父親病逝，兒媳也隨著去了，我又將妳拉扯大……唯一的遺憾，就是沒來得及給妳定門好親事，風風光光看著我的孫兒出嫁。」

祖母的聲音帶著老年人特有的沙啞，苦澀的藥香縈繞，酸澀了唐不離的鼻根。

「祖母松齡鶴壽，不會有事的。」唐不離攪著湯藥，澀聲道：「只要祖母能好起來，抄多少書、多少經文我都願意，再不弄虛貪玩。」

「好孩子，有妳這句話祖母就放心了。」老太太目露慈愛，慢慢地道：「妳比不得那些有父母兄弟撐腰的官宦子弟，以後切記要安分守己，再不可和外男任性胡鬧，授人以柄……明白麼？」

唐不離知道老太太是聽說了周蘊卿的存在，故而出言提醒。

她心中酸澀，用力地點點頭：「孫兒明白。」

老太君生病，府中捉襟見肘。唐不離打算留下那些忠厚老實的僕從，其他下人能遣散則遣散。

其中，自然有周蘊卿。

七夕鵲橋相會，傳聞這日將心願寫在天燈上，便可順著銀河傳達上蒼。

唐不離於望仙樓設宴，邀請了虞家兄妹一同放天燈祈福。

她將周蘊卿也帶了過去，一則寫一百盞祈願燈需要大量人力，二則今日過後，她就不能再資助周蘊卿了，算是告個別。

畫橋之上，唐不離執著火燭，將寫好的天燈一盞一盞點燃。

每點一盞，她便在心中祈願祖母身體健康，長命百歲。

起風了，來不及點燃的天燈被吹得滿地翻滾，手忙腳亂間，忽見一雙指節修長的手從身後伸來，替她攏住了險些熄滅的火燭。

周蘊卿什麼話也沒說，撿起地上吹落的天燈，遞給她點燃。

兩人無聲配合，天燈如螢火飛向天際，匯成橙色的光河。

「周蘊卿。」唐不離還是開了口，摳著雕欄的邊沿道：「我以後不能留你抄書了。」

周蘊卿轉過頭看她，似乎不解。

風吹動他泛白的衣袍，彷彿下一刻就要乘風飛去。

「反正……反正你不喜歡我弄虛作假，我也不喜歡受人管束，不若好聚好散。」

唐不離一口氣說完，不知為何，沒敢看周蘊卿的眼睛。

她驕傲慣了，直到此刻也不願承認自己捉襟見肘的落魄。

她很想再說點什麼，但最終什麼也沒說。

第二日，唐不離置辦了筆墨紙硯並一套古籍，連同碎銀仔細包裝好了，去給周蘊卿送行。

乾淨的房舍中翰墨飄香，周蘊卿背對著她，如往常那般在牆上書寫賦文。

「周蘊卿，你收拾東西走吧。」唐不離清了清嗓子，將懷中的包裹輕輕擱在案几上，「這些東西送給你，權當是我們相識數月的餞禮。」

周蘊卿筆走龍蛇，飄逸的行書漸漸變成行草，力透紙背。

他那清雋的身軀中，似乎有暗流在激迸翻湧，化作翰墨一瀉汪洋。

「周蘊卿，我走了！」唐不離加大了聲音，見男人不語，她又乾巴巴補充道：「你以後，會很有出息的！」

周蘊卿依舊沒吭聲，只是垂頭在瘋狂地寫著策論，行草已變成了狂草。

白紙剝離，飄落一地，他渾然不覺，繼續在牆上書寫。

唐不離等了會兒，猜想他大概是不會開口說話了，撇撇嘴垂頭離去。

直到唐不離的腳步聲遠去，周蘊卿才像是年紀失修的機括般猛然停下。

早已乾枯的毛筆分叉開裂，如雜亂的野草般頓在牆上，留下碩大的一抹枯筆。周蘊卿的眼睛孤寂而沉默，就這樣一動不動地站在未完成的賦文前，久久沒有繼續。

寫不出。

他寫不來。

枯筆墜在地上，他後退一步，徒勞地捏了捏鼻梁。

（六）

周蘊卿走了。

空蕩的房間收拾得很乾淨整潔，唐不離的餞別禮仍安靜地躺在案几上，除了他自己的兩套衣物和筆墨紙硯，沒有多帶走一樣東西。

唐不離望著那篇未完成的狂放賦文，滿牆墨蹟戛然而止，沒由來惋惜。她要應付的事著實太多，很快將周蘊卿拋諸身後。

漸漸的，那抹青色孤冷的身影在她心中淡去了痕跡。

沒多久，祖母托人多方打聽，做主給唐不離定了一門親事，求娶之人是太傅之孫陳鑑，據說是個孝順懂禮的世家子弟。

唐不離不想嫁人，擔心自己如同以前夢見的那般嫁給一個徒有虛名的酒囊飯袋，可架不住老太太時日無多，想看孫女出嫁的心願。

「太傅之孫，想來家教甚好，應該不是夢裡那個辱罵攝政王的蠢貨吧？」唐不離思忖著，隨即反應過來，拍了拍案几，「唐不離妳想什麼呢？那麼荒唐的夢，怎麼可能應驗！」

何況本朝天子尚在，根本沒有什麼攝政王。

如此一想，唐不離勉強安了心。

中秋，虞靈犀大病了一場，唐不離特地登門看望。

聽聞她與陳鑑定親了，歲歲有些怔愣。

「阿離定親大喜，我本該高興。」歲歲瘦了些，但依舊不損她顏色分毫，輕聲道：「不過聽聞陳鑑此人多情狂妄，聲名不正，還需三思才是。」

很快，歲歲的話就應驗了。

那日助歲歲去花樓查探消息，迎面撞上了幾名油頭粉面的世家公子，其中就有唐不離的未婚夫陳鑑。

汙言穢語，不堪入耳。

一想到自己要嫁給這樣的人，想起夢裡自己無辜受累、卑微求人的下場，唐不離便氣不打一處來。

反應過來時，她手中的長鞭已朝陳鑑劈了過去。

陳家咽不下這口氣，以「有失婦德」唯由，當眾與她退親。

一時間，唐不離「母老虎」、「女霸王」的諢名流傳開去，淪為笑柄。

唐不離本人並不在意，誰敢當著她的面取笑，她便用鞭子抽誰，絕不吃虧。

她唯一擔心的，是祖母會失望。

「抱歉，祖母。」唐不離跪在榻前，低下了頭，「孫兒又將事情搞砸了。」

「不怪妳，乖孫。怪祖母識人不清，被人誆騙。」老人家笑呵呵扶起孫女，安慰道：

「那樣不乾不淨、表裡不一的後生，不要也罷！即便乖孫不抽她，祖母也要替妳抽他！」

意料之中的訓斥並未到來，唐不離猛然抬頭：「真的？」

「真的。」老太太撫了撫唐不離的束髮，慈愛道：「及時止損，乃是幸事。」

唐不離眼眶一酸，緊緊地擁住了祖母。

這個外剛內柔的老人還是沒能撐過嚴寒的冬日，於雪夜安然闔眼，駕鶴西去。

唐不離的天塌了。

（七）

老太太下葬後，唐不離的心也彷若缺了一塊。從此世間再無人為她遮風擋雨，她只能自己磕磕絆絆學著長大。

僕從來問她，後街房舍中那一整面牆的墨蹟該如何處置。

唐不離才想起來周蘊卿留下的那半篇賦文，道：「重新刷白便是。」

僕從領命，唐不離又喚住他：「等等。」

僕從轉身，唐不離想了許久，嘆氣道：「別管了，留著吧。」

她也不知要留著這面牆作甚，或許那滿牆狷狂的文字中有鎮定人心的力量，又或許……

僅僅是因為塗抹掉太過可惜。

那篇賦文旁徵博引，氣勢磅礴，若寫完，定是萬世傳頌的傑作。

唐不離沒想到，周蘊卿高中探花的第一件事，就是回來找她。

莫非，周蘊卿是回來炫耀報復的？

畢竟她當初自恃矜傲，趕走周蘊卿的語氣太過直白了當，不夠圓滑委婉，容易傷人情分。

對方是前途無量的朝中新貴，而她則是家族式微的落魄孤女，除了揚眉吐氣的奚落外，她實在想不出周蘊卿還有別的理由登門。

越想越心虛，她索性讓管家將府門關上，避不見客。

然而已經晚了，探花郎立侍門外，非要見她一面。

唐不離沒有法子，只好強撐氣勢，硬著頭皮出門見他。

探花郎一身紅袍，面如冠玉，長身而立，沒有絲毫不耐。

不可否認，有那麼一瞬，唐不離被他脫胎換骨般的俊俏清朗驚豔到。

她很快收斂心思，戒備道：「你想幹什麼？」

她不惜用凶巴巴的語氣掩飾此時的心虛忐忑，周蘊卿有些訝異。

然後他緩緩攏袖，清朗道：「鄉君資助深恩，周某沒齒難忘。今衣錦還鄉，特來拜謝。」

說罷行大禮，一躬到底。

恭敬的態度，給足了唐不離臉面。

唐不離如同一拳打在棉花上，滿腔戒備化作茫然。

周蘊卿說的每個字她都聽得懂，但組合在一起，她卻是不懂了。

她當初資助他的那些銀子，他不是沒帶走麼？何來的資助深恩？

（八）

周蘊卿鋒芒初露，成了新帝麾下的紅人。

即便是狀元郎初入朝堂，也得從翰林院編纂做起，唯有周蘊卿直接提拔去了大理寺。

他是個節儉到近乎苛刻的人，常年只有春秋兩套官服以及幾套會客的常服輪換著穿，不穿壞絕對不裁剪新的。

是以新帝賞賜的珍寶以及朝廷發放的綾羅無福消受，一應差人送去了唐公府，美其名曰：「滴水之恩，當湧泉相報。」

那些綾羅綢緞都是宮裡的上品，著實好看，然而唐不離也著實難安。

她幾次想拒絕，周蘊卿只有一句：「我用不上，鄉君若不喜，可變賣贈人。」

總之，就是不願收回去。

唐不離實在忍不住了，問道：「你為何要對我這般好？難道就因為，當初我花錢雇你抄書？」

周蘊卿頓了頓，從書卷後抬起眼來，道：「鄉君每月命人悄悄贈予紙墨書籍，助我科考及第，此等大恩，周某銘記於心。」

「每月……紙墨書籍？」

唐不離終於發現了不對：周蘊卿報恩……似乎報錯人了！

然而真正資助他的人，會是誰呢？

唐不離思來想去，只想到了一人。

「是我以妳的名義做的。」昭雲宮，美麗的皇后娘娘含笑端坐，告訴她，「我不是和阿離說過麼，周蘊卿這個人非池中之物，可得好好供著。」

（九）

虞靈犀似乎早就預料到周蘊卿的風光，以唐不離的名義資助他，有點替好友牽紅線的意思。

唐不離惴惴難安，總覺得自己是個冒領了恩情的小偷。

有好幾次，她想將真相托盤拖出，告訴周蘊卿：資助他的人，並不是她。

然而每次看到周蘊卿那張沉默可靠的臉龐，她的喉嚨就像是堵住似的，說不出口。

她開始貪戀，開始害怕，當初風風火火、敢愛敢憎的清平鄉君，變成了一個踟躕不定的膽小鬼。

周蘊卿身邊始終沒有女人，連端茶送水的婢女也無，空蕩冷清。於是唐不離學著做糕點和羹湯，偶爾給忙得顧不上吃飯的小周大人送點溫暖。

這是她唯一能為周蘊卿做的，只有如此，她才能抵消那心底的愧疚與掙扎。

終於在燒了兩次廚房，糕點硬邦邦險些噎出人命後，周蘊卿終於委婉地告訴她：「鄉君不必勉強自己做不擅之事，如常便好。」

他越是通情大度，唐不離便越是內疚。

既然自己沒有洗手作羹湯的天賦，那邀請周蘊卿去望仙樓用膳，以酬謝他這些時日的照顧總不是問題。

用過膳，周蘊卿禮節性地送唐不離歸府。

兩人騎馬並駕，慢悠悠行著，不知怎的，就去了當初周蘊卿住過的後街客房。

推開門，塵灰自房梁簌簌落下，斜陽照射的牆面上，崢嶸的字跡猶清晰存在，訴說筆者胸中的恣意汪洋。

「這篇賦文千古難得，為何沒寫完？」唐不離抱臂站在牆邊，問道。

周蘊卿與她比肩而站，想了想道：「心不靜。」

「為何不靜？」唐不離好奇。

在她眼裡，周蘊卿是那種天塌下來了，也不會眨一下眼睛的冰人。

周蘊卿沒有回答，解下腰間的細長銀鞘，拔出一看，不是匕首，而是一支筆。

他竟是隨身攜帶筆墨！唐不離再一次被書呆子折服。

周蘊卿站在滿牆墨蹟前，略一沉思，便開始補寫賦文。

他寫得很認真，懸腕垂眸，彷彿在做一件極為神聖之事。夕陽的暖色打在他的側顏上，鍍著金光，七分清俊也被襯托出了十分。

他是這樣的坦蕩清正，清正到令天下宵小汗顏。

唐不離張了張嘴，再也忍不住了，鼓足勇氣道：「其實，當初資助你筆墨書籍之人，並不是我。」

良久的寂靜。

完了完了。

唐不離瞬間洩氣，慌亂地想：書呆子嫉惡如仇，最厭弄虛作假之人！一定恨死她了！

（十）

「那個……抱歉啊，瞞了你這麼久。」

唐不離沒臉再面對周蘊卿，匆匆丟下這句話便往屋外衝。

「我知道。」

周蘊卿清冽的嗓音傳來，將唐不離的腳步釘在原地。

她轉過身，睜大眼道：「你說什麼？」

「我知道那些東西，並非鄉君所贈。」周蘊卿總算落完最後一筆，轉身看她，「我登府拜謝那日，鄉君眼裡的驚訝不像作假。想要查明此事，並不費工夫。」

「你竟是那麼早就知曉真相了？」唐不離百思不得其解，「那為何不拆穿我？」

周蘊卿收回筆，平靜道：「鄉君幫我是情分，不幫是本分。何況當初為我解圍，教我禮儀酬酢，雪中送炭提供吃住照拂的，的確是鄉君，不是嗎？」

何況，清平鄉君惴惴難安，想盡法子回贈他的模樣，的確有趣。

這是他心底的祕密，永遠不會說出口。

一番話說得唐不離百感交集，一顆心彷彿從崖底直飛雲霄。

霎時間，世界都彷彿亮堂起來。

這個男人，真是該死的古板，該死的誘人！

唐不離那顆招貓逗狗的心又蠢蠢欲動起來。

她心臟砰砰直跳，只有一個念頭：她想將周蘊卿不近人情的清冷外殼剝離，逼出夢裡那副面色緋紅、禮教崩壞的模樣。

「小周大人沒有妻室吧？」唐不離向前一步。

驚異於她話題轉變如此之快，周蘊卿略一怔愣，隨後誠實點頭：「不曾。」

「你如今可是香餑餑，那麼多權貴想與你結親，為何不肯？」

唐不離又向前一步。

「不喜。」周蘊卿答。

「那些給你說媒之人都快將門檻踏破，你定是很苦惱。」

「是。」

「我亦苦於媒人糾纏，既然我們所煩之事是同一件，何不聯手？」

「如何聯手？」

入套了。

唐不離再向前一步，幾乎貼著周蘊卿的胸膛，驕傲笑道：「我們成親，堵住悠悠眾口，如何？」

周蘊卿略微繃緊身形，垂眸看她。

唐不離從斜陽入戶等到餘暉收攏，直至嘴角的笑幾乎快掛不住了，也沒等到周蘊卿的回答。

（十一）

唐不離睜著一雙疲青的眼，在榻上輾轉了一夜。

她後知後覺反應過來，自己大概被拒絕了。

她婚事不順，連退親都被退過了，被拒絕一次也無甚大不了的……

可拒絕她的是周蘊卿哪！一想起書呆子那張無動於衷的臉，她便心塞。

罷了罷了，落花有意流水無情，與其在一棵樹上吊死，還不如去看看別的樹杈。她好歹有個鄉君的頭銜，姿色也不差，還怕招不到贅婿不成？

唐不離握拳安慰自己，一個鯉魚打挺起身，片刻，又頹然栽入被褥中……

還是心塞，沒勁。

渾渾噩噩過了半日，便聽侍從笑著稟告：「鄉君，小周大人來了。」

唐不離倏地從椅中站起，見到那道熟悉清俊的身形跨進門來，她又慢慢坐了回去，抱臂哼哧道：「你又來作甚？」

「周某回府思索許久，昨日鄉君所問……」

「打住！」

唐不離抬手制止他繼續說下去，惱羞道：「你昨日拒絕一次已是夠了，本鄉君並非死纏爛打之人，你不必登門再羞辱一次。」

聞言，周蘊卿眸中掠過一絲訝異。

「我何時拒絕了？」他問。

一見他這副理直氣壯的樣子，唐不離便壓不住心火，色厲內荏道：「你沉默不語，不就是回絕的意思嗎？裝什麼無辜。」

周蘊卿沒有辯解，只是將手中的卷軸打開，嘩啦啦鋪平在案几上。

那卷軸足有四五尺長，上面密密麻麻寫滿了字，唐不離本不想理他，又實在好奇，斜著眼瞥著卷軸道：「什麼鬼東西？」

「婚書及協議。」周蘊卿簡潔道：「我並非不願，只是不善言辭，不如寫下來。」

唐不離心臟倏地一跳，盛氣凌人的語氣也低了下來，吭哧道：「所以你昨晚上，就在寫這個東西？」

「是。」周蘊卿道：「結親並非兒戲，需約法三章。」

什麼呀！

不相信她就別成親，還整什麼協議……這麼長的卷軸，這麼多的字，哪是約法三章？起碼得三百章了吧！

「拿來我看看！」唐不離蹭過去，俯身看著卷軸上的小字，念叨道：「夫周蘊卿，妻唐不離……」

才念了兩行，唐不離便臉頰發熱，瞪他道：「八字沒一撇，誰是你妻？」

便跳過前幾行，從正文開始：「婚前男贈女嫁妝不少於萬貫，婚後無論何種理由，皆不可收回；婚前女之家產，為女方獨有，婚後無論何種理由，男皆不可挪用；婚後男有不妥失儀之處，女可訓導，男不得反駁；婚後當相敬如賓，不允和離納妾，如若執意違犯，男淨身出戶……」

唐不離從頭掃到尾，又從尾掃到頭，發現不對勁。

「這協議上，為何只約束了男方？」

「這種事，本就是女方吃虧。」

周蘊卿頓了頓，繼而道：「何況，我已得到了想要的東西。」

最後一句話，咬字極輕。

唐不離並未聽見，仍捧著協議研究，狐疑道：「這東西，不會是哄人的吧？」

天下哪有掉餡餅的事？哪有男人毫不圖利，願將家產私財、乃至話語權全交給妻子掌控的？

「此卷有公章，受律法庇護，自然不會作假。」

「你還找府衙公證了？哪兒？」

對於鑽研律法、鐵面無私的小周大人來說，做一份誠意滿滿的結親協議當做聘禮，並非難事。

他向前一步，從唐不離身後伸指，點了點卷軸最末尾的紅章：「這裡。」

他的臂膀從身旁掠過，清冽的嗓音落在耳側，唐不離頓時耳根一麻，忙臊著臉起身道：

「好了好了，我相信你了。」

周蘊卿直身頷首：「若無異議，請鄉君簽字。」

兩人的名字並排落在卷軸末尾，按上鮮紅指印的一瞬，唐不離恍若做夢。

「所以，我們就算定親了？」她喃喃道。

「理論上是，不過三書六禮，斷不會少。」周蘊卿看了許久，方極為珍視地捲起卷軸，雙手遞給唐不離，「結髮為夫妻，還請鄉君多多照拂。」

唐不離接過卷軸拋了拋，又穩穩接住，得意道：「看你表現，若待我不好，本鄉君是能讓你淨身出戶的！」

「當然。」

周蘊卿垂眸，遮住了眼底輕淺的漣漪。

若唐不離此時抬眼，就該看到冷若冰山小周大人眼底，是怎樣明朗的笑意。

——《嫁反派》（下卷）完——

——《嫁反派》全系列完——

高寶書版集團
gobooks.com.tw

YE 096
嫁反派（下卷）
作　　者　布丁琉璃
責任編輯　吳培禎
封面繪圖　夏　青
封面題字　單　宇
封面設計　夏　青
內頁排版　賴姵均
企　　劃　何嘉雯

發 行 人　朱凱蕾
出　　版　英屬維京群島商高寶國際有限公司台灣分公司
　　　　　Global Group Holdings, Ltd.
地　　址　台北市內湖區洲子街88號3樓
網　　址　gobooks.com.tw
電　　話　(02) 27992788
電　　郵　readers@gobooks.com.tw（讀者服務部）
傳　　真　出版部(02) 27990909　行銷部 (02) 27993088
郵政劃撥　19394552
戶　　名　英屬維京群島商高寶國際有限公司台灣分公司
發　　行　英屬維京群島商高寶國際有限公司台灣分公司
法律顧問　永然聯合法律事務所
法律顧問　永然聯合法律事務所
初版日期　2024 年10月

本著作物《嫁反派》，作者：布丁琉璃，由北京晉江原創網絡科技有限公司授權出版。

國家圖書館出版品預行編目(CIP)資料

嫁反派/布丁琉璃著. -- 初版. -- 臺北市：英屬維京群島商高寶國際有限公司臺灣分公司, 2024.10
冊；　公分. --

ISBN 978-626-402-108-1(上卷：平裝). --
ISBN 978-626-402-109-8(中卷：平裝). --
ISBN 978-626-402-110-4(下卷：平裝). --
ISBN 978-626-402-111-1(全套：平裝)

857.7　　113014846

GOBOOKS
& SITAK
GROUP©